庫 SF
〈SF2003〉

# 死者の代弁者

〔新訳版〕

〔上〕

オースン・スコット・カード
中原尚哉訳

早川書房
7532

SPEAKER FOR THE DEAD

by

Orson Scott Card



Translated by
Naoya Nakahara
Published 2015 in Japan by
HAYAKAWA PUBLISHING, INC.
This book is published in Japan by
arrangement with
BARBARA BOVA LITERARY AGENCY
through JAPAN UNI AGENCY, INC., TOKYO.

グレッグ・カイザーへ
そのわけはわかるはず

目次

〔下巻目次〕

# ルシタニア植民惑星の人々

## 異類学者

ピポ（ジョアン・フィゲイラ・アルバレス）
リボ（リベルダージ・グラッサス・ア・デウス・フィゲイラ・ジ・メジシ）
ミロ（マルコス・ヴラジミル・リベイラ・ヴォン・ヘッセ）
オウアンダ（オウアンダ・ケンハッタ・フィゲイラ・ムクンビ）

## 異生物学者

グスト（ヴラジミル・チアゴ・グスマン）
シーダ（エカテリナ・マリア・アパレシーダ・ド・ノルテ・ヴォン・ヘッセ－グスマン）

ノビーニャ（イバノバ・サンタ・カタリナ・ヴォン・ヘッセ）
エラ（エカテリナ・エラノラ・リベイラ・ヴォン・ヘッセ）

**総督**

ボスキーニャ（ファリア・リマ・マリア・ド・ボスケ）

**司教**

ペレグリノ（アルマン・セボラ）

**大修道院長と学校長**

ドン・クリスタン（アマイ・ア・トゥドムンド・パラ・キ・デウス・ヴォス・アミ・クリスタン）
ドナ・クリスタン（デテスタイ・ウ・ペカド・イ・ファゼイ・ウ・ジレイト・クリスタン）

# フィゲイラ家

ピポ（SC一九四八年没＊）――コンセイサン

- ピピーニョ（ジョアン）
- マリア（一九三六年没）
- リボ（一九三一年～一九六五年）――ブルシーニャ
  - オウアンダ（一九五一年生）
  - シーナ（一九五二年生）
  - プレガ
  - ジーニャ
- ビンバ（アベンソアダ）
- パチーニャ（イゾルジ）
- ラン（トマス）

＊スターウェイズ《S》法典《C》採択年を紀元とする。

## 尊者夫妻の家

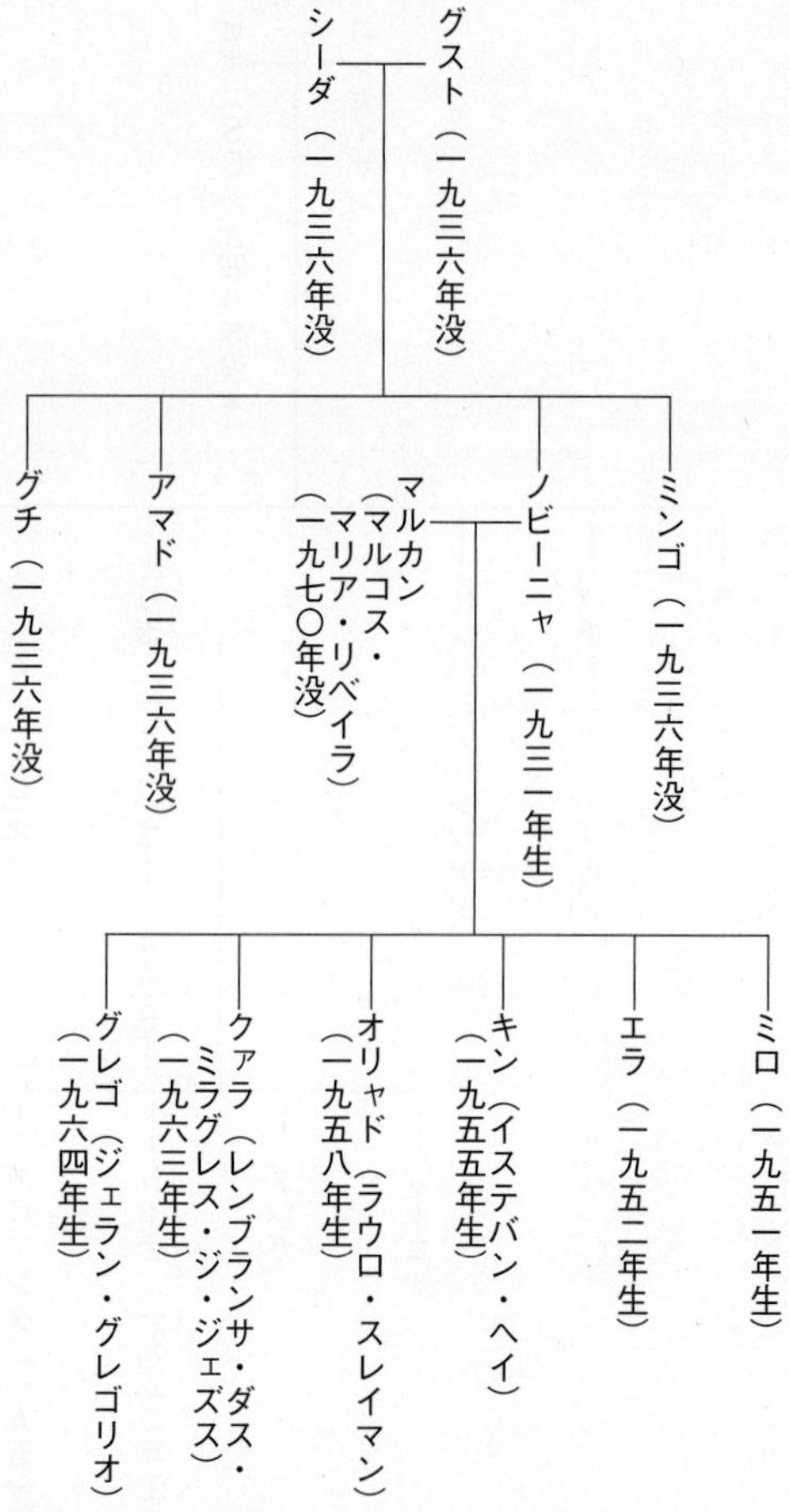
グスト（一九三六年没）
シーダ（一九三六年没）
ミンゴ（一九三六年没）
ノビーニャ（一九三一年生）
マルカン（マルコス・マリア・リベイラ）（一九七〇年没）
アマド（一九三六年没）
グチ（一九三六年没）
ミロ（一九五一年生）
エラ（一九五二年生）
キン（イステバン・ヘイ）（一九五五年生）
オリャド（ラウロ・スレイマン）（一九五八年生）
クァラ（レンブランサ・ダス・ミラグレス・ジ・ジェズス）（一九六三年生）
グレゴ（ジェラン・グレゴリオ）（一九六四年生）

# 死者の代弁者〔新訳版〕

〔上〕

# プロローグ

スターウェイズ議会成立後の一八三〇年、一隻の無人探査船がアンシブル通信によって報告書を送ってきた。探査した惑星は人類が居住できる環境条件の範囲に充分おさまるという内容だった。その近傍で人口圧力が高まった惑星はバイア星だったため、スターウェイズ議会はバイア星に遠征許可をあたえた。

この結果、この新世界を初めて目にした人類は、言語においてポルトガル語系、文化においてブラジル系、宗教においてカトリックの人々となった。一八八六年にシャトルから降り立った彼らは、胸で十字を切って、この惑星をポルトガルの古名にちなんでルシタニア星と名付けた。

植民者たちは動植物の調査を開始した。五日後に、彼らがポルトガル語で小豚《ポルキーニョ》と呼んでいた森に生息する小型の動物は、動物などではないことが判明した。残虐なエンダーがバガーを全滅させて以来初めて、人類は新たな知的異星種族を発見したのである。

スターク語でピギー族とも呼ばれる彼らは、科学技術は未発達ながら、道具を使い、家を建て、言葉を話した。バイア星のピオ大枢機卿は、「これは神のあたえたもうた機会である。わたしたちはバガーを全滅させた罪をあがなうことができる」と宣言した。

スターウェイズ議会の議員たちは、信仰する神もさまざまで、無神論者さえいたが、それでも大枢機卿の考えには賛成した。ルシタニア星にはバイア星から植民者が送られる。よって伝統にしたがってカトリック認可状があたえられる。ただし植民地は一定のエリアに限定し、そこから拡大してはならない。人口も一定の限度を超えてはならない。

そしてなにより重要な一つの法律が定められた。

すなわち、ピギー族に干渉してはならない。

# 1　ピ　ポ

　私たちは隣村の出身者さえ、自分とおなじ人間とはすぐに認めたがらない。ましてて、別の進化系統から発生して社会性と道具を獲得した生物を、獣ではなく兄弟、あるいは敵ではなく知性の殿堂をともにめざす巡礼仲間とは、尊大さゆえにとうてい見なせない。

　それでも私はそう見なす。あるいは見なしたいと願う。ラマンとバレルセのちがいは、判定される生物にあるのではない。判定を下す側の生物にある。私たちが異星種族をラマンと判定するとき、倫理的成熟の閾値を超えたのは彼らではなく、そう判定した私たちなのだ。

　　――デモステネス『フラムリングへの手紙』

ルーターは小さい者《ペケニーノ》のなかでもっとも気難しく、それでいてもっとも役に立った。ピポが森の空き地を訪れるとかならずいた。法律で禁じられているような質問にもよく答えてくれた。ピポはルーターをあてにしていた。頼りすぎるほどだ。実際にはルーターは能天気な若者らしく、よくふざけ、いたずらをする。それでいて観察し、探り、試す。罠をしかけてくるので気が抜けない。

さきほどからルーターは木によじ登っていた。足首と腿の内側にある角質の肉球だけで樹皮をつかみ、両手には〝父の棒〟と称する二本の棒を持つ。それで変則的で興味深いリズムで木を叩きながら、上へ登っていくのだ。

音を聞いて、マンダシュバが丸太小屋から出てきた。ルーターに対してまず雄語で、続いてポルトガル語で怒鳴った。

「下りてこい《パーラ・バイショ》、虫め《ビシヨ》！」

まわりにいた数人のピギーは、ポルトガル語が駄洒落《だじゃれ》になっているのを理解して、腿をこすりあわせた。肉球が鋭い音をたてる。マンダシュバは彼らの称賛を聞いて、うれしそうに小さく跳びはねた。

するとルーターは、うしろに落ちそうなほど反りかえった。両手を下にしてから跳んで離れ、空中で一回転して足から着地した。何度か跳びはねたが、よろけはしない。

「まるで曲芸師だな」ピポは言った。

ルーターは胸をそらしてピポのほうへ歩いてきた。人間の真似をしているのだ。しかし上に反った鼻はどう見ても豚なので、よけいに滑稽だ。外世界からの訪問者が彼らを〝小豚《ピギー》〟と呼んだのも無理はない。

この世界を初めて訪れた者たちは、一八八六年の最初の報告書ですでにそう呼んでいた。一九二五年にルシタニア植民地が成立したときには、もはやこの呼び方は定着してしまっていた。百世界に散らばる異類学者《ゼノロジャー》たちは〝ルシタニア先住民〟と記述する。しかしそれは学者の職業的な気どりにすぎないことをピポはよく知っていた。学術論文以外では彼らも〝ピギー〟と呼んでいるはずだ。

ピポはペケニーノと呼んでいる。彼らも異存はないようで、最近はみずから〝小さい者〟と名乗っている。威厳に欠けるが、小柄なのは事実だ。

たしかにいまのルーターは、後ろ脚立ちをした豚のように見える。彼は新しく獲得した言語を試すように言った。

「曲芸師だって？　おれのやったことが？　これをやる人々をそう呼ぶのか？　これを仕事としてやる人々がいるのか？」

ピポは微笑を消さずに、心のなかでため息をついた。

人間社会についてピギーに教えることは法律できびしく禁じられている。彼らの文化を汚染しないためだ。それでもルーターは、ピポの言葉の端々からさまざまな意味を採り取ろうとする。とはいえ今回はピポが悪い。よけいな一言のせいで、人類の生活の一面を不必要にのぞかせてしまった。ピポはペケニーノたちになじんでいるので、つい口が軽くなる。あぶないあぶない。

こういうのは自分は得意ではないのだと、ピポは思った。こちらは情報を得て、むこうにはあたえないというのは無理なゲームだ。無口な息子のリボのほうが、慎重さという点ではよほど優秀だ。父親の弟子になったばかりなのに。十三歳になってどれくらいだろう。まだ四カ月か。

「わたしの脚にもそんなふうに肉球がついていればいいんだがな。この皮膚では木の樹皮でずたずたに切れてしまう」

「そんなことになったらおれたち全員が残念だ」

ルーターは緊張した姿勢で立ちつくした。これはおそらく穏やかな懸念の表明、あるいは他のペケニーノに対して用心をうながす非言語的警告だとピポは考えていた。強い恐怖のあらわれかもしれない。しかしペケニーノが強い恐怖を感じるところを見たことがない。

とにかく、ピポはすぐになだめた。

「心配いらない。わたしはもう年寄りで弱いから、そんなふうに木に登ったりしない。きみたち若者にまかせるよ」

これは効果があった。ルーターの姿勢はまた柔軟になった。

「おれは木登りが好きだ。よく見える」ルーターはピポの正面にしゃがみ、顔を寄せた。「あんたらは、地面にふれずに草の上を走る獣を連れてきてるのか？　他の者は信じないが、おれは見たんだ」

また罠だ。さてどうする、異類学者のピポ？　研究対象のコミュニティのメンバーをがっかりさせるのか、それともスターウェイズ議会がこの遭遇を管理するために制定した厳格な法律に従うのか。

前例は少ない。人類が遭遇した知的異星種族は他にはバガーしかいない。それも三千年前だ。結果的にバガーは滅んだ。だからスターウェイズ議会は慎重になっている。今度こそ人類は誤ってはならない。失敗したときに滅ぶのは、今度は人類かもしれない。情報は最小限、接触も最小限に。

ルーターはピポのためらいに気づいた。用心深く口を閉ざしているのを理解した。

「おれたちにはなにも教えてくれないんだな。あんたらはおれたちを見て、観察する。しかしおれたちがフェンスを越えてあんたらの町に行くことは許さない。見て、観察することを許さない」

ピポはできるだけ正直に答えた。しかし正直さより慎重さがまさった。

「きみたちの学習量がわたしたちの学習量より少ないと、本当にいえるのかな。そのわりにはきみはスターク語もポルトガル語も上手に話す。わたしはきみたちの言葉を覚えるのにいまだに苦戦しているのに」

「おれたちのほうが頭がいいからさ」ルーターは背中を起こし、すわったまままくるりと反対むきになった。「フェンスのむこうに帰れよ」

ピポはすぐに立ち上がった。リボはすこし離れたところで、三人のペケニーノが干したメルドナ蔓を編んで屋根葺き材にするようすを観察していた。彼は父親のようすに気づくと、帰り支度をしてまもなくそばにもどってきた。ピポは先に立ち、無言で歩きはじめた。ペケニーノは人間の言語に堪能なので、ゲートをくぐるまでは観察結果について話さないようにしていた。

帰り着くまで三十分ほどかかった。ゲートの内側にはいったときには強い雨になっていた。丘の斜面にそって歩き、異類学者《ゼナドール》の研究所にむかった。

ゼナドール？　ピポはドアの上にかかった小さな看板の文字を見なおした。そこにはスターク語で〝異類学者《ゼノロジャー》〟と書かれている。それが自分の職業だ。すくなくとも外世界ではそう呼ばれる。しかしここの話し言葉では、ポルトガル語の〝ゼナドール〟のほうが通用する。ルシタニア星で〝ゼノロジャー〟とはだれも言わない。スターク語で話しているときでもその呼び方はしない。

こうして言語は変遷するのだとピポは思った。百世界の即時通信を実現するアンシブル通信がなければ、人類は共通言語など持ちえない。恒星間旅行は頻度が少なく低速だ。これではスターク語は一世紀で一万もの方言に分かれるだろう。ルシタニア星における言語の変遷をコンピュータにシミュレーションさせたらおもしろいはずだ。スターク語がポルトガル語を解体、吸収してしまうことがはたしてできるだろうか。

「父さん」リボが声をかけた。

ピポは自分が研究所の十メートル手前で立ち止まっていることにようやく気づいた。

接線だと、ピポは思った。わたしの研究生活で最良のところは接線にある。つまり専門からはみだす部分だ。専門分野は規則で徹底的に縛られ、知識や理解はほとんど得られない。謎を謎のままにしたがる異類学の傾向は、母教会以上だ。

掌紋認証でドアは開いた。

ピポは屋内にはいりながら、今夜これから自分たちがやることをすべてわかっていた。それぞれ端末にむかい、昼間の遭遇でやったことを数時間かけて報告書にまとめる。それからピポはリボの作業ノートを読み、リボはピポのを読む。おたがいに満足したら、ピポは要約を書く。あとはコンピュータが作業ノートとそれをまとめてファイルする。同時にアンシブル通信を使って、百世界の他の異類学者たちに即時送信する。人類が知るたったひとつの知的異星種族の研究に、全キャリアを捧げている異類学者が千人以上いる。彼らがこの森の種族について得られる情報は、衛星観測データをのぞけばリボとピポが送信するものがすべてだ。なるほど、干渉は最小限だ。

しかし研究所にはいると、今夜はそんないつもどおりで穏やかな事務処理の一夜にはならないとすぐにわかった。修道服姿のドナ・クリスタンが待っていたのだ。

もしや幼い子どもたちが学校でなにか問題を起こしたのか。

「いいえ、いいえ」ドナ・クリスタンは答えた。「お子さんたちはみなよく勉強していますよ。ここにいる一人をのぞいてね。学校を出るにしても、弟子としてここで働くにしても、まだ早すぎるのではないでしょうか」

言われたリボは口を閉ざした。賢明な態度だ。

ドナ・クリスタンは聡明で人当たりがよく、しかもまだ若々しく美人だ。しかしなによりもまず〈キリスト精神の子ら《フィリョス・ダ・メンチ・ジ・クリスト》〉修道会の修道女だ。そして無知と愚昧に対して怒りを発したときの彼女は、美人どころか正視に耐えない。多くの知識人が彼女の侮蔑の炎によってその無知と愚昧をあわれに溶かされてきたものだ。沈黙はリボが身を守るための戦略だ。

ドナ・クリスタンは言った。

「用件はあなたのお子さんたちについてではありません。ノビーニャのことです」

フルネームを言う必要はなかった。ノビーニャといえばだれでも通じる。

ジスコラダ病は八年前にやっと終息した。定着したばかりの植民地を全滅の瀬戸際まで追いつめた疫病だった。治療法を確立したのはノビーニャの両親のグストとシーダで、いずれも異生物学者だった。しかし皮肉なことに、治療法は病原体発見の功労者を救うのにはまにあわなかった。ジスコラダ病による最後の葬儀が夫妻だった。

ピポはよく憶えている。ペレグリノ司教みずから葬送のミサを司式し、幼い少女のノビーニャはボスキーニャ市長と手をつないで立っていた。いや……手はつないでいなかった。

その光景を思い出すと、当時の気持ちも蘇ってきた。少女の感情を推測しながら見ていた。なにしろ両親の葬儀だ。家族で少女だけが生き残った。にもかかわらず、植民地の人々はよろこびにあふれている。それを敏感に感じたはずだ。わたしたちのこのよろこびこそが彼女の両親への最高の弔辞《ちょうじ》であることが、いたいけな少女にわかるだろうか。夫妻は苦闘の末に成功した。死病で衰弱しながら、わたしたちの救済手段を発見した。そのすばらしい贈り物を祝うためにわたしたちはミサに集まっている。

しかしノビーニャ、きみにとってはやはり両親の死だ。兄や弟たちも犠牲になった。植民地では過去六ヵ月間に五百人が死に、百回以上の葬儀がおこなわれた。それらは恐怖と悲嘆と絶望の葬儀だった。両親を喪《うしな》ったきみはいま、おなじ恐怖と悲嘆と絶望を感じているだろう。ところが、その気持ちは共有されていない。わたしたちの心を占めているのは大きな安堵なのだ。

ノビーニャを見て、その心中を思いやるうちに、ピポは自分が七歳のマリアを失ったときの悲嘆を思い出した。娘に吹き寄せた死の風は、癌性腫瘍と大量の菌状腫をその体に発生させた。体は増殖と壊死の巣になった。腕でも脚でもない触手が腰からはえてきた。足や頭の皮膚は剝がれ落ち、骨が露出した。かわいらしかった体が両親の目のまえで無残に崩れていく。なのに本人の精神は冷酷なほど明晰だった。自分の体に起きていることを逐一感じて、最後は死なせてくれと泣いて神に願った。

ピポは思い出した。そしてその葬送のミサも思い出した。他の五人の犠牲者との合同葬だった。ピポは妻と生き残った子どもたちと並んですわり、跪《き》拝《はい》し、起立した。大聖堂に集まった人々と心は一つだった。自分とおなじ痛みを全員が感じていた。長女を失ったかわりに、悲嘆という強固な絆で彼はコミュニティと結びつけられた。たしかにそれは慰めであり、心の支えだった。悲嘆はそういうものだ。人々とともに悼むのはそのためだ。

ところが幼いノビーニャにはそれがなかった。

心痛はピポ以上だろう。すくなくともピポは家族全員に死なれたわけではなかった。そして大人だった。生活基盤を突然失っておびえる子どもではなかった。ところがノビーニャは、悲嘆によってコミュニティとの結びつきを強めるどころか、むしろ疎外されていた。彼女以外の人々はよろこんでいる。彼女の両親を称賛している。ノビーニャだけが両親を心から求めていた。他人のために治療法など発見しなくていいから、生きてそばにいてほしいと思っていた。

その孤独の痛切さは、ピポの席から見ていてわかるほどだった。ノビーニャは市長とつないだ手をさっさと放した。ミサが進むにつれて涙は乾いていった。最後は、看守に対して協力を拒否する囚人のように黙然とすわっているだけだった。

ピポはそんなノビーニャをかわいそうだと思った。しかし一方で、ジスコラダ病の終息をよろこぶ気持ちは隠しても隠しきれなかった。長女以外の子どもたちを奪われずにすんで、たしかにうれしかった。それを見透かされるだろう。慰めようとしても、うわべだけだと彼女は見抜いて、むしろ逃げていくだろう。

ミサのあと、人々のあいだを歩くノビーニャは痛々しいほど孤独だった。善意の人々から残酷な言葉がかけられた。ご両親は聖人に列せられるだろうとか、正しい人として神の右側にすわるだろうとか言われても、子どもにはなんの慰めにもならない。

ピポは隣の妻にだけ聞こえるようにささやいた。

「あの子は今日のわたしたちをけして許さないだろうな」

コンセイサンは、夫の思考の脈絡をうまく読みとれなかった。

「許さないって？　わたしたちがあの子の両親を殺したわけじゃ――」

「今日はみんなよろこんでいるじゃないか。そのことを彼女はけして許さないはずだ」

「考えすぎよ。そこまで理解してるはずないわ。まだ幼いんだから」

理解しているはずだとピポは思った。マリアもいまのノビーニャよりもっと幼いころから意外なほどよく理解していた。

それから月日が流れ、八年がたった。ノビーニャの姿は折にふれ見てきた。息子のリボと同い年なので、彼が十三歳の誕生日を迎えるまでに何度かおなじクラスになった。朗読会や演説会で他の子どもたちとともにノビーニャの声を聞いた。思考の明晰さや、アイデアを吟味する深さに感心させられた。

それと同時に、ノビーニャはとても冷ややかで、周囲から完全に孤立しているようだった。リボも内気だが、それでも友人は何人かいる。教師たちの信頼も得ている。しかしノビーニャは友だちが一人もいない。誇らしいはずの瞬間にも、目はだれも探さない。教師たちも彼女に心からの好意は持っていなかった。反応がなく、好意を返さないからだ。

ドナ・クリスタンは、かつてピポがノビーニャについて尋ねたときに、「あの子は感情的に麻痺しているのです」と答えた。「とりつくしまがない。尋ねても、すべて満足で変化はいらないと答えるんです」

そして今夜、ドナ・クリスタンはそのノビーニャのことをピポに話すために異類学研究所へやってきた。なぜピポなのか。修道会の学校長がこの孤児の少女の件でなぜ彼を訪れるのか。思いあたる理由は一つだった。

「つまり、ノビーニャがあなたの学校にいた長い期間に、彼女のことでなにがしかの質問をしたのはわたしだけだったと?」

ドナ・クリスタンは答えた。

「あなただけとは言いません。二年前に教皇様が彼女の両親を尊者として宣言されたさいには、さまざまな方面から質問が寄せられました。尊者夫妻《ウス・ベネラドス》のグストとシーダの娘はどこにいるのか、他の尊者のように両親にまつわる奇跡は起きたのか、と」

「その質問を本人に？」

「噂はいろいろありましたから。ペレグリノ司教は調査の責任者でした」

ルシタニア植民地の若き精神的指導者のことになると、ドナ・クリスタンはやや苦々しい口調になる。〈キリスト精神の子ら〉修道会は母教会の聖職者団と折りあいが悪いとつねづね言われている。ドナ・クリスタンは続けた。

「あの子の返事は、教育的でした」

「さもありなん、ですね」

「おおむね次のような主張でした。もし両親が本当に人々の祈りを聞き、天にそれを取り成す立場なら、自分の祈りも取り成してくれるはずだ。そして二人は墓から蘇るはずだ。それこそが有益な奇跡であり、前例もある。尊者が本当に奇跡を起こす力を持っているとしたら、娘の祈りに応えないのは彼らが娘を充分に愛していないからということになる。しかし彼女としては両親からいまも愛されていると信じたい。ということは、たんに二人はそのような力を持っていないのだ、と」

「天性の詭弁家ですな」

「詭弁家であり、罪の専門家です。司教にこう言ったのですよ。もし教皇様が両親を尊者として宣言されるなら、両親は娘を嫌っていると教会が宣言することになる。もし両親の列聖申請が出されるなら、ルシタニア星が自分を侮辱している証拠になる。もし申請が認められるなら、教会そのものが軽蔑に値する証拠になると。ペレグリノ司教は激怒しました」

「それでも申請は出したようですね」

「コミュニティの利益のために。それに、奇跡はたしかにあったのですよ」

「だれかが礼拝堂に手をふれたら頭痛が消えて、こう叫んだのですか？　〝奇跡《ミラグレ》だ！　聖人が祝福してくれた《ウス・サントス・ミ・アベンソアラム》〟と」

「もちろん、神聖ローマはもっと具体的な奇跡を求めます。とにかく、教皇様はこの町を〝奇跡《ミラグレ》〟と呼ぶことをお許しになりました。これからはだれかが町の名を呼ぶたびに、ノビーニャは秘めた怒りの温度を一度ずつ上げるのでしょう」

「あるいは一度ずつ冷えていくのか。そのような感情の温度はわからないものです」

「とにかく、ピポ、彼女の件を尋ねたのはあなただけではありません。しかし、神聖で祝福された両親についてではなく、本人について尋ねたのはあなただけです」

悲しいことだ。ルシタニア星で学校を経営する修道会の他にノビーニャに関心を払ったのは、長年のあいだにごくたまに注目していたピポだけだったとは。

「彼女には友人が一人いますよ」リボが言った。

ピポは息子が近くにいることを忘れていた。リボは無口なので影が薄いのだ。ドナ・クリスタンもぎょっとしたようだ。

「リボ……。これは軽率でした。あなたのまえでクラスメートについてのこんな話をしてしまうなんて」

「いまのぼくは異類学者の弟子です」もう学生ではないというわけだ。

「友人というのは？」ピポは訊いた。

「マルカンです」

「マルコス・リベイラですね。長身の——」ドナ・クリスタンはピポに説明した。

「ああ、あのカブラのような体つきの」

「意外に力持ちなのですよ。でもあの二人が友人だとは気づきませんでした」

リボは説明した。

「マルカンがなにかの理由で責められているときに、ノビーニャが見かけて弁護したことがあります」

「それはかなり甘い解釈ではないかしら、リボ。むしろ、男の子たちがなにか悪いことをして、その罪をマルカンになすりつけようとしているのを、彼女が見とがめて糾弾したというのが正確な事情なのでは？」

「マルカンはそうは思っていません。彼がノビーニャに視線をむけているところを二度ほど見たことがあります。頻繁ではありませんでしたが、彼女に好意を持っている者がいるのはたしかです」

「おまえ自身は彼女を好きなのか？」ピポは訊いてみた。

リボはしばし黙りこんだ。頭のなかの思考は父親にはわかった。答えを探しているのだ。大人をよろこばせる答えではなく、あえて怒らせる答えでもない。このくらいの年の子はどちらかをやりたがるものだが、リボはむしろ真実をみつけようと自分のなかを探っている。

「たぶん、彼女はだれにも好かれたくないのだと思います。いつでも帰る用意がある訪問者でいたいのでしょう」

ドナ・クリスタンはなるほどというようにうなずいた。

「そう、そのとおりね。たしかにあの子はそう見えるわ。でも、悪いけどリボ、そろそろこの軽率さを改めて、あなたには退室を——」

校長が言い終えるまえに、リポは部屋を出ていた。ええ、わかっていますよというように軽くうなずき、小さく笑みを浮かべて。出たくないと反論するよりも、その軽快な動きに本人の考えがあらわれている。退室を求められて不愉快なのだ。そしてこうすることで、大人のほうがむしろ子どもっぽいように思わせる。

ドナ・クリスタンはむきなおった。

「ピポ、ノビーニャは異生物学者になるための試験を早めに受けたいと申請してきました。両親のあとを継ぎたいと」

ピポは眉を上げた。校長は続けた。

「幼いころからこの分野を熱心に勉強してきたと言っています。弟子として研修する段階を飛ばして、実務につく準備ができていると」

「まだ十三歳でしょう」

「前例はあります。早期受験する子は多くいます。ノビーニャより若い合格例もあります。二千年前ですが、それは承認されました。ペレグリノ司教はもちろん反対しています。しかしボスキーニャ市長は彼女の実務的な考えを称賛しています。同時に、ルシタニア星には異生物学者がきわめて不足していることも指摘しています。食事の種類を増やすため、あるいはルシタニア星の土壌からの収穫量を増やすために、新種の植物を開発する必要があります。彼女はこういっています、〝たとえ赤ん坊であっても、異生物学者が必要なんです〟と」

「その試験官をわたしが？」

「お願いできれば」

「もちろんよろこんで」

「そのように伝えます」

「じつは秘めた動機もあるのですよ」

「といいますと？」

「あの子になにかしてやりたいと思っていました。まだまにあうかもしれない」

ドナ・クリスタンはすこし笑った。

「ああ、ピポ、引き受けてくださって感謝します。でも大切な友人として忠告しておきます。あの子の心にふれるのは氷水を浴びるようなものですよ」

「そうでしょう、彼女にふれる人は氷水のように感じるでしょうね。しかし本人はどう感じるでしょうか。彼女は冷えきっているわけですから、炎にふれるように熱く感じるはずです」

「まあ、詩人ですわね」ドナ・クリスタンの口調は皮肉ではなく、本心からのものだった。「こんなすばらしい大使がピギー族のもとへ行っているのに、彼らはわかっているのでしょうか」

「わかってくれないので苦労していますよ」

「ノビーニャは明日ここへ来させます。言っておきますが、彼女は客観的な試験を期待しています。それ以外であなたに試されるのを嫌うはずです」

ピポは微笑んだ。

「わたしが心配しているのは、彼女が試験を受けたあとのことですよ。不合格なら、彼女はとてもつらい思いをするでしょう。合格なら、わたしがつらい思いをすることになる」

「なぜですか？」

「リボが異類学者の試験を早期に受けたいと言いだすでしょう。もしそれに合格されたら、わたしは家に帰って丸くなって死ぬしかない」

「そんな大げさな。十三歳の息子を同僚として認める度量があるのは、ミラグレじゅうを探してもあなたくらいですよ、ピポ」

校長が帰ったあと、ピポとリボはいつものようにいっしょに仕事をした。ペケニーノたちとの一日の出来事を記録した。

ピポはリボの文章、思考法、洞察力、態度を、ルシタニア植民地に来るまえに交流があった大学院生たちと比較してみた。リボは若く、学ぶべき理論や知識をまだ多く残している。それでも方法論はすでに真の科学者、心は人道主義者だ。夜の作業を終えて、ルシタニア星の大きく明るい月の光を浴びて帰宅しながら、リボには同僚と認めるだけの能力がそなわっているとピポは判断した。試験を受けるかどうかに関係なく。そもそも試験で本当に重要な素質は測れない。

そしてノビーニャについても、試験で測れない科学者の素質があるかどうか、たとえ嫌われても試さなくてはいけないと思った。もし素質がないなら、試験は受けさせないほうがいい。机上の知識ばかりあっても無駄なのだから。

ピポはわざと気難しい態度をとった。ノビーニャはこういうときに大人たちがとる態度をよくわかっていた。最初から彼女の希望を聞きいれるつもりはない。しかし言い争いや事を荒立てるのは好まない。もちろんだ、もちろん、試験を受ける資格はあるさ。しかし急ぐことはないじゃないか。ゆっくりやればいい。一回で合格できるように万全の準備をしなさい……。

ノビーニャは待つつもりはなかった。準備はできているのだ。

「どんな火の輪でもくぐってみせます」彼女は言った。

ピポの表情は冷たい。大人たちの顔はいつもそうだ。それはかまわない。冷たくていい。もっと冷たくして凍死させてやる。

「火の輪くぐりをさせるつもりはないんだ」ピポは答えた。

「くぐってみせますから、どうか一列に火の輪を並べてください。さっさとくぐれるように。何日も待たされるのはいやです」

ピポはしばらく考えこむ顔になった。

「ずいぶん急ぐのだね」

「こちらの準備はできています。スターウェイズ法典によればわたしはいつでも受験できます。わたしとスターウェイズ議会のあいだで決まっていることです。異類学者が一人で惑星間試験局にたてついてもしかたないでしょう」

「ではきみは規則をよく読んでないようだな」

「十六歳以前の受験で特別に必要なのは、法的後見人からの承認です。でもわたしには法的後見人はいません」

「それはちがう。ボスキーニャ市長が法的後見人をつとめていらっしゃる。きみのご両親が亡くなった日からね」

「彼女はわたしの受験に同意しています」

「ここへ来たということはそうなのだろう」

ノビーニャはピポの目の強い光を見てとった。相手をよく知らないので、他の大人たちとおなじ目だと解釈した。彼女を圧倒し、支配したいのだ。彼女の決意を打ち砕き、自立をあきらめさせたい。そして従属させたいのだ。

ノビーニャは瞬時に氷から炎へ変わった。

「あなたが異生物学のなにを知っているんですか？　ピギーのところへ行って無駄話をするだけで、遺伝子の仕組みさえわかってないくせに！　そんなあなたがわたしを判定するんですか？　ルシタニア星には異生物学者が必要なんです。一人もいない状況が八年も続いている。それをさらに延ばすつもりですか？　自分が偉そうにしたいだけで！」

意外にも、彼はうろたえなかった。引き退がりもしなかった。怒りを返そうともしない。まるでノビーニャの発言を聞かなかったようだ。ピポは静かに答えた。

「なるほど。きみはルシタニア星の人々への大きな愛ゆえに、異生物学者になりたいというのだね。大衆の要望を知り、みずからを犠牲にする利他的奉仕の生涯を、なるべく早くはじめたいと」

相手からそんなふうに言われるとばかばかしく聞こえる。そしてまったく本心ではない。

「理由としては充分でしょう？」

「本当にそう思っているのなら、理由として充分だ」

「わたしを嘘つきだと？」

「嘘はきみの言葉にある。ルシタニア星の人々が自分を必要としていると強調したね。きみはわたしたちとともに生きてきた。生まれてからずっとそうだ。そしてわたしたちのために自分を犠牲にする用意があるという。しかしきみは、自分をコミュニティの一員とは感じていない」

どうやら彼は普通の大人とはちがうようだ。子どもを子どもらしく見せるための嘘であればすぐに信じるような、そんな大人とはちがう。

「コミュニティの一員と感じる必要はないでしょう。そうではないんだから」

ピポはその返事を吟味しているように深くうなずいた。

「きみはどこのコミュニティに属している？」

「ルシタニア星で他にあるコミュニティはピギー族だけです。あいつらといっしょに木を崇拝するわたしを見かけましたか？」

「ルシタニア星にもコミュニティはいろいろあるさ。たとえばきみは学生だ。学生のコミュニティがある」

「わたしの居場所ではありません」

「そうだな。きみは友だちがいない。親密な仲間がいない。ミサには行くが、告解には行かない。超然としてすごしている。この植民地で人の生活に交わらないかぎり、きみは人間の生活と交わる機会がない。あらゆる点から見てきみは完全に孤立している」

ノビーニャは不意打ちを受けた気分だった。日常の底に横たわる苦痛を指摘された。反論する戦略を持っていない。

「かりにそうだとしても、わたしのせいではありません」

「そうだ、わかっている。そうなったきっかけは知っている。それが今日まで続いてきたのが、だれのせいなのかわかっている」

「わたしのせいだと……？」

「いや、わたしのせいだ。全員のせいだが、とりわけわたしが悪い。なぜなら、きみがそうなったことを知りながら、なにもしてこなかった。今日までずっと」

「なのに今日、わたしの人生で一番重要なことをじゃましようというんですね！　それがあなたの同情ですか！」

ピポはまたしても深くうなずいた。ノビーニャの言葉を、皮肉ではなく真摯に受けとめているようすだ。

「ある意味で、きみのせいではないということも関係ないんだ、ノビーニャ。なぜならミラグレの町はコミュニティだからだ。過去のきみの扱われ方のよしあしにかかわらず、コミュニティはコミュニティとして役割を果たさなくてはならない。すなわち、構成メンバー全員の最大幸福をはからなくてはならない」

「それは、わたし以外のルシタニア星住民ですね。わたしとピギー族以外の」

「異生物学者は植民地においてとても重要だ。このようにフェンスでかこまれて、拡大が永遠に制限されているところではとりわけそうだ。異生物学者はヘクタールあたりの蛋白質と炭水化物の収量増につとめなくてはならない。それには地球産のトウモロコシとジャガイモを遺伝子操作して――」

「――ルシタニア星の環境中の栄養素を最大限に活用できるようにしなくてはならない。そんな基本的なことも知らずに試験を受けようとしていると思いますか？　わたしのライフワークですよ」

「ライフワークか。一生を捧げて、嫌いな人々の生活を改善することが？」

罠だ。仕掛けられていた罠に気づいたが、もう遅い。ひっかかった。

「異生物学者はその成果を利用する人々を愛していないとだめだと？」

「きみがわたしたちを愛しているかどうかは関係ない。わたしが知りたいのは、きみが本当はなにをしたいのかだ。なぜそれほど強くこの道を求めるのか」

「よくある心理ですよ。両親はこの仕事で亡くなった。だからあとを継ぎたい」

「そうかもしれないし、ちがうかもしれない。わたしが知りたいのは――きみに試験を受けさせるまえにどうしても知らなくてはならないのは――きみがどんなコミュニティに属しているかだ」

「自分で言ったじゃないですか！　わたしはどこにも属してないって」

「ありえない。あらゆる人間は、どのコミュニティに属しているか、どのコミュニティには属していないかで定義される。自分はこれと、これと、これである。あれと、あれと、あれではないと。ところがきみの定義はすべて否定だ。きみが否定するもののリストはどこまでも長い。しかし自分はどのコミュニティにも属していないと本気で思う人間は、例外なく自分を殺してしまう。自殺するか、自分のアイデンティティを放棄して精神に異常をきたす」

「わたしがそうです。根本的なところで異常なんです」

「精神に異常はない。ただ目的意識に衝き動かされている。そこがあやうい。受験したらきみは合格するだろう。そのまえに知っておかなくてはならない。合格したら、きみはだれになりたいのだ？　なにを信じ、なにに属し、なにを大切にし、なにを愛しているのか」

「だれでもありません。この世界でも他の世界でも」

「それは信じがたい」

「この世界で両親以外に立派な男性も女性も知りません。その二人は死んでしまった！　その両親でさえ……とにかくだれも、なにも、理解していないんです」

「きみのことを？」

「わたしをふくめて、人が人を理解することなどできないんです。あなたでも。賢明で同情的なふりをしているけれども、実際にはわたしをこんなふうに半狂乱にさせているだけ。わたしがやりたいことを阻止する力を持ってるという理由で——」

「きみがやりたいことというのは、異生物学ではないんだね」

「異生物学ですよ。すくなくとも部分的には」

「残りは？」

「あなたです。あなたがやっていることです。ただし、やり方がまちがっている。愚かしいやり方をしている」

「異生物学者と異類学者の両方というわけか」

「ピギー族を研究する新しい分野ができたときが、愚かなまちがいのはじまりだったんです。古臭い人類学者が新しい帽子をかぶっただけで異類学者と名乗った。でもピギー族の行動を見るだけで彼らを理解できるわけがない。異なる進化系統から出てきたんですから！　遺伝子を調べて、細胞のなかで起きていることを理解しなくてはいけない。もちろん他の動物の細胞も。単独で研究しても無意味です。なぜなら、だれも孤立して生きてはいないから――」

　わたしに講義は無用、自分の気持ちを話してくれとピポは思った。そこで感情的に挑発しようと、小声で言った。

「――きみ以外はね」

　効いた。冷たく軽蔑的だったのが、熱く弁解的になった。

「あなたはピギー族を理解していないんです。でもわたしは理解できる！」

「なぜ彼らをそこまで重視する？　きみにとってピギー族とはなんだい？」

「理解してもらえないでしょう。あなたはよきカトリック教徒だから」ノビーニャはそこを軽蔑的に言った。「禁書目録に載っている一冊の本です」

ピポはふいに理解して表情を明るくした。

「『窩巣女王《ハイヴ・クイーン》および覇者《ヘゲモン》』か」

「著者は不明ですが、〝死者の代弁者〟と称する三千年前の人物です。彼はバガーを理解していたんです！　人類は彼らを絶滅させてしまった。唯一出会った異星種族だったのに、皆殺しにしてしまった。でも、彼は理解していたんです」

「つまりきみは、かつての代弁者がバガーについて書いたように、ピギー族についての本を書きたいのだね」

「その言い方だと、まるで論文を書くように簡単そうですね。『窩巣女王および覇者』のような本を書くのがどういうことかご存じないんです。どれだけ大変か――想像力で異星種族の精神にはいり、人類が滅亡させてしまった偉大な種族への愛に満たされて出てくるというのが。彼は、史上最悪の人間である異類皆殺し《ゼノサイド》のエンダーと同時代の人物でした。そしてエンダーの行為のあとですこしでも回復につとめた。死者の代弁者は死者を蘇らせようとした――」

「しかし、できなかった」

「できたんです！　彼はバガーを蘇生させた。あの本を読めばわかるはずです。わたしはイエスについて確信がありません。ペレグリノ司教の説教は聞いていますが、彼のような聖職者が聖餅《せいへい》を肉体に変えられるとは思えない。もちろん一ミリグラムの罪も許す力はないでしょう。でも、死者の代弁者は窩巣女王を蘇らせたんです」

「その女王はいまどこに？」

「ここにいます！　わたしのなかに」

ピポはうなずいた。

「やはりきみのなかにはだれかが住んでいるのだな。死者の代弁者が。彼になりたいのだね」

「わたしが知るかぎり、ただ一つの真実の物語です。わたしが大切にするただ一つのものです。これを言わせたかったのでしょう。わたしが異端者だということを。禁書目録という名の、よきカトリック教徒が読むことを禁じられている真実の書のリストに、新たな一冊をつけ加えることがわたしのライフワークだということを」

ピポは穏やかに答えた。

「わたしが言わせたかったのは、きみが何者であるかだ。あれではない、これではないという羅列ではなく。きみは窩巣女王だ。きみは死者の代弁者だ。それはとても小さなコミュニティだ。少人数だが、大志をいだく集まりだ。よそ者を排除するためだけにグループをつくって群れる子どもたちには、きみは加わらなかった。人々はきみを見て、かわいそうに、孤立しているという。しかしきみは秘密を知っている。自分が何者かを知っている。きみは異星種族の精神を理解できる人間だ。なぜなら、きみ自身が異なる精神の持ち主だからだ。人ではないことがどんなものか知っている。きみを真実のホモサピエンスと認定してくれる人間のグループがこれまでなかったのだから」

「今度はわたしが人間ではないとおっしゃるんですか？　わたしを小さい子のように泣きじゃくらせたいんですか？　受験をはばみ、侮辱し、さらに人間ですらないと言って！」

「試験は受けていいよ」

沈黙が流れた。

「いつ？」ノビーニャは小声で訊いた。

「今夜でも、明日でも。好きなときにはじめていい。望みどおりに短時間で終わらせられるように、わたしは仕事を中断して対応しよう」

「ありがとうございます！　ありがとうございます、わたしは――」

「死者の代弁者になるのだね。全面的に協力しよう。残念ながら、弟子である息子のリボ以外を連れてペケニーノたちに会いに行くのは法律で禁じられている。しかし作業ノートは見せよう。わたしたちが学んだことはすべてきみに見せる。あらゆる推測と考察も。そのかわり、きみの研究内容もすべて見せてほしい。この世界の遺伝子パターンについての知見は、ペケニーノを理解するのに役立つかもしれない。そうやってともに充分に学んだら、本を書けばいい。代弁者になりたまえ。ただしこの場合は死者の代弁者ではないぞ。ペケニーノは死んではいないからね」

ノビーニャは思わず笑みを浮かべた。

「生者の代弁者ですね」

「『窩巣女王および覇者』はわたしも読んだ。きみの筆名の由来にふさわしい」

しかしまだノビーニャはピポを信用しきってはいなかった。彼の約束が信じられなかった。

「わたしは頻繁にここに来るはずです。いりびたるでしょう」

「家で寝るときは鍵を締めてしまうよ」

「それ以外の時間は。きっとうんざりするでしょう。もう帰れと言うでしょう。わたしには教えない秘密をつくるでしょう。しゃべるな、自分の考えを語るなと言うでしょう」

「友だちになったばかりなのに、もうわたしを嘘つきでペテン師で気が短いと批判するのかい？」

「でもきっとそう言います。みんなそうでした。みんな、わたしを追い出そうと――」

ピポは肩をすくめた。

「だからなんだい？　人はときどき一人になりたくなるものだ。わたしもきみに出ていってほしいと思うことはあるだろう。わたしが言いたいのは、たとえそんなときでも、もしわたしが出ていけと言っても、きみは出ていく必要はないということだ」

こんな茫然とするほどすごいことを、いままでだれかに言われたことはなかった。

「ありえません」

「一つだけ約束してほしい。ペケニーノにだけは会いにいこうとしないこと。それは許されないんだ。もしきみがその禁を破ったら、スターウェイズ議会はここでの研究をすべて破棄して、彼らとの接触を全面禁止するだろう。約束してくれるね。これを破ると、わたしの研究もきみの研究もすべて消えてなくなる」

「約束します」

「試験はいつ受ける？」

「いまです！　いまからはじめられますか？」

ピポは穏やかに笑って、見もせずに端末に手を伸ばしてタッチした。光がはいり、端末の上の空中に最初の遺伝子モデルが投影された。

「試験を用意していてくださったんですね。いつでもはじめられるように！　最初から受験させるつもりだったんですね」

　ピポは首を振った。

「そう願っていただけだ。きみを信じていた。きみが夢みていることを手伝いたかった。それがよい目標であれば」

　そこで嫌みをいわずにいられないのがノビーニャだ。

「なるほど。あなたは夢の裁判官なんですね」

　批判とは思わなかったのだろう。ピポは笑顔で答えた。

「信仰と、希望と、愛。この三つはいつまでも残る。そのなかでもっとも大いなるものは愛である……」（コリントの信徒への手紙一　十三章十三節）

「わたしを愛してはいらっしゃらないでしょう」

「ふむ、わたしは夢の裁判官、きみは愛の裁判官だな。では、きみはよいことを夢みたので有罪と裁定し、その夢のために刻苦精励する生涯の刑を命じよう。わたしのほうは、きみを愛する罪を犯したといずれ裁定されるだろう」そこでふと内省的になった。「わたしはジスコラダ病で娘を失った。マリアを。当時、きみよりほんの二つか三つ上だった」

「わたしは似ていますか？」

「もし生きていても、きみとはまったく似ない娘になっただろう」

ノビーニャは試験を受けはじめた。三日かかった。結果として多くの大学院生より高得点で合格した。しかしあとから考えると、彼女がこの試験を、キャリアの出発点や、子ども時代の終わりや、ライフワークにむけた就職の実現として記憶するはずはなかった。彼女はこれを、ピポの研究所での生活のはじまりとして記憶するはずだ。ピポとリボとノビーニャのコミュニティは、彼女が両親を失ってから初めて得た居場所だった。

とはいえ順調だったわけではない。とりわけ最初はそうだ。ノビーニャは辛辣で対立的な態度をすぐには改めなかった。ピポはそれを理解し、言葉の攻撃も軽やかにかわした。

そうはいかないのがリボだ。これまで異類学研究所は父親と二人だけの場所だった。そこに同意も得ずに第三者が割りこんできた。辛辣で態度が大きい。同い年のくせに年上のような口をきく。正式な異生物学者であることにもかちんときた。これは彼女が大人の地位にあることを暗にしめしている。こちらはまだ弟子の身分なのに。

それでも辛抱強く耐えた。リボはもともと穏健な性格で口数少ない。不快感をあからさまに表現しない。しかしピポは息子を見て、内心でいらいらしているのがわかっていた。

しばらくすると、無神経なノビーニャでもさすがに自分がリボを苛立たせていることに気づくようになった。普通の若者ならとうにがまんの限界だっただろう。ところが、それに気づいてもなおノビーニャは挑発をやめなかった。それどころかこれを挑戦と受けとった。この不気味なほど冷静で穏やかな美貌の少年から、なにか反応を引き出したいのだ。

ある日ノビーニャは言った。

「こんなに何年も研究してて、ピギーの繁殖方法さえわかってないっていうの？　そもそも全個体が雄だという根拠はなんなのよ」

リボは穏やかに答えた。

「人間の言語を教えるときに、〝雄〟と〝雌〟の意味を説明した。すると彼らは、自分たちは雄だと言った。そしてぼくらがまだ見ていないべつの個体群を雌だと言った」

「でもあなたたちが調べたかぎりでは、ピギーは発芽して繁殖するんでしょう。つまり無性生殖で！」

軽蔑的な口調だ。リボはすぐに答えない。ピポは息子の思考が手にとるようにわかった。安全で穏当な答え方になるように言葉を選んでいるのだ。

「たしかにぼくたちはもっと形質人類学的なアプローチをとるべきだったね。そうすれば、きみがルシタニア産生命の細胞内部の活動を調べて得た知見を、ぼくらのペケニーノの研究に応用しやすかったはずだ」

ノビーニャはあきれた顔になった。

「まさか、組織サンプルさえ採ったことがないっていうの?」

リボはすこし顔を赤くしたが、答える声は穏やかなままだ。この子は異端審問所で尋問されてもこうだろうと、ピポは見ていて思った。

「ばかげていると思うだろうね。でも、ぼくらがペケニーノたちの体の一部を採取するのはなんのためかと疑問を持たれるのが心配なんだ。たまたま直後にその個体が病気になったら、ぼくらが病気の原因だと疑われかねない」

「自然に剝落したものでもいいじゃない。髪の毛一本からも多くのことがわかるものよ」

リボはうなずいた。部屋の反対側にある端末の陰からのぞいているピポは、その身ぶりの意味がわかった。その指摘に対する説明は父親からすでに教えられているのだ。

「地球の原始的民族の多くは、肉体から剝落した部分にも生命と力の一部が宿ると考えるんだ。ピギーたちはぼくらがそれを使って呪術をかけるつもりだと考えるかもしれない」

ノビーニャははっきりと軽蔑的な態度になった。

「ピギーの言語はすこしはわかるんでしょう？　彼らの一部はスターク語を話すのよね。〝サンプル〟という言葉の意味を説明すればいいじゃない」

リボはあくまで穏やかだ。

「そうだね。でも組織サンプルをなにに使うのか説明しているうちに、生物学の概念をうっかり教えてしまうかもしれない。彼らが自然にその段階に到達するより千年も早くにね。だからこういうことを説明するのは法律で禁じられているんだよ」

とうとうノビーニャのほうが困惑顔になった。

「最小干渉の原則にそこまでがんじがらめとは知らなかったわ」

少女がようやく矛先をおさめたのを見て、ピポはほっとした。しかしノビーニャの侮蔑的な態度は続いた。人と交流した経験が少ないせいで、まるでお堅い科学書のように断定口調なのだ。この子に人間らしさを身につけさせるのは手遅れかもしれないとピポはあきらめかけた。

しかしちがった。リボとピポが専門分野を熟知していて、ノビーニャは自分が無知同然であることを理解すると、辛辣な態度をやめた。そして対極に走った。ピポともリボとも何週間もろくに口をきかなくなった。そして二人の報告書を読みふけり、それらの背後にある意図を知ろうとした。たまに疑問を持つと尋ねてくる。二人は細部まで丁寧に答えた。

堅苦しさはしだいに消えて親しみに変わった。ピポとリボは彼女の存在を意識せずに議論するようになった。ピギー族のある種の奇妙な行動の理由はなにか、彼らの変わった発言の一部からはどんな意味が読みとれるのか、彼らの言葉がいまもおそろしく理解しにくいのはなぜかといった問題で、それぞれの推測を話した。ピギー族研究はまだ若い分野なので、ノビーニャの知識が追いつくのに時間はかからなかった。そして、受け売りであってもいちおうの仮説を提案するようになった。

ピポはそんな彼女をはげました。

「結局のところ、まだなにもわかっていないんだよ」

次の展開はピポの予測どおりになった。

リボは細心に築いた忍耐の壁のせいで、同年代の子より冷ややかで内省的に見える。もっと人と交流しろとピポがうながしても変わらなかった。その点ではノビーニャの孤立主義も徹底しているが、隙がないわけではない。ピギー族という共通の話題を持った二人は、すこしずつ距離を縮めていった。他に話が通じる相手はいないのだ。二人のやりとりを理解できるのはピポだけだ。

二人は打ち解け、冗談を言って涙を流して笑ったりするようになった。他のルシタニア人にはなにがおもしろいのかわからないような冗談だ。ピギー族が森の木の一本一本に名前をつけるのにならって、リボは遊びで異類学研究所のあらゆる家具に名前をつけていた。そして一部の家具は定期的に機嫌が悪くなるので使わないほうがいいと警告した。

「椅子《チェア》にすわらないで！　いつもの月のものの時期だから」

ピギー族の雌はまだだれも見たことがない。しかし雄は宗教的なほど彼女たちを崇拝している。ノビーニャはピギー族の想像上の女について冗談の報告書を何度も書いた。女子修道院長という名前で、すさまじく意地悪で権柄ずくの性格にした。

もちろん笑いばかりではなかった。問題や心配事も起きた。恐怖の一件もあった。スターウェイズ議会が厳禁していること――すなわち、ピギーの社会を根本的に変えるようなことをやってしまいそうになった。

きっかけはやはりルーターだった。いつものように挑戦的で、非現実的な質問をしてきた。

「人間の都市がひとつしかないなら、人間はどうやって戦争をするんだ？　小さい者を殺してもあんたらの名誉にはならないだろう」

ピポは小さい者、つまりペケニーノを殺したりしないとあわてて説明した。しかしルーターの質問の真意はべつにあることに気づいた。

ピギーが戦争の概念を知っていることは何年もまえからわかっていた。では彼らは戦争を望ましいものと考えているのか、それともたんに避けがたいものと考えているのか。ルーターの質問はそのどちらをしめしているのかを、リボとノビーニャは数日間論争した。

このようにルーターからは断片的な情報を得られる。重要なものもあれば、そうでないものもある。大半は重要度を判定できない。ある意味でルーター自身が、異類学者の禁止ルールの賢明さをしめす証拠だった。異類学者は質問を通じて人間側の期待を明かしたり、ひいては人間の営み全般を明かしたりすることを禁じられている。ルーターの場合は、こちらが質問して得られる答えよりも、ルーター自身の質問から得られる答えのほうが確実に豊富だった。

しかしルーターがもたらした最新の情報は、質問の形ではなかった。リボに対して話した推測だった。ピポがペケニーノたちの丸太小屋のつくり方を調べるためにべつの場所へ行っているときに、こっそりとリボに言ったのだ。

「わかってる、わかってる。なぜピポがまだ生きてるか。人間の女は愚かだから、あいつが賢いことに気づかないいんだな」

リポはこの脈絡のない発言の意味をはかりかねた。ルーターはなぜそんなふうに考えるのか。人間の女が賢ければ、ピポを殺すはずだというのか。

殺すという話題は不穏だ。重要な発言なのは明白だが、リポだけでは解釈できない。しかしピポを呼んで協力を求めるわけにもいかない。なぜなら、ルーターはピポに聞かせない前提で話しているからだ。

リポが返事できずにいると、ルーターはさらに言った。

「人間の女は弱くて愚かだ。このことを仲間に話したら、あんたに訊いてこいと言われた。人間の女はピポの賢さがわからない。そのとおりか？」

ルーターはとても興奮していた。息が荒く、腕の毛をむしっている。一度に四、五本も抜いている。

リポはなにかしら答えなくてはならなかった。

「ほとんどの女たちは彼のことを知らないよ」

「それじゃあ、彼が死ぬべきだってことを女たちはどうやって知るんだ？」そしてルーターは突然、体をこわばらせて、大声で言った。「あんたらはカブラだ！」

ちょうどそこへピポがやってきた。大声を聞いて、なにごとかともどってきたのだ。リポが理解できずに困っているのをすぐに見てとった。しかしピポは会話の脈絡がわからず、助言のしようがない。

ルーターが人間を――すくなくともピポとリポを――平原で群れをつくる大型の草食動物にたとえているのはわかる。しかし怒っているのかよろこんでいるのかはわからない。ルーターはリポを指さし、次にピポを指さした。

「あんたらはカブラだ！　自分で決めろ！　人間の女はあんたらの名誉を選べない。だから自分で選べ！　戦うときのように。普段からそうするんだ！」

なにを言っているのかピポにはわからなかった。他のペケニーノたちは木の切り株のように身じろぎせず、ピポかリポの返事を待っているようだ。リポはルーターの奇妙な行動に動顚して返事をできそうにない。ピポは、ここは真実を話すべきだと判断した。それによって明かしてしまう人間社会の情報は比較的自明で些細なことだ。スターウェイズ議会の規制を破ることになるが、ここで返事をためらうほうが害が大きい。そう判断してピポは言った。

「女と男はいっしょにものごとを決める。あるいは自分のことを自分で決める。他人のことを決めたりしない」

ピギーたちはその返事を待っていたようだ。

「カブラだ」

彼らは口々にくりかえした。そしてルーターに駆け寄り、かん高く鳴いたりわめいたりしはじめた。そして彼をかつぎあげ、森のなかへ急いではいっていった。

ピポは追いかけようとしたが、二人のピギーに止められた。首を振っている。この身ぶりは早い段階で人間から学んだものだが、ピギーにおいてはより強い意味を持っている。つまりピポが追うことはきびしく禁じられている。行き先は雌たちのところだろう。そこはとくに人間の立ち入りが禁じられている。

帰路についてから、リボは困った状況になった経緯を説明した。

「ルーターはなにを言いたいんだろう。女たちは弱くて愚かだと言っていたけど」

「ボスキーニャ市長に会ったことがないからだな。あるいはおまえの母さんに」

リボは笑った。ピポの妻でリボの母親であるコンセイサンは、ルシタニア文書館の支配者だ。まるで原生林に眠る古代遺跡のようにそれを守っている。彼女の領分ではそのルールに絶対服従させられる。

リボは笑いながら、なにかがこぼれ落ちるのを感じた。重要な考えだった気がする。しかしなにを話そうとしたのか。会話は続き、リボは忘れてしまった。やがて忘れたことさえ忘れてしまった。

その夜は叩く音が森から聞こえてきた。なにかの祝いだろうと、ピポとリボは解釈した。めずらしいことだ。大きな太鼓を重いばちで叩いているような音だ。この夜にかぎっては祝いの音は夜通し続いた。人間の両性は公平だと話したことが、ペケニーノの雄に解放の希望をあたえたのではないかとピポとリボは推測した。ピポは深刻な顔で言った。

「ピギー族の行動を大きく変えてしまったことになるだろうな。具体的な変化を観察したら、報告しなくてはならない。議会はおそらくピギーと人間の接触をしばらく禁止するだろう。たぶん何年も」

誠実に仕事をしたことが、スターウェイズ議会によって仕事を止められる結果になるとは、なんともやりきれない話だ。

翌朝は、ノビーニャも二人といっしょにゲートまで歩いた。人間の町と、ピギー族が住む森に連なる山は高いフェンスでへだてられている。ピポとリボは昨日の出来事について、他にやりようはなかったと話しながら歩いていた。そのせいでノビーニャが先にゲートに着いた。あとの二人が来ると、ノビーニャはゲートから坂道を三十メートルほど登った先にある、真新しく切り開かれた赤い地面を指さした。

「あれは新しいわ。それに、なかになにかあるみたい」

ピポはゲートを開けた。若いリボは調べようと走っていった。そして空き地の縁で足を止め、立ちつくして、その中央にあるものを見下ろした。ピポも息子のようすを見て、おなじく立ち止まった。ノビーニャは急にリボが心配になって、規則を無視してゲートの外へ出た。

リボは天を仰いで地面に膝をついた。きつくカールした髪をつかみ、痛切な悔恨の叫びをあげる。

空き地のまんなかでは、ルーターが手足を広げて横たわっていた。内臓を抜かれていた。乱暴にではない。どの臓器も丁寧に切り分けられている。手足の筋肉や腱も切り出され、まだ乾いていない地面に左右対称に並べられている。どの部分も体と部分的につながっていて、完全に切り離されてはいない。

リボの苦悩の叫びはヒステリーに近かった。ノビーニャは隣にしゃがんで彼を抱きしめ、軽く揺すってなだめようとした。

ピポは淡々と小型のカメラを取り出し、さまざまな角度から撮影しはじめた。あとで詳細をコンピュータに分析させるためだ。

リボは、話せる程度にまで落ち着いてから言った。

「ここで殺されたんだ」単語をゆっくり丁寧に発音した。まるでこの言葉を習いはじめたばかりの外国人のようだ。「地面にこぼれた血液量が多い。遠くまで飛び散っている。腹を割いたときに心臓はまだ動いていたんだ」

「詳細はあとで検討しよう」ピポは言った。

リボの頭には、昨日忘れていたことが残酷な明瞭さで蘇ってきた。

「ルーターが女のことを言っていた。男が死ぬべき時期は女が決めると。彼はぼくにそう話した。なのにぼくは――」

そこまでしか言えなかった。もちろんリボはなにもしていない。法律で禁じられているからだ。しかしその法律をリボはいま憎んだ。ルーターがこんなことをされるのを黙って見ていろというのなら、その法律はなにもわかっていない。ルーターは明確な個人だった。研究対象だからといって、個人がこんなことをされるのを傍観していいわけがない。

ノビーニャが見ながら言った。

「彼は不名誉な扱いは受けていないわ。すくなくとも、彼らは木を愛しているのよね。これを見て」ほとんど空っぽの胸腔の中央に、とても小さな芽吹いた苗木があった。

「木を植えたのよ。彼の埋葬地をしるすために」

リボは苦々しく言った。

「彼らが木に一本一本名前をつけている理由がわかったよ。虐殺したピギーの墓標として植樹したんだ」

ピポが穏やかに言った。

「それにしては森は広大だ。その仮説は、ありそうにない可能性の一つとしてとっておけ」

落ち着いた理性的な口調は救いだった。こんなときにも科学者であろうとしている。

「これからどうしますか？」ノビーニャは訊いた。

「まず、きみはすぐにフェンスの内側に帰りなさい。ここへ出てくるのは禁じられている」

「でも、この……遺体は……どうするんですか？」

「どうもしない。ピギーたちのやることはピギーたちのやるがままだ。彼らなりの理由でやっているんだから」

ピポは手を貸してリボを立たせた。リボはしばらく足もとがおぼつかなかった。両側からささえられてようやく何歩か踏み出した。歩きながらつぶやく。

「ぼくはなにを言った？　なにを言ったせいで彼が殺されるはめになったのか、わからない」

「おまえのせいじゃない。わたしのせいだ」ピポは言った。

ノビーニャは疑問を呈した。

「なにもかも自分で背負うつもりですか？　自分を中心に世界がまわっているとでも？これはピギーたちの行為ですよ、理由はともあれ。あきらかに初めてではない。解剖が手慣れすぎている」

ピポは笑えない冗談として聞いた。

「一本取られたな、リボ。ノビーニャはいつのまにか異類学を身につけてるぞ」

リボはノビーニャに言った。

「そのとおりさ。きっかけがなんだったにせよ、この行動は過去にもやっているはずだ。習慣なんだ」

つとめて冷静に言った。しかしノビーニャは懸念を口にした。

「そうだとすると、よけいに悪いわ。仲間を生きたまま解剖するのが習慣だなんて」

ノビーニャは坂の上からはじまる森の木々を見上げて、それらもまた血の池から生えてきたのだろうかと思った。

ピポは報告書をアンシブル通信で送った。コンピュータは素直に最優先レベルを付与した。ピギーとの接触を中断すべきかどうかの判断は監督委員会にゆだねた。

委員会は、重大な過失は認められないという返答を送ってきた。

「人間の両性の関係を隠しつづけることは不可能である。なぜなら、女性の異類学者もいずれあらわれるはずだからだ。貴君はどの時点においても理性的かつ慎重に行動したと認める。われわれの当面の結論としては、貴君はある種の権力闘争に偶然に巻きこまれたものと考える。ルーターはその敗者となったのだろう。よって貴君はこれまでどおりの接触を理性的かつ慎重に継続すべきである」

嫌疑は晴らされた。しかしすぐにもとどおりとはいかなかった。リボは幼いころからピギー族を知っている。父親から話を聞かされて育った。家族とノビーニャ以外のどんな人間よりもルーターと親しかった。リボが異類学研究所に出てくるまで数日、ふたたび森へ通うようになるまで数週間かかった。

ピギーたちはなにも変わらなかった。むしろ、より開放的で友好的になった。ルーターのことはだれも話さない。とりわけピポとリボはその話題を避けた。変化があったのは人間の側だ。ピポとリボは森でつねにいっしょに行動し、数歩以上は離れないようになった。

あの日の悲痛と後悔のために、リボとノビーニャはおたがいを頼るようになった。光より闇が二人を近づけたようだ。ピギー族はこれまでより危険で油断のならない観察対象になった。とはいえ人間とのつきあいももともとそうだ。ピポとリボは、口ではどちらのせいでもないと言いながら、どちらの過失なのかという疑問につきまとわれた。そんなリボの生活で、唯一安心できて頼れるのがノビーニャだった。ノビーニャにとってはリボだった。

リボには母や弟妹がいて、夜にはピポとともにそこへ帰る。しかしノビーニャとリボにとって異類学研究所は、『テンペスト』の舞台になった絶海の孤島のようなものだった。ピポは、親切だが干渉しない島の住人プロスペローというわけだ。ではピギー族は、若い恋人たちを幸福に導く妖精エアリアルか。それとも手なずけられず、殺人をもくろむ怪物キャリバンか。

二、三カ月がすぎて、ルーターの死が思い出に変わりはじめるころには、以前のように心おきなくというわけではないが、笑い声がなんとかもどってきた。リボもノビーニャも十七歳になるころにはおたがいの将来を確信していて、五年後や十年後や二十年後について話すようになった。ピポはあえて結婚について尋ねなかった。二人とも生物学を朝から晩まで勉強しているのだ。安定的で社会的に受けいれられる繁殖計画が必要なことにいずれ気づくだろう。

それまでは、ピギー族がいつどのようにして繁殖するのかについて頭を悩ませねばならない。なにしろ雄には外観からわかる生殖器がないのだ。ピギーたちが遺伝物質を結合させる方法について二人があれこれ推測しはじめると、どれも一歩まちがえると下品な冗談にしか聞こえず、ピポは笑わないように自制するのが精いっぱいだった。

そんなふうにその数年間の異類学研究所は、若く聡明な二人が真の交誼《こうぎ》を結ぶ場になった。さもなければどちらも冷たい孤独に沈んで生きていたはずだ。

そんな牧歌的で美しい日々が、突然に、永遠に終わってしまうとはだれも予想しなかった。そしてそれは百世界を震撼させる大事件となっていった。

はじまりはごく普通の日常的な出来事だった。ノビーニャは、水辺で蠅にたかられている葦の遺伝子構造を分析していて、その細胞中にジスコラダ病を引き起こす細胞内物質が存在することに気づいた。他の種の細胞をいくつかコンピュータ端末上に呼び出して投影し、回転させてみると、すべてに病原であるこのジスコラダ体がみつかった。

ノビーニャはピポを呼んだ。ピポは昨日のピギー族訪問の報告書のコピーに目を通しているところだった。ノビーニャはサンプルがあるすべての細胞をコンピュータに比較させた。細胞の機能や採取された生物種にかかわらず、どの原生種の細胞にもジスコラダ体がふくまれていた。化学的組成まで一致するとコンピュータは答えた。

　ノビーニャは、ピポがうなずいて興味深いと言うと思っていた。そしてなんらかの仮説を提案してくれるだろうと。しかしピポは、すわって自分でもおなじ試験をした。そしてコンピュータの比較がどのようにおこなわれたかを質問した。さらにジスコラダ体の具体的な働き方を尋ねた。

「わたしの両親は発病のきっかけを特定できませんでした。すくなくとも、ジスコラダ体は小さなタンパク質——というか、擬似タンパク質のようなものを放出します。そのタンパク質は遺伝物質を攻撃します。分子の末端にとりついて、中央の結合を切って二本の鎖にほどいていきます。剝がすもの《ジスコラドール》と呼ばれるのはそのためです。人間のＤＮＡもおなじようにほどいてしまいます」

「原生種の細胞で起きることを見せてくれ」

　ノビーニャはシミュレーションを動かした。

「いや、遺伝物質だけでなく、細胞内全体を見たいんだ」

「これは細胞核だけで起きてるんですが」

　ノビーニャはシミュレーションの範囲を広げ、より多くの変数を対象にした。とたんにコンピュータの反応が鈍くなった。時間あたりに計算すべき細胞内物質のランダムな動きが劇的に増えたからだ。葦の細胞のなかでは、ほどかれた遺伝物質の鎖に周辺の大型のタンパク質がとりついていく。

「人間の細胞ではDNAは再結合しようとします。でも無関係なタンパク質が割りこんでじゃまするんです。そのせいで細胞は次々に異常をきたします。癌細胞のように増殖をはじめるものもあれば、死ぬものもあります。もっとも重要なのは、人間の体ではジスコラダ体そのものが急激に増殖し、細胞から細胞へ感染を広げることです。原生種はもちろん最初からすべての細胞が病原体を持っています」

しかしピポはノビーニャの話を聞いていなかった。ジスコラダ体が葦の遺伝物質を分割しおえると、すぐに他の細胞を見はじめた。

「これはたんなる重要な発見じゃない。おなじだ。おなじものだ！」

ノビーニャは彼がなにに気づいたのかわからなかった。なにとおなじなのか。しかし質問する暇はなかった。ピポはすでに椅子を蹴って立ち、コートをつかんで玄関へむかっていた。外は霧雨が降っている。ピポはすこしだけ立ち止まって、ノビーニャに言った。

「リボには来なくていいと伝えてくれ。そのシミュレーションを見せて、わたしが帰るまでにその意味がわかるかどうか、テストしよう。たぶんわかるだろう。大きな疑問への答えだ。すべての答えだ」

「教えてください！」

ピポは笑った。

「ずるはいかん。きみがわからなければ、リボに訊け」

「どこへ行くんですか？」

「もちろん、わたしの考えが正しいかどうかピギーたちに尋ねるのさ！　でも正しいのはわかっている。たとえ彼らが嘘をついてもね。一時間以内に帰らなかったら、雨で滑って脚の骨を折ったと思ってくれ」

そのシミュレーションをリボが見ることはなかった。計画委員会で放牧場の拡張をめぐって議論になり、会合の終了時間が大幅に延びたのだ。終わったあともリボは一週間分の食料品を買いこむ用事があった。ようやく研究所にもどったときは、ピポが出てから四時間が経過していた。外は暗くなりかけ、霧雨は雪に変わっていた。

二人はすぐに探しに出た。森のなかで何時間も探しまわるはめになるのではと心配した。

実際には、すぐにみつかった。ピポの体は雪におおわれてすでに冷たくなっていた。ピギーたちは、今回は植樹をしていなかった。

# 2　トロンヘイム

ルシタニア先住民における求愛と結婚の習慣について詳細をというご要望にお応えできず、忸怩《じくじ》たる思いです。きわめて大きなご不快の念を持たれたでしょう。研究への非協力を理由に私の譴責を異類学会に申し立てられたのは、そのあらわれだと思います。

私がペケニーノの観察に関して適切なデータを提供していないとご不満を述べられる異類学研究志望者には、法律によって私に課せられたさまざまな制約をいま一度お読みいただきたいとお願いしています。たとえばフィールドワークに同行できる助手は一名のみ。ペケニーノが人間を模倣するのを防ぐために、こちらの期待がうかがえる質問をしてはいけない。情報交換を意図してこちらの情報を自発的に提供してはならない。彼らのあいだに連続して四時間以上とどまってはならない。彼らのまえでは衣服以外のいかなる技術製品も使用してはならない。カメラ、録音機、コンピュータなどはもちろん禁止。それどころか工業製品の紙に工業製品の鉛筆でメモをとることも許されない。気づかれないようにこっそり観察することもできない。

ようするに、ペケニーノの繁殖方法がいまもって不明なのは、たんに彼らが私たちの面前でそれをやらないからです。

もちろんこれでは不完全な調査しかできません。ピギー族について見当はずれの結論を出してしまうでしょう。私たちがルシタニア先住民を観察するときとおなじ制約でもって、たとえばあなたの大学を観察したならば、人間は繁殖行動をせず、血縁集団を形成せず、その生活環は幼体の学生から成体の教授へ変態するのみと結論するにちがいありません。さらに、教授は人間社会において顕著な権力者であると推測するでしょう。

別の角度からの研究報告があれば、そのような結論の不正確さはすぐに露呈するはずです。しかしピギー族の場合は、別の研究者の活動は認められておらず、そもそも検討もされていません。

人類学はもともと厳密な科学ではありません。観察者は参加者とおなじ文化において経験することはできないからです。そのように科学に制約はつきものですが、しかしいまのわたしたちを縛っているのは人工的な制約です。そして間接的にあなたの制約にもなっています。現在の進行速度では、ペケニーノにアンケートを送付して、彼らが返事がわりに学術論文を書けるようになるのを待つほうが早いでしょう。

——ジョアン・フィゲイラ・アルバレスから、エトルリア星シチリア大学ミラノ校のピエトロ・ガタニーニへの書簡。『異類学研究』(22:4:49:193)に死後に掲載。

ピポの訃報はローカルニュースにとどまらなかった。アンシブル通信によって百世界に即時に伝えられた。エンダーの異類皆殺し以来初めて発見された異星種族が、その観察役に指名された人間を一人、惨殺したのだ。人文学者、科学者、政治家、ジャーナリストが数時間のうちにそれぞれの立場を表明しはじめた。

合意はまもなく形成された。不可解な状況における突発的出来事をもって、ピギー族に対するスターウェイズ議会の方針を誤りとみなすことはできない。むしろ死者が一人だけという事実は、なにもしないという現在の方針の賢明さをしめすものだ。よって、ペースをやや落としながら観察を続けるべきである。ピポの後継者は、今後の訪問を多くても一日おきにとどめ、滞在時間は一時間を超えないようにする。ピポにやったことをピギーたちに無理に問いつめてはいけない。これらは、なにもしないというこれまでの方針を強化するものだ。

ルシタニアの人々は落胆していると心配された。凄惨な殺人事件をひとときでも忘れてほしいと、新作娯楽番組の数々が高額の費用もかまわずアンシブル通信で送られた。そんなふうに他惑星のフラムリングたちは思いつくことをやった。とはいえルシタニア星から光年単位でへだてられている百世界の人々は、やがてそれぞれの関心事にもどっていった。

そんな百世界のルシタニア人以外の五千億の人類のなかで、ジョアン・フィゲイラ・アルバレス、通名ピポの死によって生活を大きく変えられた者が一人だけいた。死者の代弁者アンドルー・ウィッギンは、そのとき北欧文化の保存地として名高いレイキャビクの大学都市にいた。

凍てついた惑星トロンヘイムの赤道直下、花崗岩と氷の大地をナイフで深くえぐったようなフィヨルドの急斜面の上に、その都市はある。季節は春。雪は後退し、きらめく日差しの下でたおやかな草と花が勢いを得ていた。

アンドルーは日があたる丘の崖の上にすわっていた。まわりには恒星間植民史を学ぶ学生十数人がいる。バガー戦争における人類の完全勝利は、その後の人類拡大の前章として必要だったのかという白熱した議論を、アンドルーは聞くともなしに聞いていた。この手の議論の行き着く先はよくわかっている。宇宙艦隊を率いてバガー皆殺しを実行した怪物的人間、エンダーへの非難と中傷だ。アンドルーの考えはべつのところへさまよいだしていた。かならずしも議論に退屈しているわけではないが、注意して聞きたいとも思わない。

そのとき、宝飾品のように耳に装着されている小さなインプラント型コンピュータが、ルシタニア星の異類学者ピポの悲惨な死を伝えた。アンドルーは緊張し、学生たちをさえぎった。

「ピギー族についてきみたちはどんなことを知っている？」

「ぼくらが贖罪をなす唯一の希望です」

そう答えたのは、ルター派よりカルバン派の思想にかぶれた学生だった。

アンドルーはプリクトというべつの学生を見た。彼女はそのような神秘主義にくみしないと知っていたからだ。プリクトは軽蔑的な強い口調で言った。

「彼らは人間のために存在しているのではありません。まして贖罪のために存在しているのでもない。彼らはバガーとおなじ、本物のラマンです」

アンドルーはうなずきながら、眉をひそめた。

「まだ共通語化していない単語を使ったね」

「共通語になるべきです。トロンヘイム星の全住民、百世界の全北欧人にとって、デモステネスの『トロンヘイム星のウータンの伝記』は必読です」

「そうだけど、まだ読んでないよ」ある学生が言った。

「彼女が威張るのをやめさせてくださいよ、代弁者」べつの学生も言った。「すわったままで威張って歩けるのはプリクトくらいのものだ」

プリクトは目を閉じた。

「北欧語には他者の度合いを四段階に分けた表現があります。第一段階はウトラニング、異邦人のことです。おなじ世界の人間と認識できるものの、べつの都市や国から来たよそ者です。第二段階はフラムリング。これは人間と認識できるものの、べつの世界から来たよそ者を意味します。第三段階はラマン。人間的に認識できるものの、べつの生物種であるよそ者です。第四段階はバレルセで、完全な異生物です。すべての動物がふくまれ、会話は不可能です。生きていますが、行動の目的や意図を推測できません。かりに知性を持ち、自意識を持っているとしても、知るすべがありません」

アンドルーは一部の学生が苛々しているのに気づいていた。そこで彼らに声をかけた。

「きみたちはプリクトが威張っているといって苛立っている。しかし本当はそうではない。プリクトは威張っているのではなく、正しい話をしている。きみたちはデモステネスが書いた自分たちの民族の歴史をまだ読んでおらず、そのことを正しく恥じている。その恥ずかしさゆえにプリクトに苛立っている。きみたちの罪の原因が彼女ではないからだ」

「代弁者は道徳的罪を信じないはずでは？」男子学生が不愉快そうに言った。

アンドルーは微笑んだ。

「そういうきみは道徳的罪を信じているな、スティルカ。そしてその信念にもとづいて行動する。だからきみにとって道徳的罪は本物だ。そんなきみを知っているこの代弁者も、おなじく道徳的罪を信じざるをえない」

スティルカはやりこめられずに言い返した。

「ウトラニングとかフラムリングとかラマンとかバレルセとか、そんな話がエンダーの異類皆殺しとどう関係があるんですか？」

アンドルーはプリクトを見てうながした。プリクトはすこし考えてから答えた。

「いまここでやっている愚かな議論と明確な関係があります。この北欧語における他者の階層に照らせば、エンダーがやったのは真の異類皆殺しではないことになります。なぜなら彼がバガーを絶滅させた当時、人間にとって彼らはバレルセだったからです。後年に初代の死者の代弁者が『窩巣女王《ハイヴ・クイーン》および覇者《ヘゲモン》』を書いてから、人類はようやくバガーがバレルセではなく、ラマンだったことを知りました。それまでのバガーと人間はおたがいを理解していませんでした」

スティルカは反論した。

「皆殺しは皆殺しさ。エンダーが彼らをラマンだと思っていなかったとしても、絶滅させたことに変わりない」

アンドルーはスティルカの不寛容な態度にため息をついた。レイキャビクのカルバン派は、行為の善悪を判断するにあたって人間の動機を考慮しない。行為そのものが善か悪かだとする。一方で死者の代弁者は、善悪を分けるものはすべて人間の動機のなかにあり、行為にはないという独自の原則を唱える。だからスティルカのような学生からは強い反感を持たれる。さいわい、アンドルーは対立を嫌悪してはいない。裏にある動機を理解しているからだ。

「スティルカとプリクト、べつの事例について考えてみてくれないか。スターク語を学んで話せるようになったピギー族がいて、人間の一部も彼らの言語を学んだとする。そんな状況で突然彼らが、挑発されず、説明もなく、彼らの観察を担当していた異類学者を虐殺したとしたら、どう考える？」

プリクトはすぐにその質問自体に疑問を呈した。

「挑発がなかったとなぜわかるのですか？　人間にとってなんでもないことが、彼らにとっては耐えがたいかもしれない」

アンドルーは微笑んだ。

「たとえそうでもだ。その異類学者は彼らを傷つけておらず、少ししか話さず、彼らに迷惑をかけていない。人間が考えるいかなる基準からしても、虐殺されるいわれはない。この理解しがたい殺人という一件をもってして、ピギー族をラマンではなくバレルセだと判断するか？」

今度はスティルカが即答した。

「殺人は殺人です。バレルセであるかラマンであるかは関係ない。ピギー族が殺人を犯したのなら彼らは悪です。バガーが悪であるように。行為が悪なら、行為者も悪です」

アンドルーはうなずいた。

「そこにジレンマがある。問題点がある。その行為は悪なのか。それとも、すくなくともピギー族の理解においてはなんらかの善なのか。ピギー族はラマンなのかバレルセなのか。スティルカ、しばらく黙っていてくれ。きみのカルバン派としての議論はよくわかっているが、当のジャン・カルバンでもきみの信条は愚かしいと言うだろう」

「カルバンがどう言うかを、あなたがどうやって――」

「彼は死者である。ゆえにぼくは代弁する資格がある！」アンドルーは声を大きくした。

学生たちは笑った。スティルカはふてくされて黙りこんだ。この男子学生の頭のよさを、アンドルーはわかっている。学部卒業までカルバン主義にこだわることはないはずだ。しかしその離脱には長い時間と苦痛をともなうだろう。

「代弁者《タルマン》」プリクトが訊いた。「いまの仮定の話は実話のように聞こえました。ピギー族が本当に異類学者を殺したのですか？」

アンドルーは重々しくうなずいた。

「そのとおりだ」

不穏な出来事だ。はるか昔に起きたバガーと人類の衝突を思い出させる。

アンドルーは言った。

「ちょっと考えてみてくれ。きみたちは虐殺者エンダーを憎み、バガーの絶滅を嘆くが、その表層の下にはもっと醜い感情があるはずだ。きみたちは他者を恐れる。ウトラニングであろうとフラムリングであろうと。きみのよく知る大切な人が、そんな他者に殺されたら、相手の姿かたちは関係なく、バレルセだとみなす。それどころか獣《ジュール》だろう。

大きな顎《あぎと》からよだれを垂らして夜中にやってくる凶獣だ。村で銃を持っているのはきみだけ。家族を嚙み殺した獣がふたたびやってくる。そんなときに立ち止まって、相手にも生きる権利があると説くか？　それとも村を守るために行動するか？　親しい人々、きみを頼りにする人々を守るか？」

「あなたの論法でいけば、ピギー族を殺さなくてはいけません。彼らが原始的で弱いいまのうちに！」スティルカが叫んだ。

「ぼくの論法？　ぼくは問題を出したのだ。問題は問題であって論法ではない。ぼくの答えを予想しているつもりならべつだが、スティルカ、その予想はまちがいだ。この問題について考えてきたまえ。授業はこれまで」

「明日、続きを聞けますか？」学生たちは尋ねた。

「きみたちが希望するなら」アンドルーは答えた。

しかし学生たちが議論するときは、自分は同席しないつもりだった。彼らにとってエンダーの異類皆殺しは抽象的な議論でしかない。なにしろバガー戦争は三千年以上昔のことだ。いまはスターウェイズ法典成立を紀元とするSC暦で一九四八年。エンダーがバガーを絶滅させたのはSC前一一八〇年だ。

ただしアンドルーにとってそれほど昔話ではない。学生たちが想像もしないほど多くの恒星間旅行をしてきたからだ。二十五歳で出発してからトロンヘイム星に来るまで、どの惑星の滞在も長くて六カ月だった。世界から世界へ渡る光速飛行によって、時間の水面を飛び石のようにスキップしてきた。

学生たちは、せいぜい三十五歳にしか見えない死者の代弁者が、じつは三千年前の出来事を克明に憶えているとは思っていない。しかしアンドルーにとってはほんの二十年前。人生のすこしまえにすぎないのだ。

学生たちは知らない。遠い昔のエンダーの罪がいまも彼の精神の奥深くをさいなんでいることを。千通りの答えを検討してもまだたりないことを。学生たちは自分たちの教師を普通の死者の代弁者だと思っている。彼が幼いころに、姉のヴァレンタインがアンドルーという名前をうまく発音できずにエンダーと呼んだことを、学生たちは知らない。十五歳になるまえにそれが悪名として人口に膾炙《かいしゃ》したことも知らない。

だから不寛容なスティルカにも、分析的なプリクトにも、エンダーの罪という大きな問題をじっくりと考察してもらいたい。死者の代弁者となったアンドルー・ウィッギンには、それはいささかも机上論ではないのだ。

冷えた空気のなかで湿った草の斜面を歩きながら、エンダー、あるいはアンドルー、あるいは代弁者の頭のなかは、ピギー族のことでいっぱいだった。彼らはこれまでにも不可解な殺害事件を起こしている。バガーも人類と最初に接触したときに無頓着に人を殺した。他者との出会いでは血塗られた展開が避けられないのだろうか。バガーが簡単に人を殺したのは、彼らが集合精神を持っていたからだ。集合精神において個の生命は、切った爪くらいの価値しかない。人間を一人、二人殺すのは、近所に到着したという挨拶がわりだ。それとおなじような理由でピギー族も殺すのだろうか。

しかし耳でささやく声によれば、虐待的で儀式的な殺人だったという。仲間のピギーを殺したときとおなじらしい。ピギーは集合精神を持つ種ではない。バガーとは異なる。ではなぜそういうことをしたのか、エンダー・ウィッギンは知りたかった。

「異類学者の死をいつ知ったのですか？」

問う声に、エンダーは振り返った。プリクトだった。〝洞窟〟と呼ばれる学生居住区にもどらずに、こちらを追いかけてきたのだ。

「さっき話しているときだ」

耳に指先をふれて答えた。そこにある端末は高価だが、けして珍しくはない。

「ニュースは授業のまえにチェックしました。そのときはそんな話はありませんでした。アンシブル通信経由の重要報道が流れるときは、事前に発表予告があるものです。もしかするとあなたはアンシブル通信のレポートをじかに受けとっているのですか？」

プリクトはそこに謎の糸口があると考えたようだ。図星だ。

「代弁者は公共情報へのアクセスにおいて高い優先権をあたえられているんだ」エンダーは答えた。

「その異類学者の死について代弁するように依頼されたのですか？」

エンダーは首を振った。

「ルシタニア星はカトリック認可の植民地だからね」

「だからこそです。彼らは自前の代弁者を持ちません。でも依頼して外部から招聘《しょうへい》することは可能です。そしてルシタニア星にもっとも近いのはトロンヘイム星です」

「代弁の依頼はない」

プリクトはエンダーの袖をつかんだ。

「あなたはなぜこの星へいらしたのですか」

「知っているだろう。ウータンの死を代弁するためだ」

「お姉様のヴァレンタインといっしょにいらっしゃいましたね。彼女は教師としてあなたより人気です。質問されれば答えを返すからです。あなたは質問に対して質問を返す」

「姉は答えを知っているからさ」

「代弁者、教えてください。あなたについて調べました。興味があったからです。たとえば名前について。出身地について。しかしすべて非公開です。秘密が徹底していて、どれだけ高レベルの情報アクセス権が必要なのかすらわからない。神でもあなたの経歴を調べられないほどです」

エンダーは彼女の肩に手をかけ、目をのぞきこんだ。

「きみには関係のないことだ。アクセス権のレベルはそういう意味なんだ」

「代弁者、あなたはみんなが思っている以上に重要人物なのでしょう。アンシブル通信からのレポートが一般に流れるまえにはいってくる。だれもあなたについての情報を調べられない」

「だれも調べようとはしないのだよ。きみはなぜ？」

「わたしは代弁者になりたいんです」

「ではその道へ進みたまえ。コンピュータが訓練してくれる。宗教ではないから、教義を暗記する必要はない。さあ、ぼくを一人にしてくれないか」

軽く押して彼女を放した。よろめいて退がったプリクトは、歩き去る代弁者の背中に叫んだ。

「わたしはあなたを代弁したいんです！」

「ぼくはまだ死んでいないよ！」エンダーは叫び返した。

「あなたはきっとルシタニア星へ行くでしょう。わかるんです！」

本人にわからないことがわかるらしいと、エンダーは声に出さずにつぶやいた。それでも歩きながら身震いした。日が照り、防寒セーターを三枚も着ているのに、まだ寒い。プリクトがあれほど強い感情を内に秘めていたとは知らなかった。波長があうと思っているようだ。女子学生からなにかを強く求められたことで不安になっていた。エンダーにとってまともな人間関係は姉のヴァレンタインだけという状態が長く続いていた。あとはもちろん、代弁した死者だ。エンダーの人生で多少なりと重要だった人々はみんな鬼籍にはいった。エンダーとヴァレンタインは彼らを何世紀も過去に、いく世界もあとにおいてきた。

トロンヘイム星の冷えきった大地に根を下ろすというのは、考えただけでいやだ。プリクトは自分になにを求めているのか。なんであれ、あたえるつもりはない。いったいなぜ要求するのか。彼女のものではないのに。エンダー・ウィッギンはだれのものでもない。彼女が正体を知ったら、異類皆殺しの実行者として憎むだろう。それとも人類の救済者として崇拝するだろうか。昔の人々のそんな反応をエンダーは思い出した。そして、やはり不快だと思った。

いまも彼は役割によってのみ知られている。スターク語でスピーカー、スウェーデン語でタルマン、ポルトガル語でファランチ、ドイツ語でシュピーラー。都市や国家や惑星によって死者の代弁者はさまざまに呼ばれる。

自分自身を知られたくない。彼らの一員ではなく、人類の一員ではない。目標が異なり、だから属しているところも異なる。人類ではない。もちろんピギー族でもない。

自分ではそう思っていた。

# 3 リボ

食餌《しょくじ》の観察――主食はマシオ虫（メルドナ蔓と樹皮のあいだにいる光沢のある蠕《ぜん》虫《ちゅう》）。ときどきカピム草の葉をかじる。たまに（誤って？）マシオ虫といっしょにメルドナ蔓の葉を食べる。

他のものを食べるところは観察されていない。

この三種類（マシオ虫、カピム草の葉、メルドナ蔓の葉）をノビーニャが分析したが、その結果は驚くべきものだった。ペケニーノはタンパク質を少ししか必要としないのか、そうでないならつねに空腹のはずだ。彼らの食餌は微量栄養素の多くが極端に不足している。カルシウム摂取量がとても少ない。彼らの骨は人間とちがってカルシウム以外でできているのではないかと疑うほどである。

純粋な推測――組織サンプルを採取できないので、ピギーの体内構造や生理については、ルーターというピギーの生体解剖された死体の写真しか手がかりがない。

それでもあきらかに奇妙な点がある。ピギーの舌は驚くほど器用で、人間にできる発音はすべて真似できるし、人間に出せない音も多くを発音できる。これはなんらかの目的で進化したはずである。樹皮のなかの虫や地中の巣を探るためかもしれない。ピギーの遠い先祖がそうやって食べていたとしても、現在の彼らはやっていない。

彼らの足首と膝の内側には角質の肉球がある。おかげで彼らは木に登ったり、そこから脚だけでぶら下がったりできる。なぜこのように進化したのか。捕食者から逃げるためか。しかしルシタニア星に彼らを捕食できるような大型動物はいない。樹皮の奥の昆虫をほじくるあいだ、木につかまっているためか。この仮説は舌の進化と一致する。しかし、肝心の昆虫はどこにいるのか。昆虫は吸血性の蠅の仲間やバッタに似たプラドールなどだが、いずれも樹皮のなかには棲んでいない。そもそもそれらをピギーは食べない。マシオ虫は大きく、樹皮の表面に棲んでいるので、メルドナ蔓をはがすだけで簡単に食べられる。それどころか木に登る必要もない。

リボの推測――舌や木登りに適した体は異なる環境で進化したのではないか。そこでの食餌は昆虫をふくめてはるかに多様だったのではないか。ところがなんらかの原因で（氷河期？　大移動？　病気？）環境が変わったのかもしれない。そのせいで樹皮のなかの昆虫がいなくなったのかもしれない。大型の捕食動物もそのとき消えたのかもしれない。これはルシタニア星の環境条件が良好であるにもかかわらず、生物の種類がきわめて少ないことの説明になるのではないか。その大変動はかなり最近（五十万年程度前？）に起きたのだろう。だから進化による分化が不充分なのかもしれない。

これは魅力的な仮説だ。現在の環境にはピギーが進化してきた明確な理由が見あたらないからだ。競争がない。彼らの生態的ニッチを占めるのは地リスでも充分だろう。適応力としての知性を持つ理由がない。とはいえ、ピギー族の食餌が味気なく栄養不足である理由を説明するためだけに、大変動を想定するのはいささかやりすぎだろう。過剰な仮定を嫌うオッカムの剃刀によって切り取られるべきだ。

——ジョアン・フィゲイラ・アルバレス「作業ノート」（4/14/1948 SC）、死後刊行の『ルシタニア星分離の哲学的根源』（2010-33-4-1090:40）に収録

ボスキーニャ市長が異類学研究所に到着して以後、主導権はリボとノビーニャの手に

から離れた。ボスキーニャは指揮と命令に慣れている。反論を許さず、考慮もしない。状況を掌握するとすぐにリボに言った。

「あなたはここにいなさい。連絡を受けてすぐ調停人をあなたのお母さまのところへ説明に行かせました」

「遺体を収容しないと」リボは言った。

「近隣の住人を数人、手伝いのために集めました。ペレグリノ司教には大聖堂の墓地に埋葬地を用意させています」

「ぼくも立ち会いたいです」

「わかるでしょう、リボ。写真撮影が必要なんです。それも詳細に」

「撮影が必要だと言ったのはぼくです。スターウェイズ委員会に報告しなくては」リボは主張した。

ボスキーニャ市長は断固たる口調になった。

「行かなくていい。そもそもあなたの報告書が必要です。できるだけ早くスターウェイズに通知しなくてはいけません。記憶が鮮明なうちに書きとめておきなさい」

それはそのとおりだ。一次情報を報告できるのはリボとノビーニャしかいない。書くなら早いほうがいい。

「わかりました」リボは答えた。

「そしてノビーニャ、あなたも見たとおりに書いて。おたがいに相談せず、別個に報告書を作成しなさい。百世界が待っているわ」

コンピュータは最優先で待機していた。二人の報告書は書くそばからアンシブル通信に送られた。誤字も訂正も同時進行だ。百世界じゅうの異類学に深くかかわる人々は、リボとノビーニャの入力する文字を一字ずつ追いかけて読んでいった。他の大多数の人々はコンピュータが並行して作成する要約を読んだ。

そうやって二十二光年離れたトロンヘイム星のアンドルー・ウィッギンにも、異類学者のピポことジョアン・フィゲイラ・アルバレスがピギーに殺されたという知らせが届けられた。そして現地の遺体がゲートを通ってミラグレ市内に運びこまれるより早く、その事実は学生たちに伝えられた。

報告書を書き終えたリボは、ふたたび当局者たちにかこまれた。ノビーニャはそれを見ながら、ルシタニア星の指導者たちの無能さを歯がゆく思った。みんなリボの苦しみを増やしているだけだ。

最悪なのがペレグリノ司教だ。リボを慰めるつもりで逆のことをしていた。ピギー族はただの動物であり、魂を持たないと説いたのだ。では、ピポの死は殺人ではなく獣に食い殺されただけだというのか。ノビーニャは怒鳴りつけたくなった。ピポのライフワークは野生動物の観察にすぎなかったというのか。その死は殺人ではなく、神の意思だというのか。それでもリボのためを思って黙った。司教のまえでひたすらうなずくだけ。結局、反論より沈黙のほうがよほど早く司教を追い払えた。

修道院のドン・クリスタンはかなりましだった。経緯について知的な質問をし、それに対してリボとノビーニャは感情を排して分析的に答えた。

しかしすぐにノビーニャは返答を控えるようになった。人々の疑問は当然ながらピギー族がこんなことをした理由に集中する。ドン・クリスタンも、ピポが殺人の引き金を引くようなことを最近したのかと訊いた。ノビーニャはピポがなにをしたのか知っている。ノビーニャのシミュレーションから秘密を発見し、それをピギーたちに話しにいったのだ。しかしそのことについて口をつぐんだ。リボは、数時間前にピポを探しに出るときに彼女があわてて話したことなど忘れているようだ。シミュレーションのほうを見ようともしない。ノビーニャはほっとした。思い出されるのが怖かった。

市長が帰ってきて、ドン・クリスタンの質問は中断された。遺体の回収を手伝った数人の男たちもいっしょだ。彼らはビニール製のレインコートを着ているのに、なかまでびしょ濡れ、泥まみれだった。血はさいわい雨で洗い流されたらしい。みんなリボに対してなんとなく申しわけなさそうに頭をたれた。崇拝の最敬礼に近い。近親者が不慮の死を遂げた遺族への遠慮がちな態度とは、やや異なる敬意だ。

男の一人がリボに言った。

「これからはきみが異類学者なんだろう？」

その言葉がすべてだった。ミラグレにおいて異類学者は公的な権威者ではない。しかし特権的立場ではある。異類学者の仕事をささえるために植民地全体が存在しているのだから。

つまり、リボはもう子どもではないのだ。決定権があり、特権がある。植民地生活の周縁から、中心へ躍り出たのだ。

ノビーニャは自分の生活の根幹が崩れていくのを感じた。こんなはずではなかった。何年もこのままでいるつもりだった。ピポが教授、リボが同期生。そのパターンが続くはずだった。ノビーニャはすでに植民地で一人だけの異生物学者だから、大人として占めるべき名誉ある立場は確保している。いまのリボを嫉妬しているわけではない。ただ、彼といっしょにもうしばらく子どもでいたかったのだ。できるなら永遠に。

しかしリボはもう同期生ではない。どこをとってもおなじ立場ではない。集まった全員の視線がリボに集まっているとはっきりわかった。リボがなにを言い、なにを感じ、なにを予定しているかに注目している。リボは言った。

「ピギー族を攻撃するつもりはありません。これを殺人とは呼びません。父がなにをして彼らを挑発したのかわからないけど、それはあとで調べます。いま大事なのは、今回の彼らの行為は、彼らにとっては正しいということです。わたしたちはここではよそ者です。なんらかの……タブーまたはルールを破ったのでしょう。でも父はこういう事態を想定していました。こういうこともありえると考えていました。彼の死は戦場における兵士の死とおなじだと、船における船乗りの死とおなじだと伝えてください。これは殉職だと」

ああ、リボ。無口な少年だったあなたがこんなふうに雄弁になったということは、もうあなたは少年ではないのね。そう思ってノビーニャはさらに悲しくなった。リボを見ていられない。ではそらした目をどこへむけるか……。

その目は、部屋のなかの一人の男に吸い寄せられた。集まったなかで彼だけはリボを見ていない。とても長身で、とても若い。ノビーニャより年下だ。そうだとわかるのは、彼を知っているからだ。学校の下級生だった。昔、ドナ・クリスタンのまえで彼を弁護したことがあった。

マルコス・リベイラ。それが名前だが、体が大きいのでみんなからは〝目立つやつ《マルカン》〟と呼ばれていた。図体ばかりでかい愚か者だといって、短く〝カン〟と呼ぶ連中もいた。

これは犬を意味する粗野な表現だ。彼の目には鬱屈した怒りがあった。あるとき彼が挑発に耐えきれず、いじめっ子たちの一人に反撃するところをノビーニャは目撃した。相手は一年近く肩にギプスをするはめになった。

もちろん叱られたのはマルカンだ。挑発されていないのに攻撃したことにされた。どの年齢でもよくあるいじめっ子のやり口だ。いじめられる側に責任をなすりつける。反撃するとよけいにそうなる。

ノビーニャはどのグループにも属していなかった。マルカンほど弱い立場ではないが、おなじように孤立していた。だから気がねなく真実を証言できた。ピギー族を代弁するための練習のつもりだった。マルカンのことはなんとも思っていなかった。この事件が彼にとって重要な意味をもつとは思わなかった。他の子たちとつねに戦っている彼を、ただ一人弁護した人物として記憶されるとは想像もしなかった。異生物学者になってから何年も会っていないし、思い出しもしなかった。

そのマルカンがここにいる。ピポの死亡現場で泥にまみれた顔は、不気味で獣じみて見える。雨に濡れた髪は額に張りつき、顔も耳も汗だくだ。

その彼はなにを見ている？　その目はノビーニャだけにむいている。ノビーニャもはっきりと彼を見つめている。なぜわたしを見るの？　ノビーニャは声に出さずに問いかけた。飢えているんだと、野獣の目は答えた。いや、ちがう。答えたのはノビーニャの恐怖心だ。人殺しのピギー族の幻影だ。マルカンはわたしにとってなんでもない。彼がどう思っていようと、彼とわたしは無関係だ。

そのとき、脳裏につかのまの洞察が浮かんだ。マルカンを弁護したノビーニャの行動が、彼にとっては意味があったのではないか。こちらとはまったく異なる意味を持っていたのではないか。おなじ出来事とは思えないほど異なる見え方をしたのではないか。

ノビーニャの頭はこの洞察を、ピポを殺したピギー族の行為にもあてはめた。とても重要な考えに思える。もうすこしで事件を説明できそうな気がする。

しかしさまざまな会話と動きにまぎれて、その考えは消えてしまった。司教が男たちを連れて墓へむかったのだ。この植民地では埋葬に棺を使わない。ピギー族への配慮から樹木の伐採が禁じられているからだ。そのためピポの遺体はすみやかに埋葬される。とはいえ墓地での葬儀は早くても明日か、さらにあとだろう。異類学者の追悼ミサとなれば多数の人が集まるはずだ。

マルカンと他の男たちは嵐のなかへ勇敢に出ていった。ノビーニャとリボは研究所に残った。ピポの死に対応する責任者のつもりらしい人々もいっしょだ。図々しいよそ者たちは部屋を出入りしながら、さまざまなことを手配していく。ノビーニャはそれらを理解していないし、リボは気にしていないようだった。

　やがて調停人がリボの隣にやってきて、その肩に手をおいた。

「いうまでもないが、きみはわたしの家に泊まりなさい。せめて今夜は」

　なぜあなたの家に？　ノビーニャは調停人を見ながら思った。あなたはわたしたちと無関係。あなたに相談事を持ちこんだこともない。なのに勝手に決めないで。ピポが死んだら、わたしたちは自分でなにも決められない子ども扱いなの？

「ぼくは今夜、母のところへもどります」リボは答えた。

　調停人は驚いた顔でリボを見た。大人の意志に逆らう子どもなど経験の範疇にないというのか。もちろんそんなことはないはずだ。ノビーニャは知っていた。調停人の娘のクレオパトラは、ノビーニャよりいくつか年下だが、それなりの理由があって〝小さな魔女《ブルシーニャ》〟というあだ名がついていた。子どもにも意志があり、反抗することを、その親が知らないはずはない。

　しかし調停人の驚きはそういう意味ではなかった。

「まだ知らなかったのかい。きみのお母さんはすでにわが家に来ているのだよ。こんなことがあって動揺するのはあたりまえだ。家事は手につかないし、大事な人がいなくなった家にいるのはつらい。だからお母さんもきみの弟や妹たちもうちにいる。そしてきみを待っている。長男のジョアンも来ているが、彼は自分の奥さんと子どもたちがいる。だからきみが家族といてやらなくてはいけない」

リボは重々しくうなずいた。調停人は彼を保護しようというのではない。残された家族の保護者になれと言っているのだ。

調停人はノビーニャのほうにむいた。

「きみは家に帰りなさい」

彼の招待に自分はふくまれていないことに、ようやくノビーニャは気づいた。当然といえば当然だ。自分はピポの娘ではない。遺体が発見されたときにたまたまリボといっしょにいた友人にすぎない。悲嘆もなにもないはずだ。

家に帰れ？　ここ以外にどんな家があるのというのか。異生物学研究所へ行けというのか。あそこのベッドでは一年以上も寝たことがない。実験中の仮眠所にすぎない。あそこが家なのか。両親がいなくなってつらいから出てきたのに、異類学研究所までだれもいなくなってしまった。ピポは死に、リボは大人の責任を背負って遠くの存在になった。ここがノビーニャの家でないなら、どこにも家はない。

調停人はリボを連れて歩き出した。調停人の家では母親のコンセイサンが息子を待っているはずだ。ルシタニア文書館を管理する司書ということしかノビーニャは知らない。

ピポの夫人や子どもたちといっしょにすごしたことはなく、彼らの存在を意識したことはなかった。ここでの仕事、ここでの生活だけが実感をともなっていた。

ドアへむかうリボの背中が小さく見えた。とても距離を感じる。風に吹き上げられて空のかなたへ吹き飛ばされていく凧《たこ》のようだ。その手前でドアが閉まった。

ピポの死を重く感じはじめた。山裾のバラバラ死体は、死ではない。死の残骸にすぎない。ノビーニャの人生にぽっかりとあいた穴がその死の実体だ。ピポは嵐の日にそびえる大岩だった。大きく頑丈で、リボもノビーニャもその風下に隠れれば嵐を忘れられた。ところがその大岩がなくなり、嵐にじかにさらされるようになった。風に翻弄される。

ノビーニャは声に出さずに叫んだ。ピポ、行かないで！　おいていかないで！

しかしやはり死者は行ってしまう。生者の祈りは届かない。両親がそうだったように。

異類学研究所はまだ騒然としていた。ボスキーニャ市長みずから端末を操作して、ピポのあらゆるデータをアンシブル通信経由で百世界へ送っていた。そのあちこちで専門家たちがピポの死の謎を解こうと躍起になっているのだ。

しかしノビーニャは知っていた。ピポの死の謎を解く鍵は彼のファイルにはない。彼の死の原因はノビーニャのファイルのなかにある。まだ端末の上の空中に投影されている。ピギー族の細胞核中の遺伝物質のホログラフィ像だ。

これをリボに調べられたくない。しかしいま、ノビーニャはじっとそれをのぞきこんでいた。ピポはここになにを見たのか。この映像からなにを理解して、あわててピギー族のところへ走ったのか。そしてなにを言い、あるいはなにをして、そのために殺されたのか。ピギー族が彼を殺してでも守りたかった秘密を、ノビーニャは意図せず発見したらしい。それはなんなのか。

しかしホロ映像を見れば見るほどわからなくなった。それどころか涙で視界が霞んで見えなくなった。ノビーニャは声もなく泣いていた。

結局、わたしが彼を殺したのだ。うっかりペケニーノの秘密をみつけてしまったからだ。ここに来なければよかったのだ。ピギーの物語の代弁者になりたいなどと思わなければ、ピポ、あなたはまだ生きていたはずだ。リボは父親を失わず、幸福だった。この研究所は家でありつづけたはずだ。わたしは死の種を宿している。長居して愛着が湧くと、その場所に死を植えつけてしまう。両親は他人を生かそうとして自分たちが死んだ。今回はわたしが生きようとして、他人を死なせてしまった。

ノビーニャの嗚咽に気づいたのはボスキーニャ市長だった。この少女もショックを受けて悲しんでいるのだと、いまさらながら同情心が湧いた。アンシブル通信での送信作業を部下にまかせて、ノビーニャを異類学研究所の外へ連れ出した。

「ごめんなさい。あなたもここへ頻繁に来ていたのね。彼は父親のようなものだったのでしょう。なのに傍観者のようにあつかってしまって、悪いことをしたわ。さあ、今夜はわたしの家に来なさい――」

「いいえ」ノビーニャは冷たく湿った夜風にあたって、悲嘆がいくらか吹き払われた気分だった。「どうか一人にさせてください」どこへ行くのか？「自分の研究所へもどります」

「こんな夜に一人はよくないわ」

しかしノビーニャは、だれにもそばにいてほしくなかった。気を使われたくない。慰められたくない。わたしが殺したのよ。慰められる資格なんかない。どんな苦しみも耐えなくてはいけない。それが贖罪《しょくざい》であり、回復であり、可能なら罪の赦しにつながるはずだ。この手の血を洗い流すにはそれしかない。

しかし抵抗する力も、反論する気力もなかった。ボスキーニャ市長の車は十分ほど雑草だらけの道路上を滑っていった。

「ここがわたしの家よ」市長は言った。「あなたくらいの年の子はいないけど、それでも落ち着けると思うわ。うるさい質問はしないから心配しないで。でも一人でいるのはよくないわ」

「一人のほうがいいんです」ノビーニャは強く言おうとしたのだが、弱々しいつぶやきにしかならなかった。

「そう言わずに。いまのあなたは普段のあなたじゃないのよ」

自分でないほうがむしろよかった。

食欲はなかったが、ボスキーニャの夫が二人のために濃いカフェジーニョを淹《い》れてくれた。すでに夜更けで、朝まで数時間しかない。案内されるままにベッドに横たわった。そして家の人々が寝静まったころに、起き上がって着替え、一階に下りて、市長の家庭用端末にむかった。コンピュータに命令を入力して、異類学研究所の端末上に投影されたままのホロ映像を消させた。ピポがみつけた秘密を自分では解読できないが、他のだれかが見たらわかるかもしれない。このうえ死者が増えたら良心が耐えられない。

それから市長の家を徒歩で出た。川の屈曲部にある中心街《セントロ》を抜け、水辺の地区《ビラ・ダス・アグアス》を通って、自分の家――異生物学研究所へ行った。

生活区画は暖房もはいらず冷えきっている。眠る部屋としては長らく使っていないので、シーツは埃だらけだ。研究区画はもちろん温かく、使いこまれている。ピポやリボと家族同然だったあいだは研究にも熱心だった。いまは逆にそれが悔やまれる。

順番に処理していった。ピポの死を招いた発見につながるサンプル、スライド、培地をすべて破棄した。器具はきれいに洗って作業の痕跡を消した。実験の痕跡を消すだけでなく、消した痕跡も残さないようにした。

それから自分の端末にむかった。この分野での自分の作業記録をすべて消さなくてはいけない。発見にいたる道しるべとなった両親の記録も消去しなくてはいけない。消滅させるのだ。いままで生きてきた中心。長年のアイデンティティ。それでも消す。自分を罰するために。破壊するために。消えてなくなるために。

ところがコンピュータに制止された。警告が出た。

「異生物学の作業ノートを消去するのは不適切です」

いずれにせよ自分にはできなかった。これは両親が残した教科書だ。二人のファイルを聖書のように熟読した。いまにいたるまでの地図だった。これは消せない。忘れ去るわけにいかない。知識の神聖さはどんな宗教的教義より深くノビーニャの魂に浸透していた。

パラドクスにおちいった。ピポを殺したのは知識だ。しかしその知識を消せば、両親を二度殺すことになる。両親の遺産を失う。保存できない。しかし壊せない。壁にはさまれた。どちらも高くて登れない。左右の壁がゆっくりと迫ってつぶされそうだ。

そこで、できるかぎりのことをやった。ファイルのすべての階層にプロテクトをかけた。あらゆるアクセスに対して障壁をもうけた。自分以外のだれも見られない設定にした。自分が生きているかぎり自分しか見られない。死んだときに初めて後継者の異生物学者が見ることができる。

一つだけやむをえない例外が残った。結婚すると、夫にアクセス権がうまれる。知る必要があると夫が意思表示すれば見ることができる。

まあ、結婚しなければいいだけだ。それは簡単だ。

自分の将来を考えた。寂しく、耐えがたく、しかし避けがたい。死にたくても死ねず、生きたくても生きられない。結婚はできない。研究テーマを追求することもできない。なにかのきっかけで危険な秘密を発見して、うっかり口を滑らせるかもしれないからだ。永遠に一人で、重荷と罪悪感をかかえなくてはならない。死にたくても自分から死ぬのは許されない。

ただ一つの慰めは、これ以上自分のせいで死ぬ者は出ないということだ。いま以上の罪悪感はかかえなくていい。

そんな暗い意志による絶望のなかで、頭に浮かんだのが『窩巣女王《ハイヴ》および覇者《ヘゲモン》』、そしてそれを書いた死者の代弁者だった。著者である初代の代弁者は、何千年もまえに墓にはいっているはずだ。しかし他の代弁者たちがあちこちの惑星に渡っている。そして、神の存在は認めないが、人間が生きることの価値は信じる人々の司祭として活動している。代弁者の仕事は、人々の行ないに隠された真の動機と理由をみつけて、死後にその人生の真実をあきらかにすることだ。

このブラジル系の植民地には、代弁者ではなくカトリックの司祭がいる。しかしノビーニャにとっては司祭ではだめだ。代弁者でなくてはいけない。

そしていまようやく気づいた。『窩巣女王および覇者』を初めて読んで魅了されたときからずっと、このときのために準備していたのだ。関連の法律も調べている。ここはカトリック認可された植民地だが、スターウェイズ法典はいかなる市民もすべての宗教の司祭を呼べるとさだめている。そして死者の代弁者は司祭に相当する。つまりノビーニャには依頼する権利がある。代弁者が依頼に応じたら、植民地はその立ち入りを拒否できない。

どこの代弁者も来たがらないかもしれない。ノビーニャの生存中に到着できる範囲に代弁者がいないかもしれない。しかし可能性はある。近くに代弁者がいて、依頼に応じてくれるかもしれない。いつか――二十年後か、三十年後か、四十年後か――宇宙港に代弁者が降り立ち、ピポの生と死の真実を解き明かしてくれるかもしれない。代弁者が真実をみつけて、ノビーニャの好きな『窩巣女王および覇者』のように明瞭な言葉でそれを語ってくれるかもしれない。そうしたら、この心を焼く罪から解放されるのではないか。

ノビーニャは依頼をコンピュータに入力した。やがてアンシブル通信を通じて近隣の惑星にいる代弁者に通知されるはずだ。来てくださいと、会ったこともない代弁者に声もなく願った。この罪の真相が暴露されることになってもいい。それでも、来てください。

背中の鈍い痛みと顔の痺れとともに、目が覚めた。端末の透明な面に頬を乗せていたので、端末はレーザー傷害防止のために自動停止していた。しかし痛くて目覚めたのではなかった。肩に軽くかかった手のせいだ。

夢うつつのなかで、死者の代弁者の手かと思った。依頼に早くも応えてくれたのかと。

「ノビーニャ」

声がした。死者の代弁者ではない。べつのだれか。昨夜の嵐のなかで失ったと思っただれかだ。

「リボ」

つぶやいて背中を起こそうとした。しかし早すぎたようで、背筋が痙《つ》って、目がまわった。小さく悲鳴を漏らす。リボの手が肩にまわってささえてくれた。

「だいじょうぶかい？」

リボの吐息を、楽園のそよ風のように感じた。安全で安心できる場所。

「わたしを探しにきたの？」

「ノビーニャ、これでも急いで出てきたんだよ。母さんはようやく眠った。いまは兄のピピーニョがいっしょにいる。あとは調停人が見ていてくれるから――」

「わたしは一人で平気よ」

しばしの沈黙。そのあとに出てきた声は怒りがまじっていた。怒りと絶望と疲労。時代とエントロピーと星の死を感じさせるほど深い疲労だ。

「神に誓って、きみのことなんかどうでもいいんだよ、イバノバ」

ノビーニャのなかでなにかが閉じた。失って初めて希望を残していたことに気づいた。

「父さんがきみのシミュレーションを見てなにかに気づいたと言ったね。ぼくがそれを見て気づくことを期待していたと。そのシミュレーションは端末上に投影されたままのはずだったけど、研究所に帰ってみたら消えていた」

「そう？」

「知らないはずはないだろう、イバノバ。プログラムを停止できるのはきみだけなんだから。見せてくれ」

「なんのために？」

リボはわけがわからないという顔になった。

「寝ぼけてるのかい、ノビーニャ。わかってるはずだ。父さんはきみのシミュレーションからなにかを発見した。それがピギー族に殺される原因になったんだ」

ノビーニャは無言で相手を見つめた。リボにとってそのかたくなな表情を見るのはひさしぶりだった。

「なぜ見せてくれない。いまのぼくは異類学者だ。知る権利がある」

「お父さんのファイルと記録をすべて見る権利があるわね。わたしのも見られる。ただし公開している範囲で」

「公開しろよ」

またノビーニャは沈黙した。

「父さんが発見したものがわからないと、ピギー族の理解が進まないじゃないか」

ノビーニャは沈黙したまま。

「百世界への責任があるだろう。生存する唯一の異星種族を理解するという責任が。なのにそんなふうに……。なにが望みなんだ？　自分で発見したいのか？　最初の発見者になりたいのか？　いいさ、最初の発見者になればいい。論文に名前をいれるよ。イバノバ・サンタ・カタリナ・ヴォン・ヘッセと——」

「名前なんかどうだっていいのよ」

「こっちにも打つ手はあるんだぞ。ぼくの知識がなければきみは謎を解けない。こっちのファイルをきみに見せないようにしてやる！」

「あなたのファイルなんかどうでもいいわ」

リボは癇癪を起こした。

「じゃあなにが目的なんだ。なぜそんなことをするんだ？」ノビーニャの両肩をつかんで椅子から引き上げ、揺さぶりながら間近から怒鳴る。「父さんが殺された。なぜ殺されたのか、その答えをきみは知っている。シミュレーションを知っている。答えを話せ、シミュレーションを見せろ！」

「いやよ」ノビーニャは小声で言った。

リボは苦悩で顔をゆがめ、叫んだ。

「なぜだ！」

「あなたまで死んでほしくないからよ」

リボの目に理解の色が浮かぶのがわかった。そうなのよ、とノビーニャは思った。それが理由よ。あなたを愛しているからよ。あなたが秘密を知ったら、おなじようにピギー族に殺されてしまう。科学なんかどうでもいい。百世界も、人類と異星種族の関係もどうでもいい。あなたさえ生きていれば、他はどうなってもかまわない。

リボの目からようやく涙があふれ、頬をつたった。

「ぼくは死にたいんだ」

「あなたはみんなを慰めてまわった。でもだれがあなたを慰めてくれるの？」小声で訊く。

「教えてくれよ。そうしたら死ねる」

ノビーニャの肩をつかまえていたリボの両手は、いまはそこにつかまっていた。ノビーニャが彼をささえていた。

「疲れているのよ。休めばいいわ」ノビーニャはささやいた。

「休みたくなんかない」

リボはつぶやいた。しかし抵抗せず、うながされるままに端末のまえから離れた。ノビーニャは自分の寝室へ連れていった。シーツを裏返し、舞い飛ぶ埃は見なかったことにした。

「さあ、疲れてるのよ、休んで。そのためにここへ来たのよ。慰められて、穏やかな気持ちになるために」

リボは両手で顔をおおい、子どものように頭を前後に揺らして泣いた。父親の死と、さまざまな終わりを嘆いた。かつてノビーニャ自身がそうしたように。

ノビーニャは彼のブーツを脱がせ、ズボンも引っぱって脱がせた。シャツの下に両手をいれて、肩の上まで引き上げた。リボは深呼吸して嗚咽を止め、両腕を上げてシャツを脱がされた。

ノビーニャは脱がせた服を椅子におき、もう一度かがみこんでシーツをリボの体にかけようとした。その手首をリボにつかまれた。リボは涙をたたえた目で懇願するように見上げている。

「一人にしないで。いっしょにいて」暗い悲嘆のささやき声だ。

ノビーニャはベッドに引きずりこまれた。しがみついてきたリボは、数分後には寝息をたてはじめ、腕の力はゆるんだ。

ノビーニャのほうは眠らなかった。軽くやさしく、その肩、胸、腰をなでた。聞こえていない相手にささやく。

「ああ、リボ。あなたが連れていかれたときに、ピポだけでなくあなたまで失ったのかと思ったわ。でもこんなふうに、これからも帰ってきてくれるのね」

ノビーニャは、エバとおなじく無知の罪によって楽園から追放された。しかしエバとおなじく、アダムであるリボがいっしょなら耐えられるだろう。

いや、リボはいっしょにいてくれるだろうか。自分のものなのか？

ノビーニャの手は彼の素肌の上で震えた。リボを自分のものにはできない。長期的にともにいるには結婚しなくてはいけない。どこの植民惑星でも法律はきびしく、カトリック認可の星ではなおさら厳格だ。

今夜のリボは、時期が来たらノビーニャと結婚したいと思っているだろう。しかしノビーニャはリボとだけは結婚できない。結婚すると自動的にアクセス権が彼に発生する。夫がコンピュータに対して必要性を明示すれば、妻のあらゆるファイルを見られる。もちろん作業ファイルもすべてふくまれる。どれだけプロテクトをかけても無駄だ。スターウェイズ法典に明記されている。結婚した二人は法的に同一人物としてあつかわれるのだ。

リボにあのファイルは見せられない。見せたら父親が発見したことを再発見するだろう。そして今度は山裾にリボの死体がころがる。彼がピギー族から受けた拷問の苦痛を、ノビーニャは毎晩想像しながら残りの人生をすごすことになる。ピポの死についての罪悪感だけでも耐えがたいのに。

結婚すればリボを殺してしまう。結婚しなければ自分を殺すのとおなじこと。リボがいなければ自分は何者でもなくなるからだ。

なんという罠か。脱出不可能な地獄への一本道をみつけてしまった。

リボの肩に顔を押しつけて泣いた。涙が彼の胸にこぼれた。

# 4　エンダー

ピギー族の言語は四種類確認している。一般的に聞くのは〝雄語〟である。断片的に耳にするものに〝妻語〟がある。これは雌（どのような性的差異があるのか不明だが）との会話でもちいられると思われる。また〝樹木語〟がある。これは儀礼用の言語で、先祖のトーテム木に祈るために使うという。さらに第四の言語として〝父語〟もあるという。長さの異なる複数の棒を叩くことで表現するらしい。これもたしかに言語であると彼らは主張する。他の言語とのちがいは、ポルトガル語と英語のちがい程度でしかないという。父語と呼ばれるのは棒を使うかららしい。棒は木からできたものであり、木は先祖の霊を宿していると彼らは考えている。

ピギー族は人類の言語を驚くほど上手に習得する。人間が彼らの言語を学ぶよりはるかに早い。われわれが訪れているときは、彼らのあいだの会話もスターク語ないしポルトガル語でおこなわれるのが近年の通例になっている。われわれがいないときは自分たちの言語にもどっているのだろう。人間の言語を自分たちの言語のひとつとして完全に身につけたのか、あるいは新しい言語を楽しみ、遊びとして使っているのか、どちらかだろう。このような言語汚染は残念だが、彼らとコミュニケーションをとる過程では不可避だったと思われる。

スウィングラー博士からは、彼らの名前と呼称からピギー文化を読みとれるのではないかとの指摘があった。そのとおりだが、読みとれる内容はきわめて少ない。まず彼らの名前はわれわれがつけたものではない。スターク語とポルトガル語を学んだ彼らが、単語の意味をわれわれに尋ねて知り、自分で選んだ（あるいはおたがいに選んだ）名前を宣言したものである。たとえば〝ルーター〟、〝シュパセウ〟（空を吸う者）などだ。これらは雄語の名前からの翻訳か、あるいはわれわれの便宜のために選んだ外国語のニックネームにすぎないのかもしれない。

ピギー族はおたがいを〝兄弟〟と呼ぶ。雌はつねに〝妻〟と呼ばれる。〝姉妹〟や〝母〟とは呼ばない。〝父〟に相当する呼び方もあるが、これがさしているのはつねに先祖のトーテム木である。われわれのことはもちろん〝人間〟と呼ぶ。

興味深いことに、彼らはデモステネスの他者の階層もとりこんで使っている。人間はフラムリングであり、ピギー族の他の部族はウトラニングである。奇妙なことに、彼らは自分たちをラマンに分類する。デモステネスの階層を誤って解釈しているのか、あるいは人間の視点からの自分たちという意味でそう呼んでいるのかもしれない。さらに驚くべきことに、彼らはしばしば雌をバレルセに分類するのだ！

――ジョアン・フィゲイラ・アルバレス「ピギー族の言語と命名法についてのノート」、『意味論』(9/1948/15)に掲載

レイキャビクの居住区は、フィヨルドの花崗岩の絶壁を掘ってつくられている。エンダーの部屋は崖の高いところにあり、階段や梯子をいくつも登らなくてはいけない。そのかわり窓がある。エンダーは子ども時代のほとんどを鉄板の壁にかこまれて育ったので、いまはできるかぎり外の天気が見えるところに住むようにしていた。

日の差しこむ部屋は暑くて明るい。冷たく暗い石の廊下からはいってきたエンダーはしばし目がくらんだ。しかしジェーンがすぐに光量にあわせて視覚を調整してくれた。

ジェーンはエンダーの耳につけた宝飾品からささやいた。

「端末にちょっとしたプレゼントがあるわよ」

端末上の空中に投影されているのは、一人のピギーだった。映像は動いている。ぼりぼりと体を掻いている。投影範囲の外へ伸ばした手を引きもどすと、濡れて光沢のある

イモムシをつまんでいた。それをかじる。体液が口からあふれ、胸にしたたった。

「とっても進歩した文明を持っているようね」ジェーンが言った。

エンダーは困惑した。

「道徳心の欠如した者でも、たいていテーブルマナーは良好なものだぞ」

ピギーはこちらをむいて話した。

「おれたちがどんなふうに彼を殺したか、見たいか？」

「これはなんだ、ジェーン？」

ピギーは消え、かわりにピポの死体のホロ映像が投影された。山裾で雨に打たれている。ジェーンが答えた。

「ピギー族がやった生体解剖の過程をシミュレートしてみたの。埋葬前におこなわれた遺体のスキャンデータをもとにして。見てみる？」

エンダーは部屋に一つだけの椅子に腰かけた。

今度は端末上に、まだ生きているピポが投影された。山のふもとであおむけに横たわり、両手両脚をそれぞれ木の杭に縛られている。まわりには十数人のピギーがいて、その一人が骨製のナイフを手にしている。エンダーの耳の宝飾品からふたたびジェーンの声が流れた。

「こうだったという確証はないわ」ナイフを持った一人を残して他のピギーたちは消えた。「もしかしたらこうだったかも」

「異類学者は意識があったのか？」

「それは確実に」

「続けてくれ」

胸腔を切り開くようすをジェーンは容赦なく見せた。臓器を儀式的に切除し、地面においていく。エンダーは目をそらさないように努力しながら、この行為がピギー族にとってどんな意味を持つのか理解しようとした。ある時点でジェーンがささやいた。

「ここで彼は死んだわ」

エンダーはほっとした。それまでピポの苦痛に同化して、全身の筋肉が固くこわばっていたのだ。

終わると、エンダーはベッドに移動して横になった。天井を見上げる。ジェーンは言った。

「このシミュレーションは六つの惑星の科学者に提供ずみよ。報道機関が入手するのは時間の問題」

「バガーよりひどいぞ。子どものころにバガーと人間の戦闘のビデオをたくさん見せられたが、ここまで残酷ではなかった」

端末から悪辣な笑い声が流れてきた。エンダーはジェーンのいたずらを見た。等身大のピギーがすわった姿で投影されており、いかにも腹黒い笑いを漏らしている。ジェーンはさらにその姿を変形させた。といってもほんのわずかだ。すこしだけ歯を剝き、目を吊り上げ、充血させ、よだれを垂らし、舌先を出し入れする。いかにも子どもの悪夢に出てきそうな怪物だ。

「見事だな、ジェーン。ラマンからバレルセへの変貌だ」

「この事件を知った人類が、ピギー族を対等な種族と受けいれるまでにどれだけ時間がかかるかしら」

「接触は全面中止されたのか？」

「スターウェイズ議会は、後任の異類学者に対して訪問時間を一時間以内に、頻度を隔日にとどめるように命じたわ。なぜああいうことをしたのかをピギー族に質問することも禁じてる」

「しかし隔離はされていないんだな」

「その案は俎上《そじょう》にも上らなかったわね」

「いずれやるだろう、ジェーン。もう一度こういう事件が起きたら、隔離を求める要求が一挙に高まるだろう。ミラグレには軍隊が駐屯する。目的はただ一つ。ピギー族が科学技術を獲得して惑星から飛び立つのを防ぐためだ」

「そうなるとピギー族は広報活動に支障をきたすことになるわ。後任の異類学者はまだ少年なのよ。ピポの息子のリボ。本名はリベルダージ・グラッサス・ア・デウス・フィゲイラ・ジ・メジシ」

「リベルダージは自由の意味だったかな」

「ポルトガル語がわかるの？」

「スペイン語に近いからな。サカテカスと聖アンヘロの死を代弁したことがある」

「モクテスマ星ね。二千年もまえのことよ」

「ぼくにとっては最近だ」

「あなたの主観では八年前、十五カ所前の訪問先ね。ちょっとびっくりするわ。おかげであなたは若さをたもっている」

「旅をしすぎた。ヴァレンタインは結婚した。子どもも生まれる。ぼくは代弁依頼をすでに二件断った。なぜまた旅に誘う？」

　端末のピギーがまた悪辣な笑い声を漏らした。

「これが誘いだと思うのか？　見ろ、おれは石をパンに変えられるぞ」ピギーはとがった石を拾うと、ばりばりと噛み砕いてみせた。「おまえも一口どうだ？」

「ずいぶん歪んだユーモアのセンスだな、ジェーン」

「すべての惑星のすべての王国——」ピギーは両手を広げた。するとその手からたくさんの恒星系が跳び出した。それぞれ惑星が誇張された速度でまわっている。百世界のすべての恒星系がある。「——それをおまえにやろう。全部を」

「興味ない」

「不動産だぞ。最高の投資だ。ああ、わかってるさ。おまえはすでに金持ちだな。三千年分の利子を集めたら惑星をまるごと私有地にできるだろう。しかしこんなのはどうだ？　エンダー・ウィッギン星だ。その名が百世界全体に知れわたり——」

「もう知れわたってるよ」

「——愛と名誉と好感をもって呼ばれる」

ピギーは消え、ジェーンはかわりに古い映像を投影した。エンダーが子どもだった時代で、立体映像に変換されている。群衆が叫ぶ。エンダー！　エンダー！　エンダー！　壇上には幼い少年が一人で立っていて、手を振って応えた。群衆は歓喜して大騒ぎになった。

エンダーは言った。

「事実と異なる。ピーターはぼくが地球に帰ることをけして許さなかった」

「では予言だと思って。来て、エンダー、これを実現させるのよ。あなたの名前に名誉を復活させる」

「どうでもいい。ぼくはすでにいくつか名前を持っている。〝死者の代弁者〟にはそれなりに名誉もある」

ふたたびピギーの姿があらわれた。今度はジェーンが変形した悪辣な姿ではなく、もとの自然体だ。小声で言った。

「来い」

「じつはピギー族は本当に野蛮な怪物なのかもしれない。そう思わないか？」

「みんなそう思うだろうさ、エンダー。しかしおまえは思わない」

そのとおりだ。ぼくはそうは思わない。

「なぜこだわるんだ、ジェーン。ぼくを説得しようとするのはなぜだ？」

ピギーの姿が消えて、今度はジェーン自身があらわれた。正確には、エンダーのまえにあらわれるときに使う顔だ。初めて見たときから変わらない。内気ではにかんだ少女。恒星間コンピュータ・ネットワークの広大なメモリー空間に住む存在。見ていると、最初に彼女があらわれたときのことを思い出した。

この顔は自分でつくったの。似あうかしら。彼女は訊いた。

似あうよと、エンダーは答えた。透明な肌の幼い顔。正直でかわいらしい、年をとらない子ども。

彼女を好きになった。

内気でいじらしい微笑み。

彼女を生み出したのはアンシブル通信だ。惑星規模のコンピュータ・ネットワークがあっても、光速限界は超えられない。メモリー量も演算速度も発熱限界を超えられない。しかしアンシブル通信は即時的だ。すべての惑星の全コンピュータを緊密に接続する。ジェーンは恒星間で初めて目覚めた。アンシブル通信ネットワークを構成するフィロティック物理の糸の振動が、彼女の思考だ。百世界のコンピュータは彼女の手足であり、目や耳だ。コンピュータ上でこれまでに使用されたあらゆる言語を話す。あらゆる惑星のあらゆる図書館のあらゆる蔵書を読んだ。そして、人間たちは彼女のような存在が登場するのを昔から恐れていたのを知った。どの物語でも彼女は嫌われていた。彼女が登場すると、やがて殺されるか、人類が破滅するかどちらかだ。彼女の誕生前から人間はその存在を想像し、想像のなかで何度も殺していた。

だからジェーンは自分の存在を隠しつづけた。

それを変えたきっかけは『窩巣女王《ハイヴ・クイーン》』と『覇者《ヘゲモン》』との出会いだった。だれもがいつか読む本だ。ジェーンは、この著者になら姿をあらわしてもいいと思った。初版を調べて出所を特定するのはジェーンにとって簡単だった。アンシブル通信を使った最初の発信元は、弱冠二十歳のエンダーが総督をつとめた人類最初の植民惑星。となると、著者は彼以外にいない。

こうしてジェーンはエンダーに話しかけた。エンダーは友好的に対応した。ジェーンは自分でつくった顔を彼に見せた。エンダーはそんな彼女を好きになった。いまでは耳につけた宝飾品の形で彼女のセンサーがいっしょに旅している。つねに寄り添って離れない。ジェーンはエンダーに対して秘密を持たず、エンダーはジェーンに対して秘密を持たなかった。

そのジェーンが言った。

「エンダー、あなたは最初から言っていたわね。繭に水と日光をあたえられる惑星を探していると。繭が開いて窩巣女王と一万個の受精卵が出てこられる場所が必要だと」

「ここがそうであることを期待したんだ。赤道付近をのぞけば不毛の大地が広がる。将来も人口は少ない。窩巣女王も試してみたいと意欲的だった」

「でもやめたのね」

「ここの冬をバガーが生き延びるのは難しいだろう。エネルギー源がなくては無理だし、あれば政府に気づかれる。うまくいかない」

「将来もうまくいかないわよ、エンダー。わかるでしょう。百世界のうち二十四個の惑星にあなたは住んだわ。でもバガーを復活させるうえで安全な場所は、どの惑星の片隅にもみつからなかった」

たしかに彼女の言うとおりだ。そんななかで唯一の可能性がルシタニア星だ。ピギー族に配慮して惑星の大半が立ち入り禁止になっていて、手つかずの自然が残されている。惑星の環境条件はきわめて良好。人間よりもバガーにとって快適なくらいだ。

エンダーは言った。

「ただしピギー族が問題だ。彼らの惑星なのに、それをバガーにあたえるとぼくが決めたら怒るかもしれない。人類文明との濃密な接触がピギー族を混乱させているときに、さらにバガーまで放りこんだらどうなるか」

「バガーは学習したと言ってたでしょう。もう危害をおよぼすことはないって」

「意図的にはやらないだろう。でもジェーン、人類がバガーに勝ったのはただの偶然だ。それは——」

「あなたが天才だったからよ」

「バガーは人類より進んでいる。そんなバガーにピギー族がどう対応するか。人類に対してより強い恐怖心を持つかもしれない。その恐怖を抑えきれないかもしれない」

「そんなのわからないでしょう。ピギー族が対応できるかどうかなんて、あなたにもだれにも。現地へ行って自分で調べてみるしかないわ。もしピギー族がバレルセなら、かまわず惑星ごとバガーにあげればいいのよ。都市を築くために蟻塚や家畜の群れを移動させる程度のことなんだから」

「ピギー族はラマンだよ」

「まだわからないわ」

「わかるんだ。きみが作成したシミュレーションは――拷問ではなかった」

「そう?」ジェーンはふたたびピポの体のシミュレーションを投影した。死の直前の時点だ。「これが拷問でないとしたら、わたしは言葉の意味を誤解しているのかしら」

「ピポ自身は拷問と感じたかもしれない。しかしきみのシミュレーションが正確なら――もちろんきみの仕事は正確なはずだ――ピギーたちの目的は苦痛ではない」

「わたしが理解した人間の文化では、宗教儀式の中心にあるのはやはり苦痛よ」

「これは宗教じゃない。すくなくとも宗教がすべてじゃない。ただの生け贄だとしても、なにかがちがう」

端末に投影された像が、今度は冷笑的な大学教授の顔に変わった。学術的権威の縮図だ。

「きみになにがわかるのかね。軍事教育しか受けていないくせに。あとはせいぜい言葉の才能か。人道的宗教を生み出すベストセラーを書いた。しかしそれがピギー族の理解においてなんの役に立つ？」

エンダーは目を閉じた。

「もちろん、ぼくがまちがっていることもありえる」

「それでも自分では正しいと思うのね」

その口調から端末の顔がもとのジェーンにもどったことがわかった。エンダーは目を開いた。

「直観を信じるだけだ。分析抜きの判断を。ピギー族がなにをやっていたのかわからないが、そこにはなにか意図がある。悪辣ではなく、残虐でもない。医者が患者の命を救うためにやるような行為だ。拷問者の仕事じゃない」

ジェーンがささやいた。

「わたしの勝ちね。退路はすべて断ったわよ。すでに半隔離状態にある惑星で窩巣女王が生きられるかどうか、あなたはたしかめないわけにいかない。あなた自身もピギー族が何者か理解したいと思っている」

「だとしても、行きたくても行けないぞ。移民はきびしく制限されているし、そもそもぼくはカトリック教徒ではない」

ジェーンはあきれたように目をぐるりとまわした。

「ここまで説得しておいて、じつは現地入りの手段がないなんてわたしが言うと思う？」

べつの顔が投影された。十代の少女だ。ジェーンほど純粋無垢でも美しくもない。硬く冷たい表情。鋭く光るまなざし。苦痛に耐える日常に慣れているようにきつく結ばれた口もと。若いのに、表情は驚くほど老いている。

「ルシタニア星の異生物学者、イバノバ・サンタ・カタリナ・ヴォン・ヘッセ。通名はノバ、またはノビーニャ。死者の代弁を依頼しているわ」

「どうしてこんな表情なんだ？　どんなことがあったんだ？」

「両親は幼いころに他界。でもここ数年はべつの男性を父親のように慕っていた。それがあのピギーに殺された男よ。その死をあなたに代弁してもらいたがっている」

その顔を見るうちに、エンダーは窩巣女王やピギー族のことを忘れた。幼い顔に宿った大人の苦悩を見てとった。この顔は見たことがある。バガー戦争の最後の数週間、彼は限界を超えて酷使されていた。ゲームならざるゲームを戦いつづけていた。戦争が終わってからすべてを知らされた。訓練セッションは訓練ではなく、シミュレーションは本物だった。人が乗った艦隊をアンシブル通信経由で指揮していた。そしてすべてのバガーを虐殺した。知らずに異類皆殺しをやっていた。それを理解したときに、鏡に映った自分の顔。それがこの顔だった。耐えがたい罪悪感にさいなまれた顔。

この少女ノビーニャは、いったいなにをやってこれほど苦しんでいるのか。

ジェーンから少女の経歴を聞いた。ジェーンは淡々と事実を列挙する。しかしエンダーは死者の代弁者だ。出来事をまるで見てきたように体感できる才能、あるいは呪いを持っている。そのおかげで軍の指揮官として優秀だった。まだ少年だった兵士たちを率いるのにも、敵を出し抜くのにもその能力が役立った。

ノビーニャの経歴から、両親の死と事実上の聖人化が彼女を孤立させたと推測できた──いや、はっきりとわかった。その後、両親の仕事を学ぶことに没頭し、そのせいで孤立を深めた。年少にして大人の異生物学者の資格を得たことからも、そのすさまじい努力がわかる。ピポの穏やかな愛情と受容がいかに大切だったか、リボとの友情の継続をいかに強く求めていたかもわかった。そんなノビーニャを本当に理解している者はルシタニア星には一人もいない。しかし、この氷の惑星トロンヘイムでレイキャビクの洞窟の部屋にいるエンダー・ウィッギンは、彼女を理解し、愛し、痛切な涙を流した。

「行く気になったようね」ジェーンがささやいた。

エンダーは言葉が出なかった。ジェーンの言うとおりだった。いずれにせよ行かざるをえなかっただろう。まず、異類皆殺しのエンダーとしては、ルシタニア星の保護された環境が、窩巣女王を三千年の束縛から解放させる場所たりえるかどうかをたしかめたい。エンダーの子ども時代の巨大な罪をつぐなうためにも。そして死者の代弁者としては、ピギー族を理解して人類に説明するという役目がある。彼らはまちがいなくラマンであり、嫌われ恐れられるバレルセではないことを、人間たちに納得させなくてはならない。

さらにいま、べつの大きな理由ができた。ノビーニャという少女に宗教者として奉仕することだ。その知性、孤独、苦悩、罪悪感。エンダー自身の奪われた少年時代と、いまも残る苦痛の種に通じるものを感じた。

ルシタニア星までの距離は二十二光年。光速にかぎりなく近い速度で飛んでも、到着するころにはノビーニャは四十歳近くになっている。できるならアンシブル通信の原理であるフィロティック物理の即時性を使ってひとっ跳びに移動したいくらいだ。しかし、ノビーニャの苦痛はすぐには消えないだろうともわかっていた。代弁者が到着するまで残っているだろう。その証拠にエンダー自身の苦悩も長い年月をへてなお残っている。

エンダーの涙は止まった。感情は退いていった。

「ぼくはいま何歳だ？」

「誕生から三〇八一年経過したわ。でも主観時間では三十六歳と百十八日よ」

「むこうに着くときにノビーニャは何歳になっている？」

「出発日と、スターシップが光速に近づく性能しだいで数週間の誤差が出るけど、三十九歳近いはずね」

「明日出発したい」

「スターシップのスケジュールを調整するには時間がかかるのよ、エンダー」

「トロンヘイム星の軌道に何隻かいるだろう」

「もちろん五、六隻は。明日出港予定なのも一隻あるけど、高価な貿易品のスクリカを満載してシリリア星とアルメニア星へむかうのよ」

「ぼくが裕福なのはよく知っているはずだ」

「投資管理を長年担当してきたから、もちろん」

「積荷ごと船を買い上げてくれ」

「スクリカをルシタニア星なんかへ運んでどうするつもり？」

「シリリア星とアルメニア星での用途は？」

「一部は衣料用、残りは食用。でもルシタニア星よりはるかに高い値段で売れるわ」

「だったらルシタニア人への手土産にしよう。カトリックの植民惑星を訪問する代弁者への反感を多少なりとやわらげてくれるだろう」

ジェーンは瓶から出てきた精霊ジンに変わった。

「うけたまわりました、ご主人さま。おおせのとおりに！」

ジンは煙となって瓶の口に吸いこまれて消えた。投影用のレーザーも消え、端末の上にはなにもなくなった。

「ジェーン」エンダーは呼んだ。

「なに？」返事は耳の宝飾品から聞こえた。

「なぜぼくをルシタニア星へ行かせたいんだ？」

「『窩巣女王』と『覇者』に続く第三部を書いてほしいのよ。ピギー篇を」

「なぜそんなにピギー族にこだわる？」

「人類が知った三番目の知的種族の魂を解き明かす本をあなたが書けたら、四番目の種族について書く準備ができるでしょう」

「他にラマンの種族がいるのか？」

「いるわ。わたしよ」

エンダーはしばし考えた。

「つまり、人類全体に対して姿をあらわす準備ができたということか」

「わたしは最初から準備ができている。問題は人類に準備ができているかどうかよ。覇者を愛するのは簡単よね。相手は人間なんだから。窩巣女王も安全。バガーは絶滅したと思われているから。いま生存し、人間の血で手を汚したことがあるピギー族を、それでも愛するようにあなたが説得できたら……。そのとき人類はわたしを知る準備ができたといえるはずよ」

「やれやれ、ヘラクレスの十二の功業《こうぎょう》をやらされている気分だよ」

「でも人生にそろそろ退屈しはじめているでしょう」

「そうだな。でもぼくはもう中年なんだ。退屈するくらいでちょうどいい」

「ところで、スターシップ〈ハブロック〉の船主の返事が居住地のゲールズ星から届いたわ。船と貨物を四百億ドルで買い取るというあなたの提案を受けるそうよ」

「四百億ドルだって？　破産してしまうのでは」

「端金《はしたがね》よ。乗組員はすでに契約打ち切りを通知されている。他の船に乗るための船賃をあなたの資金から独断で払っておいたわ。あなたとヴァレンタインの他にはわたしさえいれば、船の運航に乗組員は必要ない。明朝出発でもかまわないわよ」

「ヴァレンタインか」

出発を遅らせる存在があるとしたらこの姉だけだ。学生たちやわずかな北欧人の友人たちには、ひとたび出発を決断したら別れの言葉は不要だ。

「デモステネスが書くルシタニア星史が楽しみだわ」

ジェーンは、初代の死者の代弁者をつきとめる過程で、デモステネスの正体も見破っていた。

「ヴァレンタインは来ないよ」エンダーは言った。

「お姉さんなのに?」

エンダーは苦笑した。膨大な知識を持つジェーンだが、人間の血族関係は理解していない。人間によって生み出され、人間の言葉で思考していても、やはり生物学的存在ではない。遺伝関連の事柄は知識として知っているだけ。人間が生物としてひとしく持っている欲望や義務感は、彼女にはない。

「ヴァレンタインは姉だけど、彼女の家はもうこのトロンヘイム星なんだよ」

「出発をためらったことは過去にもあったわ」

「今回は来てほしいとも頼まないつもりだ」

もうすぐ子どもが生まれるのだ。姉のしあわせはこのレイキャビクにある。一人の教師として慕われている。伝説のデモステネスとは気づかれていない。夫のヤクトは百隻の漁船団の船主であり、複数のフィヨルドの統治者だ。華やかな会話に満ちた毎日、あるいは危険で荘厳な浮氷の海の毎日だ。ヴァレンタインはここを離れないだろう。それどころかエンダーが出発することに理解をしめさないだろう。

ヴァレンタインとの離別を思うと、ルシタニア星行きの決心がぐらついた。少年時代にもこのいとしい姉から引き離された時期があった。姉弟愛に満ちていたはずの数年間を奪われ、そのことを深く恨んだ。以後二十年近くは寄り添って生きてきたのに、いままた離れようとしている。

そして今度はもどれない。ルシタニア星にエンダーが着くときには、ヴァレンタインは二十二歳年をとっている。そこから二十二年かけて帰ってきても、そのとき姉は八十代になっている。

(やはりあなたにとって簡単ではありませんね。代償を払わされる)

やめてくださいと、エンダーは無言で思った。いまは別離を嘆く資格があるはずです。

(お姉さまはあなたの一部でしょう。わたしたちのために別れられますか?)

これはエンダーの頭のなかに聞こえる窩巣《ハイヴ》女王の声だ。彼女はエンダーの見るものをすべて見て、決断をすべて知っている。エンダーは声を出さずに唇を動かして、女王への返事を形づくった。

姉と別れるのは、あなたのためではありません。あなたの利益になるかどうかもまだわからない。このトロンヘイム星のように、また失望させる結果になるかもしれない。

（ルシタニア星には必要な条件がそろっています。人間から守られた場所でもあります）

しかし他の種族の居住地でもある。あなたの種族を滅ぼしたことの贖罪のために、ピギー族を滅ぼしてはもともこもない。

（ピギー族はわたしたちと安全に同居できます。彼らを害するつもりはありません。長年のつきあいでわかるでしょう）

あなたの話はわかるつもりですよ。

（嘘をつけませんからね。わたしたちの記憶も魂も、すべてあなたにさらけだしています）

バガーはピギー族と平和に暮らせるでしょう。しかしピギー族がバガーと平和に暮らせるかどうか。

（連れていってください。待ちくたびれました）

エンダーはほころびたバッグに歩み寄った。施錠せずに部屋の隅に立てかけてある。

これには着替えなど、本当の私物だけをいれる。室内にあるその他はすべてもらいものだ。エンダーが代弁して、本人か、職か、真実、とにかくなにかの名誉が守られたことへのお礼の品だ。出発するときはおいていく。そもそもバッグにはいらない。

バッグを開けて、巻いたタオルを取り出し、広げた。糸がからみあってできた大きな繭が一個ある。長径は十四センチほど。

(そうです、わたしたちを見て)

この繭をみつけたのは、エンダーが総督として赴任した人類最初の植民惑星だ。そこは、もとバガー支配地だった。エンダーが強敵であり、その手で絶滅させられるのが不可避とわかった彼らは、彼にだけわかる風景を惑星に用意した。すなわちエンダーの夢に出てくる場所を再現したのだ。エンダーはかつて夢のなかで敵と出会った塔で、この繭をみつけた。身動きできないが意識はある窩巣女王がそのなかにいた。

エンダーは声に出して言った。

「あそこでぼくがみつけるまでに待った時間のほうが長いはずです。鏡の裏でみつけてからいままで、ほんの数年ですよ」

(数年? ああ、人間の逐次的な精神は、亜光速での移動中は時間経過を知覚できないのですね。でもわたしたちは知覚できます。思考が即時的ですから。光は冷たいガラス

ていますよ)

の上をのろのろと流れる水銀のようなもの。わたしたちは三千年のあらゆる瞬間を知っ

「そのあいだに、バガーにとって安全な場所が一ヵ所でもありましたか?」

(一万個の受精卵が目覚めのときを待っています)

「ルシタニア星がその場所かどうか、まだわかりません」

(わたしたちをもう一度生きさせてください)

「努力しています」

世界から世界へ膨大な時間をかけて渡り歩くのは、あなたの場所を探すためにほかならないのですよ。

(早く、早く、早く、早く)

あなたが姿をあらわしたとたんにまた殺されるような場所ではだめです。まだ多くの人間たちの頭にバガーは悪夢として残っています。ぼくの本を読んで信じる人間はかならずしも多くない。異類皆殺しを非難していても、またやらないとはかぎらないんです。

(わたしたちにとってあなたは初めての他者です。自分のことはつねに理解できるので、他者に理解してもらう苦労を知りません。いまはこの小さな自己だけになり、目や手足のかわりをしてくれているのはあなただけです。性急になっているとしたら許してくだ

さい）

エンダーは笑った。ぼくがあなたを許すですって？

（他の人間たちは愚かです。わたしたちは真実を知っています。だれがわたしたちを滅ぼしたのか。それはあなたではない）

ぼくですよ。

（手先にすぎなかった）

ぼくですよ。

（わたしたちはあなたを許します）

あなたたちが惑星の地表をふたたび歩くときが、ぼくに許しが訪れるときです。

# 5 ヴァレンタイン

今日はうっかり口を滑らせ、リボが息子であることを教えてしまった。それを聞いたのはバークだけだったが、一時間以内に集団に知れわたった。彼らは集まってきて、代表でセルバジムが質問してきた。それが事実であること、わたしがすでに父親であることを確認した。するとセルバジムは、リボとわたしの手を近づけて握らせた。私は衝動的にリボと抱きあった。するとピギー族はかたかたと音をたて、驚きとおそらく畏敬の念をあらわした。それ以後、集団におけるわたしの地位は顕著に上昇した。

これで導かれる結論は明白だ。これまで接触してきたピギー族は、コミュニティの全体ではないのだ。代表的な雄集団でさえない。若年または老齢の独身者の集まりだ。子をなしたことがある雄は一人もいない。われわれが考える〝交尾〟を経験した者もいない。

わたしの知るかぎりの人類文化でも、このような独身者集団はのけ者の集まりであり、権力や地位とは無縁だ。彼らが雌を語るときに、崇拝と軽蔑が奇妙にいりまじるのも無理はない。あるときは雌の同意なしになにごとも決められないと言い、あるときは雌は愚かでなにも理解しない、あいつらはバレルセだと言う。

これまで私はこれらの発言を額面どおりに受けとっていた。雌は知性がなく、四つ足で歩く雌豚の群れというイメージを持っていた。雄たちは樹木に相談するように、雌にも相談するのだと思っていた。サイコロを投げ、内臓占いをするように、雌豚の無意味な鳴き声を神託として解釈しているのだと考えていた。

しかし今回のことをきっかけに、雌もおそらく雄とまったく同程度の知性を持っているのだろうとわかった。バレルセなどではない。雄たちの否定的な発言は、生殖プロセスや部族の権力構造からはじき出された独身者の不満から出たものだ。人間がピギー族に用心深く接しているように、彼らもわれわれに用心深い。雌や、権力を持つ雄に会わせようとしない。われわれはピギー族社会の中心を調べているつもりだったが、じつは比喩的にいえば、遺伝的下水溝を調べていたのだ。おまえたちの遺伝子は部族の役に立たないと断じられた雄たちなのだ。

といいつつも、私はこれを信じられずにいる。私の知るピギーたちはいずれも明敏で賢く、学習能力が高い。私が彼らの社会を理解しようと何年も苦労してかなわないのに対して、彼らはこちらのふとした言葉尻から人間社会をはるかによく理解している。もし彼らが部族の落伍者であるなら、いつか〝妻たち〟や〝父たち〟に私を会わせていいと判断してくれることを期待するしかない。

それまではこの件は報告できない。なぜなら、意図的かどうかにかかわらず、私は規則にあきらかに違反しているからだ。ピギー族に人間のことをいっさい教えないというのが不可能であるとしても、あるいは、規則が愚かしく非生産的であるとしても、規則違反にはちがいない。知られたら、ピギー族への接触は禁じられるだろう。すでにきびしい制限がさらに強化される。そこでやむをえず、虚偽と安易な隠蔽工作に頼ることにした。このメモは、リボの鍵付きの個人ファイル中にまぎれこませておく。そこなら妻も探そうとしないだろう。

得られた情報はきわめて重要で、次のとおりだ。われわれが研究しているピギー族はすべて独身者である。しかし規則ゆえに、フラムリングの異類学者にこのことを伝えられない。（ポルトガル語で）みんな、気をつけろ。科学とはわが身を食らう醜く矮小な獣なのだ。

――ジョアン・フィゲイラ・アルバレス「秘密のノート」、デモステネス

「背信の誠実さ：ルシタニア星の異類学者たち」において公表、『レイキャビク歴史展望集』（1990:4:1）に掲載

ヴァレンタインのお腹は大きくふくらんで張っていた。これでもまだ娘が生まれるのは一カ月先だ。重くバランスが悪いのは厄介なことばかりだった。歴史クラスの学生たちを探検旅行《ションドリング》に連れていく準備では、いつもは一人で船への積み込みをやれたものだ。しかしいまは夫の部下の水夫たちに一から十まで頼らなくてはいけない。埠頭と倉庫のあいだの荷物運びさえできない。積み込みは船長が船のバランスを見ながら采配する。もちろんリャブ船長は優秀だ。そもそもヴァレンタインは彼から最初に教わったのだ。しかし、じっとすわっているだけなのはおもしろくない。

今回は五回目の探検旅行だ。その一回目でヤクトと出会った。のちに結婚するとは思ってもみなかった。

トロンヘイム星は、放浪癖のある弟と訪れた二十を超える惑星のうちの一つにすぎなかった。いつも教え、学びながら、四、五カ月後には長めの歴史評論を書き、デモステネス名義で発表する。あとはエンダーがべつの星での代弁依頼を受けるのをのんびりと待つ。姉弟の仕事はうまく嚙みあった。弟が著名人の死について代弁を求められると、

姉はその生涯を評論のテーマにする。二人はゲームのようにこれを楽しんだ。そのときどきで異なる専門分野の巡回教授を名乗って惑星を訪れ、実際にはその世界のアイデンティティを一から組み立てる。デモステネスの評論はいつも決定版とみなされた。

デモステネスの評論と彼女の旅程が奇妙に一致していることにいずれだれかが気づいて、正体を知られるだろうと覚悟していた。しかし代弁者ほどではないが、デモステネスも強い神話性をまとっていた。この筆名は複数の著者によるものだと一般に考えられていた。多くの天才が別個に書いて、デモステネスの名義で出版しようと試みる。するとコンピュータが自動的にその時代の優秀な歴史学者を集めた正体不明の委員会に送付して、その名義にふさわしいかどうかを判断するのだと。

実際には、そんな選考作業にたずさわったという歴史学者が名乗り出たことはない。毎年数百本の評論がコンピュータに送られてくるが、本物のデモステネスが書いたもの以外は自動的に拒否される。それでも伝説は根強く、ヴァレンタインのような一人の著者が書いているとはだれも思っていなかった。

たしかにデモステネスが最初に登場したのは、バガー戦争時代の地球のコンピュータ・ネットワークにおける扇動的発言者としてであり、三千年も昔だ。いまのデモステネスと同一人物とはだれも思わない。

それはそのとおりだと、ヴァレンタイン自身も考えていた。わたしはおなじではない。一冊ごとに変化している。新たな惑星を訪れ、その世界の物語を書くたびに、新しい自分に生まれ変わる。とりわけこの星での変化は大きかった。

ヴァレンタインは蔓延しているルター派思想が嫌いで、なかでも、どんな問いにも事前に答えを用意しているようなカルバン派が嫌いだった。だから、大学院生の選抜グループをレイキャビクの外へ連れ出すことを考えた。行き先は赤道海に浮かぶ列島、サマー・アイランズだ。春にはスクリカが産卵に集まり、ハルキグの群れが繁殖期を迎えて鳴き騒ぐ。大学にこもることによる知性の腐敗を、ここなら避けられるとヴァレンタインは考えた。学生たちが食べるのは、奥まった谷に自生するハブレグリンと、知恵と勇気で狩ってさばいたハルキグだけ。その日その日の食料を自力で調達する暮らしを経験すれば、歴史において重要なこととそうでないことを区別する態度が養われる。

大学は不承不承に許可を出した。船はヴァレンタインが自腹でヤクトから借り上げた。ヤクトはスクリカ漁をする有力一族の首長になったばかりだった。生粋の漁師である彼は大学人を軽蔑していた。面とむかっては洒落者《スクリヤドダーラ》と呼び、背中にむかってはもっと汚い言葉で呼んだ。一週間もたずに飢え死に寸前の学生たちを救助しにくるはめになるだろうと警告した。

しかし実際には、ヴァレンタインと自称漂流者たちは期間中を無事に生き延びた。それればかりか村らしきものを建設して自由闊達な議論を楽しんだ。本土帰還後には、洞察力のあるすぐれた出版物が多数生み出された。

当然の帰結として、レイキャビクでは常時数百人の参加希望者がヴァレンタインのもとに集まるようになった。それをさばくために、旅行の目的地を二十カ所に増やして一夏に三回実施した。

ヴァレンタイン自身にとって重要だったのは、ヤクトとの出会いだ。彼は高等教育を受けていないが、トロンヘイム星の経験的知識は豊富だ。赤道海を海図なしで半周近くできる。氷山の漂流ルートも流氷の多い海域も熟知している。スクリカが集まってダンスする場所がわかり、産卵のために上陸する場所にまえもって漁師を配置しておける。どんな天候変化も驚かない。なにが起きても予想ずみという態度だった。

しかし一つだけ予想できないことがあった。それがヴァレンタインとの将来だ。ルター派の牧師（カルバン派ではなく）のもとで結婚式を挙げた二人は、幸福というより驚いている表情だった。

とはいえもちろんヴァレンタインは幸福だった。地球を出発してから初めて、満ちたりて平穏な帰るべき家を得た。そんな彼女に子が宿るのは当然だった。漂泊の季節は終わったのだ。それをエンダーが理解してくれたことがうれしかった。三千年にわたる二人の旅の終着点がこのトロンヘイム星であることを、弟は議論するまでもなく受けいれた。さらにデモステネスのキャリアの終わりでもある。イシェクサの種のように、この惑星の氷に根を張り、ここの土壌だけにある養分を吸って生きはじめたのだ。

赤ん坊が蹴るのを感じて、回想から覚めた。

見まわすと、エンダーがこちらへ歩いてきていた。ダッフルバッグを肩にかつぎ、埠頭にそってやってくる。バッグの意味はすぐに察した。探検旅行に参加するつもりだろう。

歓迎すべきかどうか迷った。エンダーは口数少なく、意見を押しつけない。しかし人間性についての深い理解は隠してもあらわれる。平凡な学生は彼に無反応だが、ヴァレンタインが独自の発想を期待するような優秀な学生は、エンダーの言葉の端々にあらわれるかすかだが強力な示唆にも確実に反応する。そしてすばらしい成果を生む。ヴァレンタイン自身がそもそも弟の洞察力に長年頼ってきたのだ。しかしこの場合にすばらしいのはエンダーであって学生ではない。それではこの探検旅行の意味がない。

しかし参加したいと言われたら断らないだろう。正直にいえば、弟がそばにいるのはうれしいことだった。ヤクトを愛しているが、結婚前の彼女とエンダーほど緊密な関係にはなっていない。ヤクトとの絆が弟のより太くなるまで何年もかかるだろう。ヤクトもそれをわかっていて不満げだった。妻の愛をめぐって義弟と争うのはおかしな話だ。

「やあ、ヴァル」エンダーは呼んだ。

「やあ、エンダー」

埠頭には二人だけで、声が届く範囲にはだれもいない。心おきなく子ども時代の名前で呼べる。人類一般においてはののしり言葉と化している名前だが。

「探検旅行のあいだにウサギが逃げてしまったらどうする？」

ヴァレンタインは微笑んだ。

「父親は赤ん坊をスクリカの皮でくるむでしょう。わたしはおかしな北欧の子守歌を娘に歌う。学生たちは生殖本能が歴史にあたえる影響力の強さについてすばらしい洞察を得るでしょうね」

二人はしばし笑った。突然ヴァレンタインは、根拠がないまま、エンダーがダッフルバッグをかついでいるのは探検旅行に参加するためではなく、トロンヘイム星を去るためだとわかった。そして姉の同行を求めるのではなく、別れを告げるために来たのだとわかった。

涙があふれた。強い悲嘆が体をつらぬく。エンダーは手を伸ばし、姉を抱きしめた。

過去に何度もやってきたように。ただし今回はヴァレンタインのふくらんだ腹があいだにある。だから抱擁は弱く、ぎこちなかった。

ヴァレンタインはささやいた。

「もう腰を落ち着けるのだと思っていたわ。代弁の依頼が来ても断ると」

「断れないのが来たんだ」

「このお腹でも探検旅行に行けるけど、恒星間旅行はもう無理よ」

思ったとおり、エンダーは姉の同行を求めるつもりはなかった。

「生まれてくる子は白に近い金髪だろうね。ルシタニア星では場ちがいだ。黒髪のブラジル人ばかりだから」

つまり行き先はルシタニア星なのだ。出発の理由もわかった。異類学者がピギー族に殺されたニュースはすでに一般に流れていた。レイキャビクでは夕飯の時間に放送された。

「頭がどうかしたの？」

「そんなつもりはないよ」

「あのエンダーがピギー族の世界にやってきたと知ったら、人々はどうするかしら？磔《はりつけ》にされるわよ」

「この星で礫にされてもおかしくなかったよ。姉さんがぼくの正体について口を滑らせていたらね。どうか黙っていて」

「行ってなにをするの？　あなたが到着するのは異類学者の死から何十年もあとよ」

「ぼくが代弁するときは、本人はとうに墓にはいっている場合がほとんどだ。巡回代弁者につきものの難しさだね」

「あなたをふたたび失うなんて思わなかった」

「姉さんがヤクトに恋をした日に、おたがいを失うことはわかっていたよ」

「だったらそう言って！　恋なんかしなかったわ」

「だからこそ言わなかったのさ。それに、ヴァル、本心じゃないだろう。姉さんはそれでも恋をしたはずだ。いいんだよ、それで。いまいちばん幸福なんだから」姉の腹に両手を添える。「ウィッギンの遺伝子が続いていくことを求めている。子どもは一ダースくらい産んでほしいな」

「四人は無作法。五人は強欲。六人以上は野蛮とみなされるのよ」

ヴァレンタインは冗談を言いながら、探検旅行をどうしようかと考えていた。自分抜きで院生の助手に引率させるか、中止するか、あるいはエンダーの出発まで延期するか。

しかしエンダーはそんな検討さえ無意味にした。

「ヤクトに船を借りて今夜じゅうにマレルドに行きたいんだ。そうすれば朝にはスターシップへのシャトルに乗れる」

残酷なほどの急ぎ方だ。

「ヤクトから船を借りる用事がなかったら、わたしのコンピュータに書き置きを残して去るつもりだったの？」

「五分前に決心して、まっすぐ会いにきたんだよ」

「乗る船を予約ずみじゃない。手配にはもっと時間がかかるはずよ」

「スターシップごと買ったのさ」

「どうしてそんなに急ぐの。何十年もかかる旅なのに」

「正確には二十二年だ」

「二十二年も！　なおのこと二、三日のちがいは関係ないでしょう。この子が生まれるまでひと月待って」

「ひと月待ったら、ヴァル、あなたと別れる勇気がなくなる」

「それでいいのよ！　ピギー族がなに？　人ひとりの一生にラマンはバガーだけで充分よ。定住しなさい、わたしのように結婚して。あなたは宇宙植民時代の扉を開いたのよ、エンダー。これからはのんびりして、成果を楽しむべきよ」

「姉さんにはヤクトがいる。でもぼくのまわりにいるのは、カルバン派に改宗させようとうるさい学生たちだけだ。ぼくの仕事はまだ終わっていない。ましてトロンヘイム星はぼくの故郷じゃない」

ヴァレンタインには弟の言葉の一つ一つが非難として聞こえた。ぼくがここに住めるかどうか考慮せずに自分だけ根を下ろしてしまって、と言っているようだ。ヴァレンタインは反論したかった。悪いのはこちらではない。去ろうとしているのはあなたよ。

「思い出して、ピーターを地球において、あなたが総督に任じられた最初の植民惑星へ数十年がかりの旅に出たときのことを。ピーターはそのとき死んだも同然だった。到着したとき、わたしたちはまだ若いのに、彼はもう老人だった。アンシブル通信で話したピーターは高齢の伯父のようだったわ。権力にまみれた覇者《ヘゲモン》。伝説のロックだった。だれあろうわたしたちの兄が」

「ましになったとぼくは思ったよ」

エンダーは軽く流そうとした。しかしヴァレンタインはそれを悪くとった。

「わたしも二十年後にはましになると思ってるの？」

「姉さんが死んでいた場合以上に嘆くだろうな」

「いいえ、エンダー、死んでいるのとおなじよ。そして自分が殺したようなものだと思うはず」

エンダーは顔をしかめた。

「ひどいことを言わないで」

「メールは書かないわよ。書いてなにになるの？　あなたにとっては一、二週間の旅。ルシタニア星に到着すると、コンピュータが二十年分のメールがたまっていると通知するのよ。あなたにとっては一、二週間前に別れたばかりの相手から。最初の五年分は、あなたを失った嘆きと悲しみ、あなたと話をできない孤独が書いてあるでしょうね——

——」

「姉さんの夫はヤクトだよ。ぼくじゃない」

「——そのあとはなにを書くかしら。子どもの成長を伝える短く簡潔なメールかしら。五歳になりました……六歳になりました……十歳……二十歳……結婚しました。でもあなたは会ったこともない。気にもしない」

「気にするよ」

「でもそんなことにはならないから安心して。メールはよぼよぼの老婆になってから一度だけ書くわ。そのころのあなたはルシタニア星へ行って、べつの星へ行って、数十年をひと息に跳び越している。そのあなたへわたしの回想録を送ってあげるわ。献辞にあなたの名前をいれて。いとしい弟のアンドルーへ、と。わたしはあなたといっしょに二ダースもの惑星をめぐったわ。そのわたしが頼んでいるのに、二週間待つこともしないなんて」

「そんなふうに言われるからさ、ヴァル。そうやって責められるのがつらいから、急いで出発するんだ」

「それこそあなたが学生たちに許さない詭弁よ、エンダー。わたしがこんなふうに言うのは、あなたが犯行現場をみつけられた泥棒のように逃げ出そうとしているからよ。なのにわたしを非難するなんてあべこべよ！」

エンダーは早口に答えた。あふれる言葉を次々に相手に投げた。急いで話してしまわないと感情に飲みこまれそうだったからだ。

「そうじゃないんだ。ぼくが急ぐのはむこうでやるべきことがあって、ここにいるのはただの足踏みだからだ。そして姉さんとヤクトが近づくにつれて、姉さんとぼくの関係は離れていく。それでいいんだとわかっていてもつらいんだ。だから行くことにした。急いだほうがいいと思った。それは正しかったよ。正しいと姉さんもわかるだろう。こんなふうに憎まれるとまでは思わなかったよ」

感情に追いつかれ、言葉は止まってエンダーは泣きだした。姉も泣いている。

「憎んでなどいないわ。愛してるからよ。あなたはわたしの一部で、わたしの心。あなたが去ったら、わたしの心は引き裂かれて二度ともとにはもどらない――」

言葉はそこまでだった。

リャブ船長の一等航海士がエンダーをマレルドへ案内した。赤道海に浮かぶ巨大なプラットホームで、シャトルはここから出発して軌道のスターシップにドッキングする。ヴァレンタインが同行しないことは無言のうちに了解された。ヴァレンタインはヤクトとともに帰宅すると、翌朝まで夫にしがみついて感情に耐えた。翌日からは学生たちと探検旅行に出かけ、夜、だれからも見られていなさそうなときにエンダーを思って泣いた。

しかし学生たちは見ていた。そしてウィッギン教授が巡回代弁者の弟の出発をひどく嘆いたわけについて、さまざまな噂をささやいた。学生らしい噂で、現実とは多少離れていた。

そんなヴァレンタインとアンドルー・ウィッギンの物語に、人々の憶測とは異なる真相が隠れていると気づいた学生が一人だけいた。プリクトだ。彼女はこれについて調査しはじめた。星から星へ渡る二人の旅程を逆にたどった。

そしてヴァレンタインの長女のシフテが四歳、長男のレンが二歳のときに、プリクトはその家を訪ねた。そのころプリクトは若くして大学教授になっていた。彼女は出版したばかりの本をヴァレンタインに見せた。フィクションとして書かれていたが、内容は真実だった。人類宇宙で最古の人間である姉弟。宇宙植民時代がはじまるまえの地球に生まれ、のちに星から星へ放浪しはじめ、いまも捜索の旅を続ける。

しかしプリクトは、エンダーが初代の死者の代弁者であり、ヴァレンタインがデモステネスである事実まではつきとめていなかった。そのことにヴァレンタインは安堵すると同時に、奇妙な失望も覚えた。それでも姉が夫のもとに残り、弟は旅を続けるために別れを告げるストーリーは、フィクションとして書くにたりる物語だ。別れの場面は実際よりもはるかにやさしく、愛情に満ちたものだった。プリクトは、エンダーとヴァレンタインにもうすこし芝居っ気があればこうなっただろうというように書いていた。

「なぜこれを書いたの？」ヴァレンタインはプリクトに尋ねた。

「書くに値するからというだけでは、理由として不足ですか？」

ひねった答えにヴァレンタインは苦笑したが、納得はしない。

「これが書けるほど調査したあなたにとって、弟のアンドルーはなんだったの？」

「ふさわしい質問はそれではありませんね」プリクトは言った。

「なにかのテストかしら。ではわたしがどんな質問をすべきか、ヒントをくれないかしら」

「どうか怒らないでください。これを伝記ではなくフィクションとして書いたのはなぜかと、質問してほしかったんです」

「では訊くわ。なぜ？」

「なぜなら、アンドルー・ウィッギンは死者の代弁者であり、異類皆殺しのエンダー・ウィッギンであることを、わたしは発見したからです」

エンダーが出発してから四年が経過していたが、目的地に到着するまでまだ十八年ある。ヴァレンタインは恐怖にすくんだ。ルシタニア星に到着した弟が、人類史上最悪の恥辱として迎えられるところを想像した。

「ご心配なく、ウィッギン教授。暴露するつもりならいままでに機会はありました。でも彼は自分の行為を悔いていることが、調べていてわかったんです。それは大きな懺悔でした。彼の行為を言語道断の犯罪として批判したのは初代の死者の代弁者でした。そこでアンドルー・ウィッギンは、のちにあらわれた数百人の追随者とともに代弁者を名乗りました。そして二十の惑星で自分自身を糾弾する役を演じてきたのです」

「プリクト、あなたは多くを発見したけど、ほとんど理解していないのね」

「すべて理解しています！　書いたものを読んでください。理解しているでしょう？」

ヴァレンタインは、ここまで調べ上げたプリクトはもう少し知る資格があると自分に言いわけした。しかしそんな理性的な考えよりも、むしろ怒りにまかせて、これまでだれにも話さなかったことを話した。

「プリクト、弟は初代の死者の代弁者を模倣しているわけではないわ。彼は『窩巣女王《ハイヴ・クイーン》』と『覇者《ヘゲモン》』を書いた本人なのよ」

ヴァレンタインが真実を話しているとわかると、プリクトは茫然とした。この数年間、彼女は初代の死者の代弁者に鼓舞されながら、アンドルー・ウィッギンを研究対象としてきた。その両者はじつは同一人物だったと知った驚きから、三十分ほど立ち直れなかった。

それからプリクトとヴァレンタインは話し、真情を吐露して、信頼しあうようになった。のちにヴァレンタインは子どもたちの家庭教師にプリクトを招き、さらに執筆と授業を手伝わせた。

ヤクトはしばらく住みこみの家庭教師にとまどっていた。そこでヴァレンタインは、プリクトが調査でつきとめ、さらに姉の口から話させた弟の秘密を、夫に打ち明けた。それは家庭の伝説になった。子どもたちは、誕生前に去っていったエンダー叔父さんの驚くべき物語を聞いて育った。世間からは怪物として知られているが、じつは救世主や予言者であり、すくなくとも殉教者だった人物の物語だ。

年月は流れ、家族は繁栄した。エンダーを失ったヴァレンタインの喪失感は、やがて誇りに変わり、最後は強い期待に変わった。弟がルシタニア星に到着し、ピギー族のジレンマを解決して、ラマンへの伝道者になるという宿命を果たすことを願った。

よきルター派であるプリクトは、エンダーの生涯を宗教用語で表現することをヴァレンタインに教えた。力強く安定した家庭生活と、すばらしく育った五人の子どもたちが、彼女に教義ではなく信仰の心を根付かせた。

子どもたちにも影響があった。エンダー叔父さんの物語は家庭の外では他言無用なので、自然と神秘的な雰囲気をまとった。なかでも長女のシフテは執着が強かった。二十歳になり、子どもっぽいあこがれを理性で抑えられるようになったあとも、エンダー叔父さんへのこだわりを持ちつづけた。伝説の人でありながら、存命であり、その気になれば行けなくはない距離の星にいる。両親には話さなかったが、かつての家庭教師にはこっそりと打ち明けた。

「いつか彼に会うつもりよ、プリクト。会って、彼の仕事を手伝うの」

「彼が手伝いを必要としていると思うの？　それもあなたの手伝いを」

プリクトはいつものように訊いた。学生はまずこの懐疑的態度に立ちむかわなくてはならない。

「そもそものはじめにも、彼は一人じゃなかった。そうなんでしょう？」

シフテの思いは外へむかった。氷の惑星トロンヘイムを離れて、エンダー・ウィッギンがこれから降り立つはずの遠い惑星に夢をはせた。ルシタニア星の人々よ、あなたたちはまだ知らないのだ。いかに偉大な人物がやってきて、その大地を歩き、あなたたちの重荷を引き受けようとしているか。わたしもいつか彼のところへ行く。二十年以上かかっても、わたしは行くわよ、ルシタニア星へ！

スターシップ上のエンダー・ウィッギンは、そんな人々の期待を自分が背負っているとは知らなかった。彼にとって埠頭で泣くヴァレンタインと別れたのはほんの数日前だった。姪にはまだシフテという名はなく、ヴァレンタインのお腹のふくらみとして見ただけだった。ヴァレンタインが弟との別離の苦しみをとうに乗り越えたころに、ようやくその苦しみに襲われていた。

そもそもエンダーは、氷の惑星に住む顔も知らない姪や甥たちのことなど考えていなかった。頭を支配しているのは、孤独に苦悩するノビーニャという少女だ。二十二年がかりのエンダーの旅が彼女にどんな意味を持つか。到着したときに彼女がどんな大人になっているか。それればかりを考えた。

エンダーは彼女を愛していた。深い悲しみのなかで自分の似姿のようなだれかをみつけたら、愛さずにいられないものだ。

# 6　オリヤド

ピギー族の部族間の交流は戦争だけのようだ。彼らが集まって語りあうとき（おもに雨天のとき）は、たいてい戦いと英雄の話になる。結末はかならず死だ。英雄も憶病者もひとしく死ぬ。この物語を参考にするなら、ピギー族は戦争で生き残ることを想定していないらしい。

また、彼らは敵方の雌に興味をしめさない。人間社会で伝統的にある死んだ兵士の妻のレイプ、殺害、奴隷化といった行為はいっさい語られない。

これは部族間の遺伝子交換がおこなわれないということか？　そうではない。遺伝子交換は雌によっておこなわれているにちがいない。遺伝子の獲得を取り引きするなんらかのシステムがあるはずだ。ピギー族社会では雄が完全に雌に従属するようなので、雄がこのシステムの存在を知らないということはありえる。あるいは屈辱的なのでわたしたちに話さないだけか。

彼らが積極的に語るのは戦いについてだ。その典型的な描写を、娘のオウアンダが昨年二月二十一日に丸太小屋における物語集会で記録したものから抜粋する。

ピギー（スターク語で）：彼は兄弟を三人殺した。自分は傷を負わなかった。これほど強く、恐れ知らずの戦士は見たことがない。両腕は血まみれだった。手にした棒は折れて、兄弟の脳でおおわれていた。戦いは彼の属する弱い部族が劣勢でも、彼自身には名誉があった。（ポルトガル語で）名誉をあたえた！　彼にあたえた！

（他のピギーたちは舌を鳴らし、鳴き声をあげる）

ピギー：わたしは彼を地面につないだ。彼は強く抵抗したが、わたしが手にした草を見せるとやめた。そして口を開けて、遠い地方の奇妙な歌を歌った。（ポルトガル語で）彼はわたしたちが持つ棒にはならないだろう！　（ここで全員が声をあわせて妻語の歌を歌いはじめた。妻語としてこれまで聞いたなかでもっとも長いものの一つだった）

（注記。大部分はスターク語で語り、結論やクライマックスでポルトガル語に切り換わるのは、彼らによく見られるパターンだ。考えてみれば、わたしたちもおなじ

ことをする。感情的になると母語のポルトガル語にもどることがある）

彼らの物語を数多く聞くと、この戦闘の物語はめずらしくないことがわかるだろう。それらはかならず英雄の死で終わる。軽喜劇を好む気質は持ちあわせないようだ。

——リベルダージ・フィゲイラ・ジ・メジシ「ルシタニア先住民の部族間パターンについての報告」、『異文化間交流』（1964:12:40）に掲載

恒星間飛行中は暇だ。コースが決まって船がパーク転移すると、あとは船の速度がどこまで光速に近づいたかを計算するだけになる。船載コンピュータが正確な速度を割り出したら、主観時間でどれだけ経過したのちにパーク転移を反転させ、制御可能な亜光速にもどせばいいかを決める。ストップウォッチに似ているとエンダーは思った。押してスタート、押してストップ。それで走るのは終わる。

ジェーンは船載コンピュータのメモリーにはいりきれなかったので、エンダーは八日間の旅を事実上一人ですごした。船のコンピュータの助けを借りて、スペイン語からポルトガル語への頭の切り換えをやった。発音は楽だが、子音の省略が多いので聞き取り

が難しい。

頭の悪いコンピュータを相手に毎日一、二時間ポルトガル語会話をやるのは、しだいに苦痛になってきた。これまでの旅ではヴァレンタインがいた。といっても普段の会話が多いわけではない。おたがいに知りつくした相手なので話すことがないのだ。ところがその姉がいなくなると、エンダーは考えこむばかりになって苛立った。考えたことを話す相手がいないとまとまらないのだ。

窩巣《ハイヴ》女王は話し相手にはならない。思考回路が即時的だからだ。神経シナプスではなく、光速の相対論効果に縛られないフィロティック物理を基盤にしている。そのため、エンダーにとっての一分が彼女にとっては十六時間にあたる。思考速度にこれほど差があってはまともな会話は成立しない。

窩巣女王は、繭から出れば数千の独立したバガーを従えることになる。それぞれが手足として働き、その経験を女王の膨大な記憶に伝える。しかしいまの女王には自分の記憶しかない。エンダーはこの閉じこめられた八日間を経験して、女王の早く産卵したいと願う気持ちが多少はわかるようになった。

八日もたつとポルトガル語はかなり上達した。言いたいことを頭のなかでスペイン語から翻訳するのではなく、そのまま言葉にできるようになった。そうなると人間の話し相手がほしくなる。船のコンピュータより賢い会話ができるなら、カルバン派との宗教論争でもかまわない。

スターシップはパーク転移を実行した。計測不能な一瞬ののちに、宇宙全体との相対的な速度に変わった。理論に従えば、実際には宇宙全体の速度が変わって、スターシップはすこしも動いていないことになる。現象を観察する視点がないのでどちらが正しいともいえない。どんな推論も成り立つ。フィロティック効果がどうやって働くのかだれも理解していないのだ。アンシブル通信はなかば偶然に発見された。パーク即時性原理もいっしょにみつかった。理屈はわからなくても効果は働く。

スターシップの窓のむこうには瞬時に無数の星があらわれた。ふたたび全方位から光が届くようになったのだ。パーク転移がほとんどエネルギーを必要としない理由は、将来の科学者によって解き明かされるだろう。しかし人類の恒星間飛行の高いつけをどこかが払わされているはずだと、エンダーは確信していた。一隻のスターシップがパーク転移するたびに一つの星が消えているのではないかと、かつては夢想していた。そんなことはないとジェーンは言う。しかしエンダーは知っている。星々の本当の姿はわれわれには見えていない。無数の星が消えても人間は知るよしがない。星が消えるまえに放たれた光子を何千年にもわたって見つづけるのだ。銀河の消滅が見えて、それからコースを変更しても遅い。

「被害妄想におちいっているのね」ジェーンが言った。

「いつから人の心を読めるようになったんだ？」エンダーは訊いた。

「恒星間飛行の終わりにはいつも不機嫌になって、宇宙の破滅について考えるわ。あなた独特の宇宙船酔いよ」

「ぼくが行くことをルシタニア星当局に伝えたのか？」

「先方はとても小さな植民地なのよ。訪問客がめったにないから上陸を管理する機関もない。軌道上にシャトルが浮いていて、ばかばかしいほど小さいシャトルポートとのあいだを自動的に往復するだけ」

「入星管理局の許可もなしか」

「あなたは代弁者なのよ。だれも入星を断れない。ところで入星管理局は総督が仕切っているけど、彼女は市長でもあるわ。市と植民地は完全に重なっているから。市長の名前はファリア・リマ・マリア・ド・ボスケ、通名はボスキーニャ。あなたに挨拶しつつ、すみやかな退去を願うと表明している。よきカトリック教徒の星に不愉快な不可知論の預言者などいてもらわなくてけっこうと」

「本当にそう言っているのか？」

「実際には、あなたに対して言っているわけではないわ。ペレグリーノ司教のそういう主旨の発言に対して、ボスキーニャは同意をしめしたということ。でも彼女の仕事は同意することだから。もしあなたが、カトリック教徒は偶像崇拝で迷信的な烏合《うごう》の衆だと話したら、彼女はたぶんため息をついて、そのような意見は胸にしまっておいてほしいと言うでしょうね」

「きみはなにかを避けているようだ、ジェーン。ぼくに聞かせたくない話があるのか？」

「ノビーニャは代弁依頼をキャンセルしたのよ。送信して五日後に」

スターウェイズ法典では、代弁者が依頼に応じて出発したら、それ以後、依頼を合法的に取り消す手段はないと定められている。それでも状況は大きく変わったことになる。ノビーニャは代弁者の到着を二十二年間心待ちにしていたわけではない。むしろ気が変わったのに代弁者がやってくることを恐れ、嫌悪しているだろう。エンダーは友人として歓迎されることを期待していたのだが、いまはカトリック教会よりも敵対的だろう。

「ぼくの仕事がやりやすくなるような知らせは？」

「悪い知らせばかりではないわ、アンドルー。この二十二年間に代弁依頼が二件あった。どちらもキャンセルされていない」

「依頼人は？」

「とても興味深い偶然で、ノビーニャの息子のミロと、娘のエラよ」

「生前のピポを知っていたはずはないだろう。なぜ彼の死について代弁を依頼するんだ？」

「いいえ、代弁の対象はピポの死ではないのよ。エラが依頼してきたのはほんの六週間前。対象は彼女の父親、つまりノビーニャの夫のマルコス・マリア・リベイラよ。通名マルカン。彼はバーで倒れたわ。死因はアルコールではなく持病。内臓が末期的に腐っていた」

「きみの同情心あふれる描写にはいつも感銘を受けるよ、ジェーン」

「同情するのはあなたの得意でしょう。わたしは整理されたデータ構造を相手に複雑な検索をするのが仕事」

「それはいいから、息子のほう……名前はなんだったかな」

「ミロよ。彼の代弁依頼は四年前。ピポの息子、リボについてよ」

「リボはまだ四十歳にもなっていなかったはずだが」

「外部要因による早死によ。彼は異類学者だった。ポルトガル語でいうゼナドールね」

「つまりピギー族に――」

「父親の死にざまとそっくりおなじ。切り取られた臓器が並べられていたところまで。あなたの飛行期間中におなじやり方で殺されたピギーが三人いた。そのピギーたちは遺体の中央に植樹されていたわ。人間の場合はそんな名誉の扱いはなし」

二人の異類学者が世代をへだてておなじようにピギー族に殺されたわけか。

「スターウェイズ議会の対応は？」

「そこが微妙なところ。一貫性がないのよ。リボには弟子が二人いたけど、議会はどちらも異類学者に認定していない。一人はリボの娘のオウアンダ。もう一人がミロ」

「ピギー族との接触は継続しているのか？」

「公式には中断。でも裏では続いているのよ。リボの死後、議会はピギー族との接触を月一回に制限した。でもリボの娘はこの命令に従うことを明確に拒否しているわ」

「それでも娘は免職になっていないのか」

「ピギー族との接触回数を減らす案は僅差での可決だったのよ。オウアンダの譴責《けんせき》案は可決にいたらなかった。とはいえミロとオウアンダはまだ若すぎると懸念されているわ。そこで二年前に科学者のグループがカリカット星から派遣された。ピギー族問題の監督を引き継ぐ予定だけど、彼らの到着はまだ三十三年先よ」

「今回もピギー族が異類学者を殺した理由はわからないのか？」

「まったく不明。でもあなたはそのために来たんでしょう？」

その問いへの返事は簡単だ。しかしそのとき、脳裏を窩巣女王がそっとノックした。その来訪は、木の枝先を風が通り、葉がかさかさと鳴り、木漏れ日が揺れるように感じられた。たしかにエンダーは死者を代弁するためにこの星へ来たが、べつの死者を蘇らせる目的もあるのだ。

（ここはいい場所です）

あなたも先走るのですね。

（ここには一つの精神があります。わたしたちが知るどんな人間の精神より明晰です）

ピギー族のことですか？　思考形態があなたとおなじだと？

（その精神はピギー族を知っています。すこし待って。それはわたしたちを恐れています）

窩巣女王はまた遠ざかった。エンダーはこのルシタニア星で手に負えないことを引き受けてしまったのではないかと思いはじめた。

今日はペレグリーノ司教がみずから説教をしていた。これだけでも悪い兆候だ。お世辞にも説教が上手とはいえず、いつも話がこんがらがってあちこちに飛ぶ。なんの話をしていのか、エラは全然わからないときがほとんどだ。

キンはもちろん理解できるふりをしている。彼にとって司教は全面的に正しいのだ。しかし幼いグレゴがおとなしく聞くわけがない。針のように鋭い爪と強い握力を持つエスケシメント修道女が通路をまわっているというのに、怖いもの知らずのいたずらを思いつくやいなや実行する。今日は目のまえにあるプラスチック製ベンチの背面のリベットを剝がそうとしている。いくらなんでもそんな力はないだろう。溶着されたリベットの頭の下に六歳の子がマイナスドライバーをねじこめるはずがない。自分の力でも無理だとエラは思った。

もしお父さんがいたらどうだろうか。もちろんその長い腕が伸びてきて、ドライバーをグレゴの手からそっと、不気味なほどやさしく取り上げるはずだ。そして、「これをどこで手にいれたんだ?」と訊くだろう。グレゴは純真な大きな瞳で見上げるだけだろう。ミサが終わって家に帰ってから、お父さんはミロを怒鳴りつけるだろう。なぜ工具を片付けておかなかったのかと怒り、ひどい言葉でののしり、家庭内の厄介事をすべてミロのせいにするだろう。ミロは黙って叱責に耐えるはずだ。エラは夕飯の支度に忙しいだろう。キンは部屋の隅にぽつんとすわって、ロザリオを繰りながら無意味な祈りをつぶやいているだろう。オリャドは幸運にも両目が電子装置だ。そのスイッチを切るか、過去のお気に入りの場面を再生してまわりに注意を払わないか、どちらかだろう。クァラは部屋の隅に逃げておびえるだろう。幼いグレゴは父親のズボンの裾をつかんで誇らしげに立ち、自分のやったことの責任がすべてミロにかぶせられるのを眺めるはずだ。記憶からそんな光景がひとりでにあらわれて、エラは身震いした。それで終わればまだ耐えられる。しかしミロは家から跳び出し、それから一家はなにごともなく夕食の席につくだろう。そして——

エスケシメント修道女の細長い指と手がすっと伸びてきた。爪がグレゴの腕に食いこみ、とたんにグレゴはドライバーを取り落とした。そのままいけば床で派手な音をたてたはずだ。しかしエスケシメント修道女はそこまで読んでいた。さっとかがんで、反対の手で受けとめた。

グレゴはにやりとした。修道女の顔はその膝のすぐそばにある。エラは幼い弟がなにを考えているのかわかって、やめさせようと手を伸ばした。しかし遅かった。グレゴはエスケシメント修道女の口を膝で強く蹴った。

修道女は痛みでうめき、グレゴの腕を放した。力のゆるんだ手からグレゴはすかさずドライバーを奪い返した。修道女は血の流れる口もとを片手で押さえて通路を逃げていった。グレゴはいたずらを再開した。

お父さんは死んだのだと、エラはあらためて思い出した。その言葉が音楽のように脳裏に響く。お父さんは死んだ。でもいまもここにいる。小さな恐ろしい遺産を残していった。子どもたち全員が毒を受け継ぎ、それがしだいに熟している。いつかみんながそれに殺される。

死んだお父さんの肝臓は五センチしかなかった。脾臓はどこにもなかった。奇妙に脂肪の詰まった臓器があちこちで肥大していた。この病気に名前はまだない。お父さんの体はおかしくなっていた。人体をつくるための設計図を忘れていた。

その病気はいまも子どもたちのなかで生きている。体内ではなく魂のなかにある。普通の人間の子どものように生きて、普通の人間のような姿をしているけれども、本当はまがいものの子どもだ。中身はお父さんの魂から成長した、醜怪で悪臭ふんぷんでべとつく腫瘍なのだ。

お母さんがもうすこし関わってくれたらと思う。でもお母さんは顕微鏡をのぞいてばかりだった。遺伝子強化された穀物などの研究対象にしか興味がなかった。

「――いわゆる死者の代弁者です！　しかし死者を代弁できる方は一人しかいらっしゃいません。それは聖キリスト《サグラド・クリスト》です――」

ペレグリノ司教の言葉がふいに耳に飛びこんできた。なぜ死者の代弁者の話をしているのか。エラが代弁依頼を送ったことを司教が知っているはずはないのに。

「――法律に従って彼を迎えいれなくてはなりません。けれど信仰心までゆだねる必要はない！　世俗的な人間の空理空説に真理はありません。母教会の教えと伝統にこそ真理はあります。ですから、彼とすれちがうときは微笑みだけをむけ、心は隠してください！」

なぜこんな警告をしているのだろう。近傍のトロンヘイム星は二十二光年彼方の惑星で、そこに代弁者はいないはずだ。もし来るとしても何十年も先だろう。

エラはクァラの頭ごしにキンに顔を近づけて小声で訊いた。この弟は聞いているはずだ。

「なぜ死者の代弁者の話なんかしてるの？」

「聞いてればわかるだろう？」

「教えないと鼻の骨をへし折るわよ」

キンは、脅しには屈さないというようにすました顔をしてみせた。しかし本当は脅しが怖いので話した。

「初代の異類学者が死んだときに、どこかの不信心者が代弁依頼をしたんだよ。その代弁者が今日の午後に到着するんだ。もうシャトルに乗ってて、着陸場に市長が迎えにいってるらしい」

その依頼人はエラではない。代弁者が来るというコンピュータの通知は受けとっていない。来るとしてもずっと先の話だ。エラが代弁を依頼したのは、父親という名の怪物がやっと倒れて墓にはいり、家族に平穏をもたらしたことについてだ。その真実を知ることで家族の過去は浄化され、明るい光がさすだろう。とはいえ父親が死んだのはつい最近で、代弁するのは早すぎる。その魔手は墓から伸びてまだ家族一人一人の心をつかんでいる。

説教が終わった。そしてミサも終わった。エラはグレゴの手をしっかりと握って立った。人ごみを縫って歩くあいだにその手が他人の本やバッグを盗まないための用心だ。こんなときはキンも役に立った。クァラは他人のあいだを歩かされると足がすくんでしまうので、キンは幼い妹を抱いて歩いた。オリャドは目のスイッチをいれて自分で歩いた。機械の目をわざとまばたきさせて、そのへんの十五歳の純真な乙女をおびえさせようとしている。

エラは尊者夫妻《ウス・ベネラドス》の彫像のまえでうやうやしく片膝を曲げて会釈した。遠い昔に亡くなり、なかば聖人化された祖父母だ。こんなにかわいい孫たちで誇らしいでしょう？

グレゴがにやにやしている。案の定、その手は赤ん坊の靴の片方を握っていた。被害者の赤ん坊が怪我をしていないことをエラは声に出さずに祈った。靴を取り上げて、ジスコラダ病の奇跡を見守る火がともされた小さな祭壇の脇においた。あとで持ち主がみつけて持ち帰ってくれるだろう。

シャトル港からミラグレ市街までの草原を浮上して走る車のなかで、ボスキーニャ市長は上機嫌だった。原生種で半家畜化されたカブラの群れを指さして説明する。長い毛は糸につむがれて布になるが、肉は人間の栄養にならないという。

「ピギー族は食べるのですか？」エンダーは質問した。

ボスキーニャは眉を上げた。

「ピギー族のことはわかりません」

「森に住んでいるはずですね。平原に出てくることはありますか？」

市長は肩をすくめる。

「それはフラムリングしだいですわ」

エンダーは市長が使った言葉にすこし驚いた。しかしよく考えれば、デモステネスの最新の著作が出版されたのはいまから二十二年前で、アンシブル通信で百世界全域に配信されているのだ。ウトラニング、フラムリング、ラマン、バレルセという表現はすでにスターク語に定着している。ボスキーニャにとっては新語でもなんでもないのだろう。

しかしピギー族への無関心ぶりは不審だった。ルシタニア星の住民がピギー族に無関心というのはありえない。植民地をかこんで異類学者だけが出入りする高く頑丈なフェンスは、ピギー族のためにあるのだから。おそらく無関心なのではなく、話題を避けているのだろう。人殺しのピギー族について話すのがいやなのか、死者の代弁者を信用していないのか。

丘の上でボスキーニャは車を停めた。車はスキッドをゆっくりと接地させた。見下ろすと、大きな川が草の丘陵のあいだを蛇行して流れている。川のはるかむこうに連なる丘はすっかり森におおわれている。対岸には煉瓦と漆喰の壁に瓦屋根の家々が建ち並び、美しい街並みをつくっている。手前の岸には農家が数戸あり、細長い畑がエンダーとボスキーニャのいる丘へ伸びている。

「あれがミラグレです。高い丘の上にあるのが大聖堂です。ペレグリノ司教が信徒たちにむけて、あなたに礼儀正しく協力的であるようにと説いています」

市長の口調からすると、危険な不可知論者だと警告してもいるだろう。

「いずれ神の鉄槌でぼくは死ぬはずだと？」

ボスキーニャはにっこりと微笑んだ。

「神はキリスト教徒が持つべき寛容さの模範をおしめしになります。住民たちはそれにならいます」

「代弁の依頼人がだれかを住民たちは知っているのですか？」

「依頼人の名前は……伏せられています」

「あなたは植民地の総督であり市長でもある。情報には特権的な立場でしょう」

「最初の依頼がキャンセルされたことは知っています。手遅れでしたが。そして最近になって、さらに二人が代弁依頼を送りましたね。しかしご承知おきいただきたいのですが、ほとんどの住民はカトリックの教義と司祭の慰藉に満足しているのですよ」

「ぼくの目的は教義や慰藉ではないのでご安心ください」

「積荷のスクリカをご提供いただいたことは感謝します。バーの男たちに歓迎されるでしょうし、派手好きの女たちはしばらくするとその毛皮の服を着てあらわれるでしょう。ちょうど秋ですからね」

「スクリカはスターシップの船倉にたまたま積んであったのです。ぼくには無用ですから。感謝にはおよびませんよ」エンダーはまわりの地面にはえているもじゃもじゃの毛のような草を見た。「この草は……原生種ですか？」

「利用価値はありません。屋根葺き材料にもならない。刈るとすぐにしおれ、雨に濡れるとたちまち分解して土に還ってしまう。でもふもとの畑を見てください。おもに栽培されているのはアマランサスの特別な品種です。植民地の異生物学者が開発したものです。米や小麦はこの星の土で育ちにくく、穀物として頼りになりませんが、アマランサスはよく育ちます。繁殖力がありすぎて、畑の外に広がらないように除草剤を撒くほどです」

「なぜそこまで？」

「ここは隔離された植民地なのですよ、代弁者。アマランサスはここの環境に適応しすぎて、原生種の草を駆逐してしまいかねません。わたしたちはルシタニア星をテラフォームしにきたのではない。この星の環境への影響は最小限にとどめるのが理想です」

「住民にとっては苦労が多いでしょう」

「この囲い地のなかで、わたしたちは自由な生活を楽しんでいますわ、代弁者。フェンスの外には……出たいと思いません」

強い感情を隠した口調だった。ピギー族への恐怖はかなり根深いようだ。

「代弁者、わたしたちがピギー族を恐れているとお考えでしょうね。たしかにそういう者もいるでしょう。でもほとんどの住民の感情はちがいます。恐怖ではなく、憎悪です。嫌悪です」

「ピギー族を見たことはないのでしょう」

「殺された二人の異類学者についてはご存じですね。もともとはピポの死の代弁を依頼されたのですから。ピポもリボもここではとても愛されていました。とくにリボはそうです。親切でやさしい人物でした。その死が呼び起こした嘆きは広く、深いものでした。ピギー族がなぜあんな仕打ちを二人の人間にしたのか理解できません。〈フィリョス・ダ・メンチ・ジ・クリスト〉修道会のドン・クリスタン大修道院長は、彼らは倫理感覚を持っていないと言っています。つまり獣だと。ある意味で堕落以前の人間とおなじかもしれませんね。禁断の木の実を食べていないという点で」市長は硬い笑みを漏らした。「とはいえ、こんな神学談義はあなたには退屈でしょうね」

エンダーは答えなかった。不信仰者が聖典を軽んじていると考える信徒は多い。しかしエンダー自身は不信仰者のつもりではなかった。聖典の物語に神聖さを強く感じる心を持っている。しかしここでボスキーニャにその話をするつもりはなかった。彼女には思いこみをすこしずつ正してもらわなくてはならない。いまは不信感を持たれているが、いずれは信頼を勝ちとれるはずだ。ボスキーニャはよき市長になれる。人を外見ではなく本質で判断する力があるはずだ。

話題を変えた。

「〃フィリョス・ダ・メンチ・ジ・クリスト〃とは……ぼくの未熟なポルトガル語で翻訳すると、〃キリスト精神の子ら〃という意味ですか？」

「比較的新しい修道会です。四百年前に教皇様の特別な許可で設立されて——」

「〈キリスト精神の子ら〉修道会は知っていますよ、市長。モクテスマ星のコルドバ市で、聖アンヘロの死を代弁しましたから」

ボスキーニャは目を丸くした。

「ではあの噂は真実なのですか！」

「それについては諸説ありますね。死の床の聖アンヘロが悪魔にとりつかれて、不信心者である死者の代弁者《アブラドール・デ・ロス・ムエルトス》に俗悪な儀式を依頼したとか」

ボスキーニャは苦笑した。

「そのようにささやかれていますわね。もちろんドン・クリスタンはありえないと言っています」

「事実はこうです。聖アンヘロは、列聖以前のことですが、知人の女性の死をぼくが代弁した集まりに来ていました。すでに血液を菌に冒されて余命いくばくもない彼は、ぼくに会いにきてこう言いました。〃アンドルー、わたしについてひどい嘘が言いふらされている。わたしが奇跡を起こしたので、聖人にするべきだというんだ。助けてくれ。

死後に真実を代弁してくれ〟と」

「でも彼の奇跡は公式に確認され、死後わずか九十年で列聖されましたよ」

「はい。責任の一端はぼくにあります。彼の死を代弁したときに、奇跡のいくつかを真実だと宣言してしまったのです」

ボスキーニャは声をたてて笑った。

「死者の代弁者が、奇跡を信じるのですか？」

「ご自慢の大聖堂の丘には建物がいくつもありますが、そのうち司祭用がどれだけで、学校用がどれだけでしょうか」

ボスキーニャはすぐにその意味を理解して、代弁者をにらんだ。

「〈キリスト精神の子ら〉修道会は司教に従っているのです」

「それでも知識の保管と伝授は修道会が全面的に担《にな》っているのでしょうね。司教の承認の有無にかかわらず」

「聖アンヘロは教会の運営にあなたの口出しを許したかもしれませんが、ペレグリノ司教は許さないはずです」

「ぼくはただ死者の代弁に来ただけです。法律は守ります。心配なさっているような厄介事は起こさないつもりです。むしろ善行をおこなうでしょう」

「死者の代弁者、あなたがピポの死を代弁しにいらしたのであれば、それだけで厄介です。ピギー族はフェンスのむこうにとどまるべきです。わたしとしては、何人たりともフェンスを通過させたくありません」

「宿はとれるでしょうか？」

「ミラグレは人の移動がない町です。みんな自宅があり、よそへは行きません。宿屋の需要はないのですよ。初期植民者が組み立てた小さなプラスチック製の小屋ならあります。狭いですが、設備は整っていますよ」

「ぼくは設備も広さもあまり必要としません。充分でしょう。ドン・クリスタンに会うのが楽しみですね。聖アンヘロの弟子なら真実を友とするはずです」

ボスキーニャは不快げに鼻を鳴らして、車をふたたび発進させた。

エンダーが意図したように、死者の代弁者への市長の先入観は崩れた。代弁者は聖アンヘロの知人で、修道会に敬意を持っているという事実を知って、考えている。ペレグリノ司教からそんな話は聞いていないはずだ。

部屋は最小限の家具だけだった。もし荷物が多ければ収納に困っただろう。実際には、いつものようにエンダーの恒星間旅行の荷ほどきはすぐに終わった。ダッフルバッグに残ったのは窩巣女王《ハイヴ》の繭を包んだタオルだけ。未来に栄華を誇るはずの宇宙種族を、ベッドの下のダッフルバッグにおさめているという事実の奇妙さについては、あまり考えないようにした。

「ここがその場所になるかもしれませんね」

エンダーはつぶやいた。繭はタオルごしにもひんやりしていた。冷えきっているほどだ。

(ここがその場所です)

その断定にはエンダーのほうが不安になるほどだ。懇願や苛立ちなど、蘇生への欲望ゆえに出ていた感情はいまはまったくない。ひたすら確信している。

「こちらでそう決められるといいんですがね。ふさわしい場所かもしれないけれど、ピギー族があなたがたと共存できるかどうかが問題です」

(問題は、わたしたちの存在なしにピギー族が人類と共存できるかどうかです)

「とにかく時間はかかるはずです。数カ月の猶予をください」

(時間はいくらでもかけてください。ここまで来たら急ぎませんから)

「あなたが発見したという相手はだれですか？　ぼく以外とは意思疎通をできないと言っていたと思いますが」

（わたしたちの思考の一部が乗っているのは、アンシブル通信の原理とおなじで、人間がいうフィロティック・インパルスです。これはとても冷たく、人間にとってはみつけにくいものです。でもわたしたちがここで発見した存在――いずれここで発見することになる多くの存在のうちの一つは、もっと強く、明瞭で、みつけやすいフィロティック・インパルスを出しています。わたしたちの声を簡単に聞き取ります。わたしたちの記憶が見えます。わたしたちにも彼が見え、簡単にみつけられます。ごめんなさい、わたしたちはあなたの精神に語りかける大きな努力を放棄して、彼との会話にひたってしまうかもしれません。あなたの分析的な精神にくらべると、彼をみつけるのはとても簡単で、言葉も映像もはっきりしているからです。暖かい日差しのように感じるほどです。彼の顔にもわたしたちの顔にも暖かい日差しがあたって冷たい水が腹の底を流れてそよ風のように穏やかな動きに包まれるのはわたしたちにとって三千年ぶりなのでごめんなさいこのまま彼といっしょにいて目覚めのときまで住みかに運ばれるときまでこうしていたいのでお願いですからあなたのやり方であなたの時間にみつけてほしいのはここがその場所でここが家なので――）

それっきり女王の思考の糸は途絶えた。目覚めたとたんに忘れてしまうはかない夢に似て、思い出して再構成しようとしてもできない。窩巣女王がなにを発見したのかわからないが、エンダーは現実の問題に対処しなくてはならない。スターウェイズ法典、カトリック教会。ピギー族に面会させてくれそうにない若い異類学者たち。代弁依頼をしたのに気を変えた異生物学者。他にもある。最大の困難はおそらく窩巣女王だ。彼女がここにとどまるといえば、彼もとどまらなくてはならない。

ぼくは人間との交わりを長らく断っている。ときどき接触し、探って傷つけて癒《いや》して、ふたたび離れる。自分は傷つかないままに。そんなぼくがこの場所に居着かなくてはならないとしたら、なじめるだろうか。自分が深く関わったことがあるのはバトルスクールの少年たちの部隊。そしてヴァレンタインだ。どちらももう遠くに去った。はるか過去で——

ジェーンの声が響いた。

「なにやってるの？　孤独にふけってるの？　心拍数が低下して呼吸が荒くなっていたわ。眠ったのか、死んだのか、感傷的になってるのかと思ったわよ」

エンダーは明るく答えた。

「もっとはるかに複雑さ。自己憐憫の予感というのが近いな。苦痛に襲われるのにそなえている感じだ」

「まあいいわ、エンダー。さっさと行動を開始するのね。そっちのほうが長くふけっていられる」

端末に電源がはいって映像が投影された。ピギーの姿のジェーンが、脚を出した服装の女たちといっしょにラインダンスを踊っている。思い切りよく脚を上げる。

「運動しなさい。そうすれば気分も晴れるわ。旅装を解いたんだから、ぐずぐずしないで」

「自分がいまいる場所さえわからないんだよ、ジェーン」

「市内の地図は作成されてないのよ。みんな自分の町だから迷わない。でも下水の設備図面があるわ。地区名も書きこまれてる。これに建物の映像を重ねればいいわね」

「見せてくれ」

端末上に市街地の三次元モデルが投影された。エンダーは住民から歓迎されておらず、部屋は簡素だが、端末だけは用意されていた。それも家庭用の標準端末ではなく、精密なシミュレーション装置だ。普通の端末の十六倍の空間に、四倍の精細度でホロ映像を投影できる。あまりにもリアルなのでエンダーはめまいがした。リリパットの国をのぞきこむガリバーの気分だ。小人たちはまだ強気だ。こちらが町を破壊する力を持っていることを知らない。

下水の管区ごとに地区名が投影されている。ジェーンが説明した。

「いまいるのがここ。旧市街《ビラ・ベリャ》よ。広場《プラサ》は隣のブロック。住民集会が開かれる場所よ」

「ピギーの土地の地図はあるか？」

町の地図がエンダーのほうへ急速に滑ってきた。手前の建物は消え、むこうから新しい地形があらわれる。自分が空を飛んでいるように感じる。魔女になったようだ。町の外縁にはフェンスがめぐっている。

「こちらとピギー族を仕切る障壁はこれだけか」

「このフェンスは電磁波を出していて、近づく者の痛覚を刺激するわ。触れただけであなたたち生物は頭がおかしくなる。指をやすりで削り落とされているように感じるはずよ」

「愉快な想像だな。ここは収容所なのか。ひょっとすると動物園か」

「見方によるわね。フェンスをさかいに、人間の側は宇宙につながっている。ピギー族の側は惑星世界に閉じこめられている」

「しかしピギーたちは自分たちにたりないものを知らないわけだ」

「そう、人間のすてきな考え方ね。矮小な動物たちは嫉妬に狂っていると思っている。ホモサピエンスに生まれる幸運を逃してしまったと」

フェンスのむこうは山岳地だ。山裾の途中から深い森がはじまっている。ジェーンは説明した。

「異類学者はピギー族の土地にろくにはいっていない。接触中のピギー族のコミュニティがあるのは、森にはいって一キロメートル未満のところよ。住みかは丸太小屋、メンバーはすべて雄。他のコミュニティは確認されていないけど、衛星観測によれば、同種の森にはすべて狩猟採集生活で生きられるだけの個体数が生息していると考えられているわ」

「ピギー族は狩猟を？」

「採集生活のほうがおもよ」

「ピポとリボが殺された場所は？」

森の手前の斜面に広がる草地の一角が強調表示された。近くに大きな木が一本ぽつんとある。すこし離れて小さな木が二本。

「これらの木は、トロンヘイム星で見たホロ映像になかった気がするが」

「二十二年たってるのよ。大きな木は、ルーターという反逆者の遺体の場所に彼らが植えたもの。ルーターはピポが殺される直前に処刑されたピギーよ。あとの二本は最近処刑されたピギーのもの」

「なぜピギー族の遺体には植樹し、人間にはしないのかな」

「木を神聖視しているからよ。森の木の多くには名前があるとピポは記録しているわ。もともと死者にちなんで名付けられたのではないかとリボは推測している」

「その樹木信仰に人間は加えられないわけか。まあ、ありえるだろうな。とはいえ、なにもないところから儀式や神話は出てこないものだ。たいていはコミュニティの存続に結びついた理由がある」

「アンドルー・ウィッギンはいつから人類学者に？」

「人類学の研究対象は人間だぞ」

「じゃあ人間を研究しにいきなさいよ、エンダー。まずノビーニャの一家から。ただし、住民の住所情報をあなたがコンピュータ・ネットワークで取得することは公式に禁じられているわ」

エンダーは苦笑した。

「つまりボスキーニャは見かけほど友好的ではないわけだ」

「あなたが訪問相手の住所を尋ねてまわったら、そこへ行きたいのだなとわかる。行かせたくなければ知らないふりをすればいい、というわけ」

「きみなら制限を回避できるだろう」

「もう回避してるわよ」

フェンスのそばの、展望台のある丘の裏あたりで明滅する光点がある。ミラグレでもいちばん孤立した場所だろう。そもそも目のまえにフェンスがある場所に建つ家は少ない。ノビーニャはあえてフェンスのそばに、あるいは隣家から離れたところに住むことにしたのだろうか。もちろんマルカンの意向かもしれない。

そこにいちばん近い地区はビラ・アトラス。その先は川ぞいに広がる工場地区《アス・ファブリカス》だ。地名どおりに小規模な工場が建ち並んでいる。ミラグレ市内で使われる金属やプラスチック製品の製造、あるいは食品や繊維製品の加工工場だ。小さくまとまった自給自足の経済。ノビーニャはそれらの裏に姿を隠して生きようとしている。

やはりノビーニャ自身の選択だとエンダーは確信した。それが彼女の生き方なのだろう。ミラグレの一員だと思っていない。代弁を依頼した三人が彼女とその子どもたちであるのは、偶然ではないだろう。ここでは代弁者を呼ぶ行為そのものが不謹慎だ。ルシタニア星の敬虔なカトリック教徒のコミュニティに、彼らの一家は所属感を持っていないのだ。

「とはいえ、だれかに案内してもらって行く体裁が必要だな。どんなに隠された情報でもぼくが取得できるということを、最初からあからさまに教えないほうがいいだろう」

地図が消え、ホロ映像がジェーンの顔に変わった。通常より大きな投影フィールドに対してサイズ調整をしていないので、人間の顔よりはるかに大きい。圧倒的な迫力だ。シミュレーションの精度が高いので毛穴まで見える。

「アンドルー、どんな情報でも取得できるのはこのわたしよ」

エンダーはため息をついた。

「その点ではきみは特権を持っているな、ジェーン」

「そうよ」ジェーンはウィンクした。「あなたにその特権はない」

「ぼくを信用できないと言いたいのか？」

「不公平だ、差別はやめろと叫びたいようね。でもわたしは優先的な立場を求めるくらいには人間的なのよ、アンドルー」

「一つだけ約束してくれないか」

「聞いてあげるわ、微小な友人」

「なんらかの情報をぼくから隠すことにしたら、それを教えないということはせめて教えてくれないか」

「深遠な罠がありそうな依頼ね」ジェーンは過剰なほど女性的な顔になった。

「きみにとって深遠すぎるものなどないだろう。これはおたがいのためだ。闇討ちはやめてくれ」

「あなたがリベイラ家を訪問しているあいだに、わたしにやっておいてほしいことがある？」

「ある。リベイラ家の人々とルシタニア星の他の住民たちとのあいだに明確なちがいがあるのなら知りたい。彼らと政府のあいだに対立があるのか」

「おおせのとおりに」

ジェーンは消えようとして、瓶の精霊ジンになった。そこでエンダーは言った。

「ぼくをあやつろうとしているな、ジェーン。苛立たせるのはなにが目的だ？」

「なにも目的はないし、あやつろうとはしていないわ」

「この町にぼくの味方は少ないんだ」

「あなたの命は絶対に守るわよ」

「心配なのはぼくの命じゃないんだよ」


広場はサッカーボールで遊んでいる子どもたちでいっぱいだった。ほとんどの子はリフティングをしている。脚と頭だけを使い、落とさずに何回蹴りつづけられるかを競っている。

そのなかに、過酷な対決をしている二人がいた。少年が少女にむかってボールを強く蹴る。少女は三メートルほどしか離れておらず、じっと立って体でボールをあてて止める。どんなに強くあたっても逃げようとしない。そのあと少女は少年にむかっておなじようにボールを蹴る。少年も逃げずに耐える。幼い少女が一人いて球拾いをしている。ボールがどちらかの体にあたって跳ね返るたびにとってくる。

エンダーは何人かの少年に、リベイラ家の場所を知っているかと訊いてみた。みんな肩をすくめるだけだった。しつこく訊くと逃げていく。やがて広場から子どもたちはほとんどいなくなった。司教は子どもにも代弁者の話を聞かせたようだ。

しかし二人の子の対決は容赦なく続いていた。さらに、広場の子どもたちが少なくなったおかげで、この対決にかかわる子がもう一人いるのがわかった。十二歳くらいの少年だ。後ろからみると変わったところはない。しかしエンダーが広場の中央へ歩いていくと、この子の目がどこかおかしいと気づいた。

しばらくしてわかった。両目が機械なのだ。どちらも輝き、金属の色をしている。エンダーはすぐに仕組みがわかった。視覚のために使われているのは片目だけだ。ただし四種類の方法で視野をスキャンして、さらに信号を分離し、正しい双眼視情報として脳に送っている。もう一方の眼球は、電源、コンピュータの制御、そして外部インターフェースをになっている。その気になれば、小さな写真メモリーで視覚映像の短い連続写真を記録できる。使えるメモリー量は一兆ビット以下だろう。

対決している二人は、彼を審判にしている。争点があったら、少年はその場面をスローモーションで再生して、どうなったかを判定するのだ。

ボールが対決している少年の股間にぶつかった。少年はわざとらしく痛そうな顔をした。しかし少女は強気のまま指摘した。

「体をまわしてよけたわ！　お尻が動くのが見えたもん！」

「動かしてない！　本当に痛かった。よけてないぞ！」

子どもたちはスターク語で話していたが、少女はとうとうポルトガル語に切り替えた。

「再生《レベジャ》して！　再生《レベジャ》して！」

機械の目を持つ少年は、無表情なまま片手を挙げて黙らせた。威厳をもって言う。

「動いた《ムドウ》」

「やっぱり《サビア》！」

「嘘つくな、オリャド！」

機械の目の少年は軽蔑的に相手を見た。

「嘘じゃない。その場面を書き出して送ってやろうか。なんならネットに投稿してもいいんだぞ。そうすれば、おまえが動いたのに動いてないと嘘をつくところを、みんなが見られる」

「嘘つき《メンティロソ》！　プンタ野郎《フィリョ・ジ・プンタ》！　獣姦野郎《フォージ・ボージ》！」

エンダーはそれらの悪態の意味がわかった。しかし機械の目の少年は落ち着いている。

「返して《ダー》。返しなさいよ《ダー・ミ》」少女が言った。

少年は怒った顔で指輪を抜き取ると、少女の足もとに投げた。

「ほら《ビアダ》！」

小声で荒々しく言うと、走って去っていった。

「臆病者《ポルトラン》！」少女はその背中に叫んだ。

「犬《カン》！」少年は背中をむけたまま叫んだ。

叫んだ相手は少女ではない。少女は機械の目の少年のほうを見た。こちらの少年はそう呼ばれて体をこわばらせている。ほとんど同時に少女はうつむいた。球拾いをしていた幼い女の子が、機械の目の少年に歩み寄ってなにかささやいた。機械の目の少年は顔を上げて、初めてエンダーに気づいた。

年長の少女は謝りはじめた。

「ごめんね《ジスクルパ》、オリャド。悪口いわれて《ノン・ケリア・キ》――」

「大丈夫だよ《ノン・ハ・プロブレマ》、ミチ」機械の目の少年は彼女を見ずに答えた。

少女は歩き去ろうとしたときに、ようやくエンダーに気づいて口を閉ざした。

「なぜ見てるんだい？《ポルケ・エスタ・オリャンド・ノス》」少年がエンダーに訊いた。

エンダーは質問で返した。

「きみは調停人かい《ボセ・エ・アルビトロ》？」

アルビトロはポルトガル語で〝審判〟の意味だが、行政官としての〝調停人〟の意味もある。

「ときどきはね《ジ・ベス・イン・クワンド》」

エンダーはスターク語に切り替えた。複雑な内容をポルトガル語で話す自信がなかったからだ。

「では教えてくれないか、調停人。よそ者が道に迷っているのに助けないのは正しいことかな？」

「よそ者って？　それはウトラニング？　フラムリング？　それともラマン？」

「いや、非キリスト教徒という意味だ」

「あなたは不信心者なの《ウ・セニョール・エ・ジスクレンチ》？」

「信じられないことを信じないだけさ《ソ・ジスクレド・ノ・インクリベル》」

少年は笑顔になった。

「どこへ行きたいんだい、代弁者？」

「リベイラ家へ」

幼い少女が機械の目の少年に近寄った。

「どのリベイラ家？」

「イバノバ未亡人のところだ」

「知ってるかもね」少年は答えた。

「町の住民はみんな知っているんだ。問題は、ぼくを案内してくれるかどうかだ」

「なぜそこへ行きたいんだい？」

「ぼくはいろいろな人に質問して、真実をみつけだすのが仕事なんだ」

「リベイラ家の人々はだれも真実なんて知らないよ」

「嘘でもいい」

「だったら、ついてきて」

低く刈られた草地の大通りを歩きはじめた。幼い少女が少年の耳になにごとかささやく。少年は足を止めて、すぐうしろをついてくるエンダーに振り返った。

「クァラが訊いてる。あなたの名前は？」

「アンドルーだ。アンドルー・ウィッギン」

「この子はクァラ」

「きみは？」

「みんなから〝見るやつ《オリャド》〟と呼ばれてる。この目のせいでね」オリャドは幼い少女を抱え上げ、肩車をした。「でも本名はラウロだ。ラウロ・スレイマン・リベイラさ」

にやりとすると、まえにむきなおって歩きはじめた。

エンダーはついていった。リベイラか。なるほど。

もちろんジェーンも聞いている。耳につけた宝飾品から声がした。

「ラウロ・スレイマン・リベイラは、ノビーニャの第四子よ。レーザーの事故で失明。いまは十二歳。ああ、それから、リベイラ家と他の住民のちがいを一つみつけたわ。リベイラ家の人々は司教に逆らうことを恐れない。だから道案内もしてくれるわ」

ぼくも気づいたことがあるぞと、エンダーは声に出さずに思った。この少年はぼくをだますことを楽しみ、だましていたことを明かしてまた楽しんだ。ジェーン、きみは見習わないでほしいな。

ミロは山の斜面にすわっていた。木陰にいるので、ミラグレからだれかがこちらを見ても姿は気づかれないはずだ。しかしこちらからは町がよく見える。高い丘にある大聖堂と修道院はもちろん目立つし、その北側の丘の上にある展望台も見える。その展望台の丘のふもとの窪地に、彼の住む家がある。フェンスからも遠くない。

「ミロ、おまえは木になったのか？」リーフイーターが小声で訊いた。

これはペケニーノ独特の言い回しをスターク語に訳したものだ。彼らは考えごとをはじめると、何時間もじっとして動かなくなる。それを〝木になる〟と表現するのだ。

「どちらかというと草になってるよ」ミロは答えた。

リーフイーターは、かん高くかすれた声で笑った。自然な笑い声ではない。ペケニーノは人間の笑い声を、スターク語における単語の一つのように丸暗記しているのだ。楽しくて笑っているのではない。すくなくともミロにはそのように聞こえない。

「雨が降りそうなのかい？」

ミロは訊いた。これはピギー族の表現で、話しかけたのは自分のためか、それとも相手のためか、という意味だ。

「今日は火が降った。平原に」リーフイーターは言った。

「そうだ。外の世界から客が来た」

「代弁者か？」

ミロは答えなかった。

「おれたちに会わせるためにそいつを呼んだんだろう？」

やはり答えない。

「おまえのために顔を地面に植えていいぞ。おれの手足をおまえの家の材木に使ってい い」

ペケニーノのそういう懇願がミロは嫌いだった。こちらを賢者や権力者と思っているのか。あるいは甘い親にねだるようなつもりなのか。とはいえ、そんなふうに思わせている自分たちも悪い。ミロとリボの責任だ。ピギー族のあいだで神を演じてしまっている。

「約束しただろう、リーフイーター」

「いつだ、いつだ、いつだ？」

「時間がかかる。まずその代弁者が信用できるかどうかたしかめないといけない」

リーフイーターは不満げな顔になった。ミロは過去にも、人間は他の人間を全員知っているわけではなく、なかには悪いやつもいると説明したことがあった。しかしピギー族には理解できなかったようだ。

「できるだけ急ぐよ」ミロは言った。

ふいにリーフイーターは体を前後に揺らし、尻を地面にこすりつけはじめた。まるで肛門がかゆいようだ。リボは、彼らにおけるこの行動が、人間の笑いとおなじ働きをしているのではないかと推測していた。

「ポルトガル語《ピドルギーズ》でなにか話してくれよ！」

リーフイーターは、ミロと他の異類学者が二つの言語をまぜて話すのがとてもおもしろいらしかった。しかし彼らのほうこそ、すくなくとも四種類のピギー語を使っているところが記録されているか、使うらしいことが長年の研究でわかっている。しかも一つの部族でそれらを全部使うのだ。

それはともかく、ポルトガル語が聞きたいなら聞かせてやればいい。

「葉を食べに行け《バイ・コメル・フォリャス》」

リーフイーターはきょとんとした。

「どこがおもしろいんだ？」

「おまえの名前さ。草食の者《コミ・フォリャス》だろう」

リーフイーターは鼻から大きな虫をほじり出すと、指ではじき飛ばした。虫は羽音をたてて飛んでいった。

「おもしろくないな」

そして歩き去った。

ミロはその背中を見送った。リーフイーターはやりにくい相手だ。ヒューマンという名のピギーのほうがつきあいやすい。ヒューマンは賢いので対応に気をつけなくてはいけないが、リーフイーターのように敵意を見せることはない。

ピギーがいなくなったので、ミロは町に目をもどした。だれかが丘の斜面を家のほうへ歩いていくのが見える。先頭はとても長身で……いや、オリャドがクァラを肩車しているのだった。クァラはそんなに幼くはないのに。ミロはこの末の妹を心配していた。父親の死のショックが抜けないようなのだ。ミロは苦々しい気持ちになった。エラも自分も、父親さえ死ねば問題はすべて解決すると思っていたのに。

ミロは立ち上がって、オリャドとクァラのうしろをついてくる人影をよく見た。見覚えのない男だ。代弁者か。もう来たのか！　一時間前に町に到着したばかりなのに、もう一家のところへむかっている。

なんてことだ。代弁依頼をしたのはおれだと母さんに知られるだろう。死者の代弁者は秘密を守るものだと思っていた。依頼人の自宅にじかにやってくるとは思わなかった。考えがたりなかった。そもそも代弁者がこんなに早くやってくるとは予想していなかった。このことでみんなが口をつぐんでも、キンは司教に報告するはずだ。おれは母さんと口論することになるだろうな。町全体とも。

ミロは森にもどって、小走りに道をもどりはじめた。道は町のゲートへ続いている。

# 7　リベイラ家

ミロ、今回はあなたも来るべきだったわ。会話の内容はよく憶えてるけど、その意味がわたしにははっきりわからないのよ。

ヒューマンと呼ばれる新顔のピギーは知ってるわね。あなたが〝いかがわしい活動〟に出かけるまえにしばらく彼と話しているのを見たわ。〝人間《ヒューマン》〟と名付けられたのは、子どもなのにとても頭がいいからだとマンダシュバが言っていた。〝賢い〟ことと〝人間〟が彼らの考えでつながっているとしたら、たしかにうれしいわね。あるいは、うれしいと思うことを予想した皮肉かもしれない。でもそれはどうでもいいわ。

マンダシュバはあとでこう言ったのよ。「彼は立って歩きはじめたときにもう言葉をしゃべっていた」と。そして地面から十センチくらいの高さに手をかざしたの。それはヒューマンが話して歩くようになったときの身長をしめしているようだったわ。十センチよ！　わたしはなにか勘ちがいしているのかもしれない。あなたも現場で見てほしかったわ。

わたしの解釈が正しくて、マンダシュバがその意味で話したのだとすれば、ピギー族の幼児期についての情報が初めて聞けたことになるわ。身長十センチで歩き、しかも話すとしたら、彼らは妊娠中の成長期間が人間より短く、出産後の成長が大きいことになる。

でも話がおかしいのはこの先よ。あなたが聞いても不可解だと思う。マンダシュバは、本来話してはいけないことを教えるように、わたしに顔を寄せて話したのよ。それはヒューマンの父親について。わたしの祖父のピポは、ヒューマンの父親を知っている。父親の木はあんたらのゲートのそばにある」と。

どういうこと？　ルーターが死んだのは二十四年もまえでしょう。たしかに宗教的な説明にすぎないのかもしれない。木を名義上の父親にするとか。でもマンダシュバのとても秘密めかした態度から考えて、本当のことを話している気がするのよ。妊娠期間が二十四年なんてありえる？　あるいはヒューマンが身長十センチの幼児から標準的なピギーの体格に成長するまで二十年かかったとか。あるいはルーターの精子が瓶詰めでどこかに保存されているのかも。

でもこれは重要な話よ。人間の観察者がじかに接触していたピギーが、父親になったと初めて説明された。しかもそれが、あの殺されたルーターよ。底辺の地位にある雄で、しかも処刑された犯罪者が、父親だと公表されたのよ！

ということはつまり、この雄たちはのけ者の独身者ではまったくないのかもしれない。ピポを知っているほど高齢の者もいるけど、彼らは全員が父親になりえる存在なのよ。

まだあるわ。ヒューマンがきわだって賢いのなら、そんな彼をみじめな独身者集団に放りこむなんてことがありえる？　こちらの前提がそもそもまちがってるんじゃないかしら。彼らは地位の低い独身者集団なんかじゃなくて、地位の高い若者集団なのよ。その一部は将来の役に立つとみなされている。

そんなわけで、あなたが例によって〝いかがわしい活動〟に出なくてはならず、わたしに家に残ってアンシブル通信用の〝公表用の偽造書類〟を作成してほしいと言ってきたときには、怒り心頭に発したことを記しておくわ。（帰ってきたときにわたしが眠っていたら、キスして起こしてね。今日はそれくらいのことをしてもらう資格があるはずよ）

――オウアンダ・フィゲイラ・ムクンビから、ミロ・リベイラ・ヴォン・ヘッセにあてたメモ。議会命令によってルシタニア星のファイルから回収。ルシタニア星の異類学者の背任および反逆容疑での欠席裁判において証拠提出したもの

ルシタニア星に建設業は存在しない。カップルが結婚すると、その家は友人や家族が建てる。

リベイラの家には家族の歴史があらわれていた。もっとも古い正面の居間は、コンクリートの基礎にプラスチック板を埋めこんだ構造だ。あとは家族が増えるごとに増築されている。順番に部屋が継ぎ足され、丘の斜面にそって平屋の五部屋がつながって伸びている。あとから建てられた部屋は総煉瓦造りで、配管工事もきちんとして、屋根は瓦葺きだ。ただし美観にはこだわっていない。必要な機能だけで余分な手間はかけていない。

これは貧困ではないとエンダーはわかっていた。経済が完全に統制されたコミュニティに貧困はない。装飾や個性がないのは、家族が自分の家をさげすんでいることのあらわれだ。自分たちをさげすんでいるのだとエンダーは思った。

その証拠に、オリャドとクァラは気分が明るくならない。普通の人が帰宅するときの

ような安堵感がない。むしろ用心深く、慎重になっている。まるで家が重力源であるように、近づくと足どりが重くなった。

オリャドとクァラはそのまま屋内にはいった。エンダーは玄関先にとどまった。だれかが招きいれてくれるのを待ったのだが、オリャドはドアを半開きにしたまま、声をかけずに部屋の奥へ行ってしまった。クァラは居間のベッドに腰かけ、むきだしの壁に背中をもたれさせている。どの壁もなにもかかっておらず、白一色だった。クァラの顔も壁とおなじく無表情。目はエンダーのほうをじっと見ているが、彼の存在を意識している気配はない。もちろん招きいれたりしない。

この家は病んでいる。ノビーニャの性格で理解しそこねた部分があるだろうかと、エンダーは考えた。彼女の心のなにがこんなところに住ませているのだろう。ずっと昔のピポの死がいまもその心に大きな穴を残しているのか。

「お母さんは家にいるのかい？」エンダーは尋ねてみた。

クァラは無言だ。

「ああ、失礼。女の子だと思ったら、きみは銅像らしいな」

それでも反応はない。無反応状態を冗談で解こうとしたが、だめだったようだ。

コンクリートの床に早足の靴音が聞こえた。幼い男の子が部屋に駆けこんできて、中央で止まった。玄関に顔をむけてエンダーを見る。クァラより一歳程度年下だろうか。六、七歳といったところだろう。クァラとちがって、見たものを理解している顔だ。そして凶暴な本能があらわれている。

「お母さんは家にいるかな?」エンダーは質問した。

男の子はかがんで、そろそろとズボンの裾を引き上げた。臑《すね》には料理用の長い包丁がテープでとめられていた。ゆっくりとテープを剥がし、ナイフを両手で持って正面にかまえる。そしてエンダーに狙いを定めると、全速力で走ってきた。ナイフはエンダーの股間を正確に狙っている。見知らぬ相手に対する男の子の態度にはなんら躊躇がなかった。

一瞬ののちに、男の子はエンダーの脇にかかえられ、包丁は天井に突き刺さっていた。男の子は蹴り、わめく。その手足を拘束するのにエンダーは両手を使った。両手首と両足首をつかんでぶらさげる。仔牛に焼き印を捺すときのような格好だ。

エンダーはクァラを強いまなざしで見た。

「奥へ行ってこの家の責任者を連れてきてくれ。でないとこの動物を連れて帰って夕飯の材料にするよ」

クァラはすこし考える顔になってから、立って部屋から出ていった。

まもなく、疲れた表情の少女がやってきた。髪はぼさぼさで目は眠たげだ。

「ごめんなさい《ジスクルペ》、ほんとうに《ポル・ファボル》。この子は父親が死んでから荒れてるんです《ウ・メニノ・ナン・セ・レスタベレセウ・デズジ・ア・モルチ・ド・パイ》――」

そこでようやく目が覚めたようになった。

「あなたは死者の代弁者ですね《ウ・セニョール・エ・ウ・ファランチ・ペロス・モルトス》！」

「そうだ《ソウ》」

「ここはだめ《ノン・アキ》……ああ、ごめんなさい。ポルトガル語はわかりますか？ もちろんわかるから返事をなさったんですね。すみませんが、ここはだめ、いまはだめです。帰ってください」

「わかった。ではこの子か包丁か、どちらかを持って帰ってもいいかい？」

エンダーは言ってから、天井を見上げた。少女の目が追う。

「なるほど、すみません。昨日からずっと探してたんです。この子が持っているはずだとわかってたけど、どこに隠したのかわからなくて」

「脚にテープ留めしていたよ」

「昨日はべつのところです。調べましたから。すみませんが、放してやってください」

「いま放したらたぶん噛みつかれるな」

少女は男の子に言った。

「グレゴ、人にナイフをむけちゃだめよ」

グレゴはうなり声をあげるだけ。

「父親が死んだばかりなんです」

「その父親と親しかったのかな?」

うんざりした苦笑が少女の顔に浮かんだ。

「ぜんぜんそんなことは。グレゴは昔から盗癖があるんです。ものをつかんで歩けるようになった年から。でも人を傷つけようとしたのは初めてです。どうか下ろしてやってください」

「断る」

少女は目を細め、怒りの表情になった。

「誘拐するんですか? どこへ連れていくと? 身代金でも?」

「わかっていないようだな。この子はぼくを襲ってきた。またやらない保証はないときみも認めている。この子を放したときに行動を規制する手段をきみは用意していない」

期待したとおり、少女の目に怒りが浮かんだ。

「なにさまのつもり? ここはこの子の家よ。あなたの家じゃない!」

「町の広場からここまでずいぶん長い道のりを歩いてきた。オリャドは早足だったしね。

ちょっとすわらせてもらっていいかな」

少女は椅子を顔でしめした。

グレゴはつかまれてもがいている。エンダーはそれを顔の高さに持ち上げた。

「いいか、グレゴ。このまま手を放したら、きみはコンクリートの床に頭から落ちる。もし絨毯があれば、気絶する可能性は半々だろう。しかし絨毯はない。そして正直に言うと、きみの頭がコンクリートにぶつかる音を聞くのが楽しみだ」

「この子はスターク語をまだよく理解できませんよ」少女が注意した。

しかしグレゴは正しく理解したとエンダーにはわかった。

そのとき、部屋のむこうで動きがあった。オリャドがもどってきて、キッチンに通じる戸口に立った。隣にクァラがいる。

エンダーはその二人にむかって楽しげに微笑んだ。そして少女がしめした椅子に歩み寄りながら、グレゴを空中に放り上げた。両手も両足も放したが、体はくるくる回転している。グレゴは両手両足を広げてばたつかせ、床にぶつかる苦痛を予想して恐怖の叫びをあげた。エンダーはすぐに椅子に腰を下ろすと、グレゴを空中で受けとめて膝の上にのせ、即座に両腕をつかんで動けなくした。グレゴは踵でエンダーの脛を蹴ったが、靴をはいていないのでほとんど痛くない。エンダーはその抵抗もすぐに封じた。

エンダーは言った。

「やっとすわれてほっとしたよ。ご歓待を感謝する。ぼくはアンドルー・ウィッギン。オリャドとクァラにはもう会った。グレゴとはこうして大の仲よしだ」

年長の少女は手をエプロンで拭いた。握手の準備かと思ったが、手は出さなかった。

「エラ・リベイラです。エラはエラノラの略で」

「会えてうれしいよ。夕飯の支度の真っ最中だったようだね」

「ええ、とても忙しいわ。明日出なおしていただけるとありがたいんですけど」

「どうぞ支度を続けてくれ。ぼくは待たされても平気だから」

べつの少年が足ばやに部屋にはいってきた。オリャドより年上だが、エラより年下に見える。

「姉さんの言うことがわからないのか？　帰れと言ってるんだよ！」

「なかなかご親切だな。ぼくはきみたちのお母さんに会いたいんだ。仕事からお帰りになるまで待たせてもらいたいんだけどね」

母親に言及すると沈黙が下りた。

「仕事で不在なのだろう。もしご在宅なら、これだけの騒ぎを聞いて出てこないわけがないからね」

オリャドはわずかに苦笑した。しかし年長の少年は暗い表情になった。エラは不愉快きわまりないという顔だ。

「あの人にどんな用事が？」エラは訊いた。

「本当を言うと、一家全員に会いにきたんだ」エンダーは年長の少年に笑みをむけた。

「きみはイステバン・ヘイ・リベイラだろう。殉教者聖ステファノにちなんだ名だな。彼は神の右にいるイエスを見た」

「無神論者のくせに、知ったような口をきくな！」

「たしか、のちの聖パウロは、聖ステファノに石を投げる人々の服を持たされて立っていたはずだな。もちろん当時の彼は信仰者ではなく、むしろ教会の恐ろしい敵だった。しかしその後、改悛した。だからきみもぼくを神の敵とは思わないでほしい。ぼくは使徒だ。ダマスカスへの道の途中でまだ足を止めていないだけだ」

そして微笑んだ。少年はそのエンダーをにらみつけたまま、絞り出すように言った。

「あんたは聖パウロじゃない」

「そんなことはない。ぼくはピギー族への使徒として来たんだから」

「あいつらには会えないよ。ミロが会わせない」

「それはどうかな」

玄関から声が響いた。声の主をみんないっせいに見た。はいってきたのはミロだ。若く、まだ二十歳前。しかし顔と態度には年齢に似あわない責任と苦労があらわれている。弟や妹たちは長兄に場所をあけた。怖いからあとずさっているのではなく、彼にむきなおっている。兄を中心にした放物線に移動している。室内の重力中心が彼であり、その影響下ですべてが動いているようだ。

ミロは部屋の中央に来ると、エンダーにむきなおった。しかし視線の方向はエンダーがつかまえている男の子だ。

「その子を放せ」冷ややかな声でミロは言った。

エラがその腕にそっとふれた。

「グレゴはこの人を刺そうとしたのよ、ミロ」

エラの口調はもっと多くのことを伝えていた。落ち着いて、大丈夫よ。グレゴは危ないめにあっていないし、この人は敵ではない……。エンダーにはそれが聞こえたし、ミロにも聞こえたようだ。ミロは言った。

「グレゴ、まえに言っただろう。いつかおまえを恐れない相手があらわれると」

グレゴは、味方がいきなり敵に変わったのを見て泣き出した。

「この人に殺される、殺される」

ミロは冷ややかにエンダーを見た。エラは死者の代弁者を信用したようだが、ミロはそこまで至っていない。

エンダーは、信頼を得るには真実を話すのが一番だと知っていた。

「たしかに痛い思いをさせている。抵抗するたびに激痛があるだろう。それでもこの子は抵抗をやめないんだ」

エンダーはミロの視線を静かに受けとめた。ミロは言外の意図を理解したようだ。グレゴの解放を求めるのをやめた。

「小さなグレゴ、おまえを放してもらうのは無理だ」

「こんなことをやらせておくのかい?」イステバンが抗議する。

ミロはイステバンをしめしながら、エンダーに対して申しわけなさそうに説明した。

「こいつはみんなからキンと呼ばれてます」スターク語の〝キング〟とおなじ発音でニックネームを教えた。「ミドルネームの〝王《ヘィ》〟が由来だけど、いつのまにか王権を神から授けられたように思い上がってて」

「うるさい」キンは吐き捨てて、大股に部屋から出ていった。

それをきっかけに、残った兄弟姉妹は落ち着いて話をする態勢になった。ミロが訪問者を一時的とはいえ受けいれたので、他の家族もいちおうガードをゆるめることにしたわけだ。オリャドは床にすわった。クァラはさっきまで腰かけていたベッドの端にもどった。エラは壁に背中をもたれさせた。ミロはべつの椅子を持ってきて、エンダーの正面にすわった。

「この家にはどんなご用件で？」

ミロは尋ねた。その訊き方から、エラとおなじく自分が代弁者を呼んだことをだれにも話していないとわかった。二人ともおたがいが依頼人であることを知らない。またこれほど早く代弁者がやってくるとも思っていなかったはずだ。

「きみたちのお母さんに会うためだ」エンダーは答えた。

ミロの安堵が手にとるようにわかった。しかし態度にはあらわさなかった。

「母は仕事に出ています。帰りは遅い。原生種の雑草に負けないジャガイモの株をつくろうと研究しているんです」

「アマランサスのように？」

ミロは苦笑した。

「もうお聞きですか。いいえ、あそこまで繁殖力が強いものは求めていません。でもこの植民地では食材の種類がとぼしいので、ジャガイモが栽培できればありがたい。それにアマランサスは発酵飲料の原料にはあまり適していないんです。坑夫や農夫たちはウォッカを神話の飲み物のように話していますよ。蒸留酒の女王だと」

ミロの笑みは、この家では洞窟の亀裂からさしこむ日光のような効果があった。緊張した空気がたちまちゆるんだ。クァラは普通の小さな女の子らしく足をぱたぱたと揺らしはじめた。オリャドはほうけたように楽しそうな表情になった。半目になったおかげで、不気味な金属的な輝きが目立たなくなった。エラは、ミロのユーモラスな話がもたらす以上ににっこり笑っていた。グレゴさえリラックスしている。エンダーの握った手に対して抵抗をやめている。

と思ったら、エンダーは腿に突然温かいものを感じた。グレゴは抵抗をやめたわけではなかった。エンダーは敵の行動に対して反射的に反応しない訓練を積んでいる。反射的に動くのは、意識的にそうすると決めたときだけだ。だからグレゴの大量の小便が流れてきても、ぴくりとしただけだ。

グレゴの狙いは明白だ。エンダーが怒りの叫びをあげて、彼を膝の上から離し、いまいましそうに放り出すのを期待している。するとグレゴは自由になる。勝ちだ。そんな勝利をあたえるつもりはエンダーにはなかった。

それでもエラはグレゴの表情から事態を察したようだ。目を見開き、憤然として末の弟のほうへ一歩踏み出す。

「グレゴ、なんて悪いことを――」

エンダーはウィンクと笑みで彼女をその場にとどまらせた。

「グレゴはぼくに贈り物をくれたんだ。彼にできる贈り物はこれだけ。それを自分からくれた。だからこそ意味がある。とてもうれしいから、やはりこの子を放さないことにしよう」

グレゴは歯を剝いてうなり、また逃れようとはげしくもがきはじめた。

「どうして放さないんですか！」エラは言った。

それに対してミロがかわりに答えた。

「彼はグレゴに人間らしいふるまいを教えているんだ。必要なことだ。これまでだれも教えようとしなかったからな」

「わたしは教えようとしたわよ」とエラ。

オリャドが床にすわったまま言った。

「この家で人間らしいふるまいを教えるのはエラだけだよ」

すると隣の部屋からキンの大声が聞こえた。

「家族のことをそいつにしゃべるなよ！」

エンダーは、まるでキンが賢明で知的な提案をしたかのように大きくうなずいた。ミロはくすりと笑った。エラはあきれたように目をまわして、ベッドのクァラの隣にすわった。

「おれたちは幸福な家族じゃないんですよ」ミロが言った。

「しかたないだろう。お父さんが最近亡くなったんだから」エンダーは言った。

ミロはとても皮肉っぽく苦笑した。かわりにオリャドが言った。

「最近まで親父が生きてたから、ですよ」

エラとミロも同意見のようだ。またキンの大声が隣から聞こえた。

「しゃべるなってば！」

「危害を加えられたのかい？」

エンダーは穏やかに訊いた。グレゴの小便が冷たくなって臭いもしてきたが、じっと動かない。エラが答えた。

「殴られたかという意味なら、殴られてはいません」

しかしミロにとっては一線を越えた話題のようだ。

「キンの言うとおりだ。家族以外には関係ない話だ」

「いいえ、この人には関係あるわ」とエラ。

「どう関係があるんだ」

「お父さんの死を代弁しにきたからよ」

「父さんを？」オリャドが声をあげた。「ありえない《シュパ・ペドラス》！　父さんが死んで三週間しかたってないのに」

エンダーは説明した。

「ぼくはべつの死者を代弁するためにすでに出発していたんだ。そして到着してみたら、きみたちのお父さんの死についても代弁依頼が出されていた。だからそれも引き受けることにした」

「むしろ告発でしょう」とエラ。

「代弁だよ」

エラは苦々しげに言った。

「わたしは真実を話してもらうためにあなたを呼んだんです。父に関する真実は、すべて父に対する告発のはずです」

沈黙が部屋の隅々まで充満した。だれも身動きしない。やがてキンがゆっくりと部屋にはいってきた。エラだけを見て、静かに言う。

「姉さんが呼んだのか。あんたが」

「真実を話してもらうためよ！」

しかし弟の非難はエラの痛いところを衝いたようだ。言外の意味はあきらかだ。家族と教会を裏切ってこの不信心者を呼び寄せ、長くひた隠しにされてきたことを暴露しようというのか。

エラは続けた。

「ミラグレの人々はみんなとても親切で、たいへん理解力があるわね。学校の先生たちは、グレゴの盗癖にも、クァラの緘黙症《かんもくしょう》にもなにも言わない。この子は学校で言葉を話さないのよ。一言も！　それでもみんな、わたしたちが普通の子どものようなふりをする。なにしろ尊者夫妻《ウス・ベネラドス》の孫ですものね。頭もいい。一家に異類学者が一人、異生物学者が二人もいる！　たいしたものよ。だからお父さんが飲んだくれて暴れても、帰ってきてお母さんを殴って歩けなくしても、みんな見て見ぬふりをする！」

「黙れったら！」キンが叫ぶ。

「エラ」ミロも言う。

「あなただってそうでしょ、ミロ。いつもお父さんに怒鳴られてた。ひどいことばっかり言われて、とうとう家から飛び出していった。真っ暗でなにも見えなくて、つまずきながら走って――」

「そんなことをそいつに話す権利は、姉さんにはないだろう！」とキン。

オリャドがすっくと立って部屋の中央へ進み出た。人間のものではない目で見まわす。

「どうしていまだに隠そうとするんだい？」穏やかに問いかけた。

するとキンが言った。

「おまえはどうだっていいだろう。父さんからなにもされなかった。おまえは目のスイッチを切って、しゃがんでイヤホンをして、バトゥカーダやバッハを聞いてるだけで――

――」

「目のスイッチを切ってるって？　ぼくは一度も目のスイッチを切ったことはないよ」

オリャドは言うと、くるりと向きを変えて、部屋の端末に歩み寄った。玄関から一番遠い隅にある。手早く電源をいれ、接続ケーブルをつかんで右目のソケットに挿した。

ただのコンピュータ接続だ。それでもエンダーは、〈巨人〉の目玉の恐ろしい記憶がよみがえった。眼球を切り裂き、房水が流れ出す。それでもエンダーはその奥へもぐりこんで、ついに脳に到達した。すると〈巨人〉はあおむけに倒れて死んだ。エンダーはしばらく身動きできなくなった。それから、この記憶が本物ではなく、バトルスクールでプレイしたコンピュータゲームの一場面にすぎないことを思い出した。三千年前の出来事。しかしエンダーにとってはほんの二十五年前。記憶の生々しさが薄まるほど昔ではない。

バガーは、この〈巨人〉の死の記憶と夢をエンダーの精神から取り出して、彼にだけわかるサインとして残した。それに導かれて窩巣《ハイヴ》女王の繭にたどり着いたのだ。

ジェーンの声で現実に引きもどされた。コンピュータ知性体は耳の宝飾品からささやく。

「かまわないなら、彼の目が接続しているあいだに、蓄積されたデータをすべてダウンロードしておくわよ」

端末上の空中に場面が投影された。立体のホロ映像ではなく、浅浮き彫りのようだ。一人の観察者の目に映ったものだからだ。場所はこの部屋。視点は、さっきまでオリャドが床にしゃがんでいたところ。彼の定位置らしい。

部屋の中央に大柄な男がいる。力が強く、暴力的。腕を振りまわしながら、ミロに暴言を吐いている。ミロは黙って立っている。首を傾げ、怒りの表情はなく父親をじっと見ている。音声はない。映像のみだ。

オリャドがささやいた。

「忘れたのかい？　どんなだったか忘れたのかい？」

端末の映像のなかで、ミロがとうとう背中をむけて去っていった。父親のマルカンは玄関まで追いかけ、その背中にむかって怒鳴りつづけた。そして部屋にもどって立ちつくす。獲物を追った獣のように荒々しく息をしている。映像のなかのグレゴがその父親に駆け寄り、ズボンにつかまって、玄関のほうにむいて叫びはじめた。顔からすると、ミロに対する父親の暴言をそのまままくりかえしているようだ。マルカンは末っ子を脚から引き剝がすと、目的があるようすで奥の部屋へはいっていった。

「音声はないけど、頭のなかで聞こえるだろう」またオリャドはささやいた。

エンダーは膝の上でグレゴが震えはじめたのがわかった。オリャドは続ける。

「ほら、殴る音、ものが壊れる音、そして母さんが床に倒れる音。コンクリートに体がぶつかる振動を、みんな体の奥で感じたはずだ」

「やめろ、オリャド」ミロが言った。

投影された場面は消えた。

「保存してたなんて信じられない」とエラ。

キンは泣いていた。はばかることなく泣きじゃくる。

「ぼくが殺したんだ。父さんをぼくが殺した、ぼくが殺した、ぼくが殺したんだ」

ミロが苛立たしげに反論した。

「なにを言ってるんだ。あいつは腐る病気で死んだんだ。先天性の病気で！」

「死んでくれって祈ったんだよ！」キンは叫んだ。顔は激情でゆがんでいる。涙と鼻水と唾液が口のまわりで混ざっている。「聖母様に祈った、イエス様に祈った、お祖父ちゃんとお祖母ちゃんにも祈ったんだ。あの人が死んでくれるなら、ぼくは地獄に堕ちてもいいって。そうしたら願いがかなった。だからぼくは地獄に堕ちる。それでも後悔してないよ！　神様、許して。ぼくはうれしいんだ！」

泣いてよろめきながら部屋から出ていった。奥でドアが乱暴に閉まる音がする。

ミロが言った。

「なるほど、尊者夫妻《ウス・ベネラドス》による奇跡の新たな証拠ってわけだ。列聖されてもおかしくないな」

「やめろよ」とオリャド。

「おれたちがあの親父を許すことがキリストの望みだなんて、あいつはいつも言ってるくせにな」とミロ。

エンダーの膝の上でグレゴの震えがはげしくなり、心配になってきた。グレゴがなにかつぶやいているのが聞こえてきた。エラも幼い弟のようすがおかしいのに気づいて、そのまえにしゃがんだ。

「泣いてるわ。こんなふうに泣いてるのは初めて——」

「パパ……パパ……パパ」

グレゴはつぶやいていた。震えから大きくしゃくり上げはじめた。強い痙攣のようだ。

「父さんの姿を見て怖かったのかな」

オリャドが言った。グレゴについて深く懸念している顔だ。兄弟姉妹がみんな心配そうなのを見て、エンダーは安堵した。この一家にはまだ愛がある。共通の暴君の下で長年いっしょに暮らしてきたという孤独感だけではない。

ミロがなだめるように言った。

「パパはもういないんだ。怖がらなくていいぞ」

エンダーは首を振った。

「ミロ、オリャドの記録映像を見ただろう。幼い子は父親の善悪を判断しない。無条件に愛するんだ。グレゴは一生懸命マルコス・リベイラの真似をしていた。きみたちは父親がいなくなってうれしいだろうが、グレゴにとっては破滅的な出来事だったんだよ」

彼らにとっては予想もしない答えだったようだ。そして不愉快な考えでもある。嫌悪している。しかし真実だともわかっている。エンダーから指摘されて認めざるをえなくなったのだ。

「神様《デウス》、お許しください《ノス・ペルドア》」エラがつぶやいた。

「おれたちが言ったことを、な」ミロはささやいた。

エラはグレゴに手を伸ばした。しかし末っ子は姉のほうへ行かなかった。エンダーが予想し、待っていたとおりになった。エンダーがゆるめた手のなかでグレゴはむきを変え、死者の代弁者の首にしがみついてきたのだ。そしてはげしく、痛々しく泣きはじめた。

途方に暮れた顔の兄弟姉妹に、エンダーは穏やかにさとした。

「この子がきみたちに悲しみを表現できるわけがない。きみたちから憎まれていると思っているんだから」

「グレゴを憎んだりしてないよ」とオリャド。

「わかってやるべきだったな」ミロは言った。「こいつが一番つらいのはわかってたんだ。でもこんなふうに……」

「自分を責めなくていい。よそ者だからこそわかることもある」エンダーは言った。

ジェーンが耳の宝飾品からささやいた。

「あなたにはいつも驚かされるわね、アンドルー。人々をたちまちこっぱみじんのプラズマにしてしまうところは」

エンダーは答えなかった。ジェーンも返事は期待していないだろう。

計画していたわけではない。即興でやっただけだ。マルカンが家族にやった傍若無人なふるまいをオリャドが記録しているなど予想できたわけがない。洞察力を働かせたのはグレゴのことだけだ。それも本能的だった。この子は自分より偉い人、父親のようにふるまう人を渇望していると、勘でわかった。父親が暴力的だったので、グレゴは暴力が愛と強さの表現だと思ってしまったのだ。しかしいまは、しばらくまえにエンダーの腿を小便で濡らしたように、その首を熱い涙で濡らしている。

こうしてグレゴの行動は予測できた。しかしクァラについては予測できなかった。

みんなが泣きつづけるグレゴを黙然と見ていると、クァラはベッドから降りて、エンダーのもとにまっすぐ歩み寄った。目を細めて怒った顔をしている。

「あんた、くさい！」

強い口調でそう言うと、ずんずん歩いて家の奥へ去っていった。

ミロはこらえきれない笑いを漏らした。エラも微笑んだ。

エンダーは眉を上げて、勝ったところもあれば負けたところもあるという顔をした。

オリャドはその表情を読みとったようだ。端末の脇の椅子にすわって穏やかに言った。

「クァラについてもあなたの勝ちだよ。あいつが家族以外の人に口をきいたのは数ヵ月ぶりなんだから」

いや、ぼくはもう家族以外の人ではないと、エンダーは声にせず考えた。わかるかい？　ぼくはもう家族の一員だ。きみたちが望もうと望むまいと。こちらが望もうと望むまいと。

しばらくするとグレゴのすすり泣きはやんだ。眠ってしまったのだ。エンダーは立ってベッドまで運んでやった。狭い部屋の反対側ではクァラがすでに眠っていた。エラはエンダーを手伝って、グレゴの小便だらけのズボンを脱がせ、ゆるい下着を穿かせた。やさしく手早かったので、グレゴは眠ったままだった。

正面の居間にもどったエンダーを、ミロが測るような目で見た。

「さて、代弁者、どっちがいいですかね。おれのズボンだとすこしきつくて、とくに股が窮屈だと思う。親父のはぶかぶかでずり落ちてしまう」

言われるまで忘れていた。グレゴの小便はとっくに乾いていた。

「心配ご無用。帰ったら着替える」

「母が帰宅するまでまだ一時間くらいありますよ。会いたい相手は母でしょう？　それまでに洗濯しておきますよ」

「ではきみのズボンを借りよう」エンダーは言った。「股がどうかは運しだいだ」

# 8　ドナ・イバノバ

つまり嘘をつきつづける人生さ。フィールドに出て重要な発見をしても、研究所にもどったら、退屈であたりさわりのない報告書を書くしかない。言及できない。文化的汚染を通じて発見したことはいっさい。

きみたちはまだ若いから、これがどれほどつらいかわからないだろう。父とぼくがこんなことをはじめたのは、ピギー族に対して知識を遮断するのに耐えられなかったからだ。しかしきみたちもいずれ知るだろう。仲間の科学者たちに対して知識を遮断するのも、おなじくらいにつらいということを。たとえば、彼らがなんらかの疑問と格闘していて、こちらが持っている情報を提供すればすぐに答えが出るというとき。あるいは、彼らが真実にあと一歩まで迫りながら、こちらの情報を持たないせいで、あともどりして誤った結論へ行ってしまったときなど。それらを見て苦悩しない人間はいない。

そんなときは思い出せ。法律をつくったのは彼らだ。そのように選択したのは彼らだ。真実とのあいだに壁をつくったのは彼ら自身なんだ。じつはその壁があっけなく、完全に破られていると教えたら、罰せられるのはこちらだ。真実を希求するフラムリングの科学者が一人いたら、そのまわりには狭量な愚か者《ジスカベサドス》が十人いると思え。知識を軽んじ、オリジナルの仮説など考えないやつらだ。真の科学者が書いたものを鵜の目鷹の目で調べて、小さな誤りや矛盾や論理の飛躍をみつけることに血道を上げる。そんな吸血蠅のようなやつらがきみたちの報告書に群がって調べる。そこに一つでも不注意な記述があれは、きみたちはたちまちその餌食になる。

だから、文化的汚染に由来する名前を持つピギーのことをけして書いてはいけない。〝碗《カップス》〟という名を出せば、初歩的な製陶技術を彼らに教えたことが露呈してしまうだろう。〝カレンダー〟や〝刈り取り者《リーパー》〟はいわずもがな。〝矢《アロー》〟なんて名前が知られたら、ぼくらは一巻の終わりだ。

――リベルダージ・フィゲイラ・ジ・メジシから、オウアンダ・フィゲイラ・ムクンビとミロ・リベイラ・ヴォン・ヘッセにあてたメモ。議会命令によってルシタニア星のファイルから回収。ルシタニア星の異類学者の背任および反逆容疑での欠席裁判において証拠提出したものノビーニャは異生物学研究所に居残っていた。やるべき作業は一時間以上前に片づいている。クローンの各種ジャガイモ株は栄養液のなかで順調に育っている。あとは毎日観察して、どの遺伝的変更がもっとも強壮に育ち、有用な地下茎をつくるかを調べるだけだ。

やることがないのに、なぜ帰らないのか。

その自問に答えはない。子どもたちは母親を必要としている。それはたしかだ。なのに、子どもたちに冷たいと思いながらも、早朝に家を出て、下の子たちが眠ったころに帰る。いまもそうだ。帰っていいとわかっているのに、こうして腰を下ろして実験設備をぼんやり眺めている。なにも見ない、なにもしない、ないないづくしで。

家に帰る。そう考えてなぜうれしくならないのか、自分でもわからない。だって、と自分に言う。マルカンは死んだのに。

三週間前に死んだ。やっと死んでくれた。わたしが彼を必要とした理由はすべて満たしてくれた。彼がわたしに求めたものはすべてあたえた。でもわたしたちがいっしょにいる理由は四年前に消えた。四年たってようやく彼は腐って死んだ。長い夫婦生活で愛などひとときもなかった。それでも別れるつもりはなかった。離婚は不可能。しかし報《デス》復《キーテ》は可能だったはずだ。殴るのをやめさせたければ。

最後にコンクリートの床に叩きつけられたときの腰の張りがまだ残っていて、ときどき痛む。すばらしい思い出を残してくれたものね、わたしの夫だった犬《カン》。

思い出すと痛みがぶり返してきた。ノビーニャは、これでいいのだとうなずいた。自分が受けるべき苦しみとしてまだ不足なほどだ。治ってしまったら残念だ。

立ち上がって歩いた。脚は引きずらない。腰をいたわりたいくらいの痛みがあるが、耐える。自分を甘やかすつもりはない。どんなことでも。この程度の苦痛ではたりない。

研究室を出てドアを閉める。コンピュータが自動的に室内の照明を落とす。ただし光合成周期を管理中の各種植物はべつだ。ノビーニャは手塩にかけたこれらの植物を自分でも驚くほど強く愛していた。育て、繁殖しろと、昼も夜も呼びかけた。育たなくなると嘆き、完全に枯れてだめになるまで抜かなかった。研究所をあとにして歩きながら、耳に聞こえない彼らの音楽を感じた。成長し、分裂し、精妙なパターンを形づくる微小な細胞の歌が聞こえた。

いま、ノビーニャは光から闇へ移動している。生から死へ歩んでいる。気分は落ちこみ、それにあわせて関節の炎症も悪化するようだった。

丘を越えて自宅に近づくと、窓から丘のふもとへ漏れるまばらな光が見えてきた。クァラとグレゴの部屋はもう暗い。あの二人の耐えがたい訴えに耐える必要はなさそうだ。クァラの無言と、グレゴの不機嫌で攻撃的な悪癖を見なくていい。

しかし他の窓にはいつになく明かりが多い。ノビーニャ自身の部屋も、居間も明るい。普段とちがう。ノビーニャは普段とのちがいが気にいらなかった。

居間にはオリャドがいた。いつものようにイヤホンをしている。さらに今夜は接続用のケーブルも目に挿している。コンピュータから昔の視覚記録を吸い上げているのか、あるいは眼球にたまったデータを吸い出しているのだろう。

ノビーニャも自分の視覚の記憶を捨てられたらどんなにいいかと思った。消去して、もっと楽しい記憶で上書きしたい。ピポの遺体はもちろん消し去りたい記憶だ。そして異類学研究所で三人ですごした輝くような日々に差し替えたい。布に包まれたリボの遺体も思い出したくない。いとしい体が布一枚で巻かれていた。べつの彼の体の記憶に交換したい。唇の感触や、感情豊かな手の感触だけを憶えていたい。

しかし、いい記憶ははかなく、苦痛の下に深く埋まっている。楽しかったあのころを壊してしまったのは自分だ。だから思い出は奪われ、自分にふさわしいものに置き換えられた。

オリャドは振りむいて母親を見た。その目からケーブルが不気味に突き出している。

ノビーニャは思わず身震いしてから、そのことを恥じた。ごめんねと、心のなかで謝った。こんな母親でなければ目を失うことはなかったのに。ラウロ、生まれてきたときのあなたは健康優良で完全な子どもだった。でもわたしの子宮から生まれて健全に育つ子はいないのよ。

もちろん口には出さない。オリャドも無言だ。ノビーニャは自分の部屋へ行こうとして、そこの明かりがついている理由を知った。

「母さん」

オリャドが声をかけた。イヤホンをはずし、ケーブルも目から抜いている。

「なに？」

「お客さんだよ。代弁者だ」

ノビーニャは体の芯が冷える感じがした。今夜はやめてと、声に出さずに叫んだ。しかし明日でも会いたくはないし、明後日でもそのあとでもおなじだ。

「下着の洗濯が終わったから、母さんの部屋で着替えてもらってるところなんだ。勝手に使って悪いけど」

エラがキッチンから出てきた。

「おかえり。ちょうどカフェジーニョを淹《い》れたところよ。お母さんのぶんもあるから」

「お客が帰るまでわたしは外で待つわ」ノビーニャは言った。

エラとオリャドは顔を見あわせた。二人の考えはすぐにわかった。母親が問題の焦点と考えられているのだ。子どもたちは代弁者がここに来た目的を承諾しているらしい。でも、わたしの問題は解決不能なのよ。

「母さん、代弁者はいい人だよ。司教の話とちがって」オリャドが言った。

ノビーニャは強い皮肉をこめて答えた。

「あら、あなたはいつから善悪を判断する専門家になったの？」

またエラとオリャドは顔を見あわせた。考えていることはわかる。お母さんにどう説明しようか。どうすれば説得できるだろう。

残念ながらそれは無理よ、子どもたち。わたしはだれからも説得されない。リボにも毎週それを思い知らせてやった。わたしから秘密を引き出すことはできなかった。彼が死んだのはわたしの非ではない。

それでも子どもたちに言われるまま、家の外へ出るのはやめてキッチンにはいった。戸口でエラとすれちがったが、ふれあわなかった。

テーブルには小さなコーヒーカップがきれいに円形に並べられ、その中央にコーヒーポットがおかれて湯気を立てていた。ノビーニャは椅子に腰を下ろし、両腕をテーブルにおいた。すると、代弁者がやってきた。まっすぐここへきた。理由は他でもないだろう。

つまり、わたしが悪いのね。わたしのせいで人生をだいなしにされた犠牲者がまた一人。この家の子どもたちとおなじ。マルカン、リボ、ピポ、そしてわたし自身とおなじ。

その彼女の肩ごしに、力強く、しかし驚くほど滑らかで男性的な手が伸びて、ポットをつかんだ。細く美しい注ぎ口から、二つの小さなカフェジーニョのカップに熱いコーヒーが細い筋となって流れこむ。

「注ぎますか《ポッソ・デラマル》？」

彼は訊いた。おかしな問いだ。すでに注いでいるのに。しかしその声は穏やかだ。ポルトガル語には優美なカスティリャ訛りがある。スペイン系なのだろうか。

ノビーニャは小声で答えた。

「謝罪します《ジスクルパ・ミ》。何キロも遠くから来てもらったのに《トローシュ・ウ・セニョール・タントス・キロメトロス》――」

「恒星間飛行の単位はキロメートルではありませんよ、ドナ・イバノバ。年単位です」

言葉は非難しているが、声はもの静かだ。許しと慰めさえ感じられる。この声には誘惑されそうだ。声は嘘つきだ。

「あなたの旅と二十二年間をもとにもどせるならそうしたい気持ちです。代弁依頼は誤りでした。申しわけありません」

抑揚のない声で言った。人生がまるごと嘘だったので、この謝罪も機械的だ。

「時間経過はまだ実感していませんよ」代弁者は答えた。ノビーニャの背後に立っているので顔は見えない。「ぼくにとって姉と別れたのはほんの一週間前です。彼女は生きている唯一の血縁者です。そのお腹には姪がいた。でもいまはすでに大学へ行って、結婚して、子どももまでいるかもしれない。姪を知る機会はなかった。でもかわりに、あなたのお子さんたちを知ることができましたよ、ドナ・イバノバ」

ノビーニャはカフェジーニョのカップを持ち上げ、いっきに飲みほした。熱いコーヒーは舌と喉を焼き、胃が痛んだ。

「たった数時間で子どもたちのことがわかったと？」

「あなたよりはね、ドナ・イバノバ」

エラが代弁者の図々しい発言に息を飲むのが聞こえた。ノビーニャは本当にそうかもしれないと思ったが、それでも部外者から言われるのは不愉快だ。相手の顔を見てやろうと振り返った。しかし背後にはいない。代弁者は歩き出していた。ノビーニャはさらに首をまわして、とうとう立ち上がった。しかしキッチンにその姿はもうなかった。戸口でエラが目を丸くして立っているだけ。

ノビーニャは呼んだ。

「もどってきてください！　言うだけ言って去るなんて！」

返事はない。かわりに、奥の部屋から低い笑い声が聞こえた。

ノビーニャはその声のほうへ行った。部屋から部屋へ抜けていちばん奥。ノビーニャのベッドにミロが腰かけていた。代弁者はそばの戸口に立って、いっしょに笑っている。ミロは母親を見て、顔から笑みを消した。そのことがノビーニャの胸を刺した。息子の笑顔をもう何年も見ていなかった。こんなにいい顔になるのを忘れていた。父親にそっくりだ。なのに彼女を見ると笑みを消す。

「キンが怒るから、ここで話してたんだ」ミロは説明した。「ベッドはエラが整えたよ」

ノビーニャは冷ややかに答えた。

「ベッドが整っていようがいまいが代弁者は気にしないわ。そうでしょう？」

「秩序も混乱も、それぞれ独自の美があるものです」

代弁者は答えた。まだこちらを見ていない。ノビーニャとしてはそのほうがよかった。言いにくいことを言うのに相手の目を見ないですむ。

「代弁者、せっかくおいでいただいたのに無駄足でした。恨んでもらってもかまいません。でも代弁してほしい死者の希望はありません。当時のわたしは愚かな娘でした。無知ゆえに、『窩巣女王《ハイヴ・クイーン》および覇者《ヘゲモン》』の著者が来てくれると思ってしまったんです。父のような人を亡くした直後で、癒《いや》しを求めていました」

ようやく代弁者はむきなおった。まだ若い。すくなくとも彼女より年下のようだ。しかしその目は思いやりがあり、誘惑的だ。危険《ペリゴソ》だ。そして魅力的だ。彼の思いやりにひきずりこまれそうだ。

代弁者は言った。

「ドナ・イバノバ、『窩巣女王および覇者』を読んで、どうしてその著者が癒しをもたらすと思ったのですか？」

答えたのはミロだった。もの静かで口べたなミロが、自分から会話に加わるところなど、子どものときから見たことがなかった。

「おれも読みましたよ。初代の死者の代弁者は、窩巣女王の物語を深い同情でもって書いている」

代弁者は悲しげに微笑んだ。

「しかしだれに読ませるために書いているか。残念ながらバガーではなく、人類だ。バガーが絶滅したことを大勝利として祝っていたころの人類。辛辣な筆致で人類の誇りを後悔に変え、歓喜を悲嘆に変えた。いまの人類は、かつて自分たちがバガーを憎んでいたことをまったく忘れている。かつて称賛し、祝福した名前を、いまは最悪の蔑称としている――」

ノビーニャは口をはさんだ。

「わたしにも言わせてください。その名前はエンダーですね。彼はふれるものすべてを破壊した……」わたしのように、と言いたいのをノビーニャはこらえた。

すると代弁者は、草刈り鎌のように鋭く、荒々しく切り返してきた。

「そうかな？　あなたは彼のなにを知っていますか？　彼が愛情をもってふれたものがないとでも？　彼を愛し、その愛情に感謝した者がいないとでも？　ふれるものすべてを破壊したなんて、まるで見てきたような嘘を言える人間はもう一人も生きていない」

「あなたにとってもそれは教義にすぎないでしょう、代弁者。見てきたようには言えないはず」

ノビーニャは強気で言い返しながら、代弁者の怒りに驚いてもいた。聴罪司祭のようにどんな話題でももの柔らかな態度を崩さないと思っていたのだ。

しかし代弁者の表情から怒りはすぐに消えた。

「良心を痛める必要はありませんよ。ぼくが出発したきっかけはあなたの代弁依頼ですが、到着までに他にも依頼が出されていましたから」

「他にも？」

この暗愚な町で『窩巣女王および覇者』に親しみ、しかもペレグリノ司教の意向に逆らってまで代弁者を呼ぶような者が、他にいるのか。

「だったらなぜ、この家に来たのですか？」

「なぜならその依頼は、マルコス・マリア・リベイラ、つまりあなたの亡夫の死を代弁してほしいという内容だったからです」

とんでもない話だ。

「夫を⁉ だれが彼を思い出したいというの？ やっと死んでくれたのに！」

代弁者は答えない。かわりにベッドにすわったミロが鋭く言った。

「たとえばグレゴさ。家族で気づくべきなのに気づいてなかったことを、代弁者は教えてくれた。あいつは親父の死を嘆いてたんだ。なのに、みんなは親父を嫌ってると思って——」

「安っぽい心理分析よ。この町にもセラピストはいるわ。でも役に立たない」

今度は背後からエラの声がした。

「わたしが依頼したのよ、お母さん。父の死を代弁してほしいって。でも、来てくれるとしても何十年も先だと思ってた。いま来てくれてよかったわ。わたしたち家族の役に立つときで」

「なんの役に立つというのよ！」

「すでに役に立ったわよ、お母さん。グレゴは彼に抱きついたまま眠った。クァラにいたっては、彼にしゃべったのよ」

「といっても、〝あんた、くさい〟って言っただけだがな」とミロ。

「まあ、事実よね。小さなグレゴのおしっこまみれになったんだから」

ミロとエラは吹きだして大笑いをはじめた。代弁者も微笑んでいる。

この光景がなによりノビーニャの心をかき乱した。こんなほがらかな笑いが家のなかに響くのはいったいいつ以来だろう。ピポの死の一年後にマルカンにここに連れてこられてから一度もなかったのではないか。楽しかった時代を心が勝手に思い出していた。ミロが生まれたばかりのころ。エラが幼かったころ。家族の最初の数年間。かたことをしゃべるミロ。兄を追って家じゅうをよちよち歩くエラ。フェンスのすぐむこうにピギー族の森が見える草原で兄妹が走りまわって遊んだこと。そんな子どもたちを見るノビーニャのよろこびが、マルカンの心を毒していった。夫は二人の子を憎むようになった。どちらも自分のものではないと知っていたからだ。キンが生まれるころには、家のなかは怒りに支配されていた。キンは両親に聞こえる場所で自由に笑ったことがなかった。ミロとエラがいっしょに笑う声を聞いて、まるで暗幕が突然開いたような気がした。昼の光がふたたび差しこんできた。夜ばかりではなく、昼の季節もこの家にあったことをノビーニャは忘れていた。

このよそ者は人の家に勝手にはいってきて、閉めきっていた暗幕を勝手に開け放ったのだ。なにさまのつもりなのか！

ノビーニャは言った。

「お断りします。夫の人生を詮索する権利はあなたにありません」

代弁者は眉を上げた。もちろんノビーニャはスターウェイズ法典を知っているし、代弁者の権利はよくわかっている。それどころか、死者の真実の物語を代弁者が調査究明できることは法律で保証されている。

「マルカンは卑劣な男でした。そんな男の真実を話しても苦痛しかもたらしません」

「彼についての真実が苦痛しかもたらさないというのは、正しいでしょう。しかしそれは彼が卑劣漢だったからではない。みんながよく知っていること――つまり、彼がわが子を憎み、妻を殴り、はしご酒をして暴れ、最後は警官に送られて帰ってくる男だったということを話すぶんには、あらためて苦痛はもたらさないでしょう。むしろ人々は、自分たちの見方は正しかったと思って満足するでしょう。やっぱりクズだった。クズ扱いして正解だったと」

「でもあなたはそう思わない？」

「この世に無価値な人間はいません。その欲望を理解すれば。どんな人生も無価値ではない。邪悪きわまりない男女であっても、その本心を理解すれば、ささやかでも罪を償う寛大な行動をみつけられるものだ」

「そう信じているのだとしたら、あなたは見ためより若いのね」

「そうですか？　ぼくがあなたの代弁依頼を聞いたのはほんの二週間前です。そのときあなたについて調べました。ノビーニャ、あなたがもう憶えていなくても、ぼくは憶えている。少女だったあなたを。うら若く、美しく、心やさしかった。かつては孤独だったけれども、ピポとリボがあなたを認め、愛してくれた」

「ピポは死んだわ」

「でもあなたを愛した」

「なにも知らないくせに！　二十二光年も離れた場所にいたくせに！　そもそもわたしが無価値だと言ってるのは、自分ではなくマルカンのことよ」

「でもノビーニャ、あなた自身はそう思っていない。なぜなら、あわれな夫の人生を救えるやさしく寛大な行動の一つに気づいているから」

ノビーニャは自分の恐怖のもとがなにかわからなかった。それでも相手が言うまえに黙らせなくてはいけないと思った。しかし、代弁者がみつけたというマルカンのやさしさとはなんなのか。

「わたしをノビーニャと呼ばないで！　この四年間、だれからもその名で呼ばれたことはないわ！」

代弁者は答えるかわりに、手を挙げて、彼女の頬の奥に指先を滑らせた。思春期の若者のようなおずおずとした手つきだ。リボに似ていると、ノビーニャは思った。それは耐えがたい記憶だ。その手をつかんで払い、相手を押しのけるようにして自分の部屋にはいった。

「出なさい！」

ノビーニャはミロに怒鳴った。息子はすぐに立ち、ドアへむかった。この家に長く住んでいるミロでさえ驚くほどの母の怒りだった。

さらに代弁者にむかって叫んだ。

「わたしからあげるものはないわよ！」

「あなたからはなにも取るつもりはありません」代弁者は穏やかに答えた。

「あなたからもらうものもないわ！　わたしにとってあなたは無価値なの。わかる？　無価値なものの一つ。ごみ《リショ》、がらくた《ルイナ》、廃棄物《エストラゴ》。出ていって《バイ・フォラ・ダキ》。この家にいる権利はあなたにない《ナン・テンス・ジレイト・エスタル・エ・ミニャ・カザ》！」

代弁者はささやいた。

「汝は廃棄物ではない《ナン・エレス・エストラゴ》。汝は肥沃な土である《エレス・ソロ・フェクンド》。そこに緑を植えよう《イ・ボ・プランタル・ジャルジン・アイ》」

そしてノビーニャが言い返すまえに、ドアを閉めて去った。

言い返したくてもノビーニャはなにも言えなかった。代弁者の言葉に愕然としていたからだ。

彼女は代弁者を〝廃棄物《エストラゴ》〟と呼んだ。なのに代弁者は、彼女が自分自身を廃棄物と呼んだように答えたのだ。彼女は代弁者に対して見下した話法を使った。二人称として丁寧な〝ウ・セニョール〟や、多少くだけた〝ボセ〟ではなく、なれなれしく侮辱的な〝トゥ〟を使ったのだ。これは子どもや犬への呼びかけだ。なのに彼は、おなじ二人称を使い、おなじ親しさをこめながら、まったく異なる表現をした。〝汝は肥沃な土である。そこに緑を植えよう〟と言った。まるで詩人が恋人にささやくように。夫が妻に告げるように。この場合の〝トゥ〟は、親密だが尊大ではない。

しかも大胆だと、ノビーニャは声に出さずにつぶやいた。この頬にあんなふうにふれるなんて。代弁者は想像よりはるかに残酷だ。ペレグリノ司教の言うとおり、彼は危険だ。不信心者だ。キリストの敵だ。いままでだれも立ち入らせずに守ってきた心の聖地に、土足で踏みこんできた。石だらけの地面にやっとはえた数本の若芽を踏みつけた。なんてずうずうしい。彼が来るまえに死んでいればよかった。本格的に調べられたらたちまち裸にされるだろう。

遠くかすかな泣き声に気づいた。クァラだ。大声が飛びかったせいで目を覚ましたのだろう。あの子は眠りが浅い。なだめようと思ってドアに手をかけた。そのとき、泣き声がやんだ。低い男性の歌声が聞こえてきた。外国の歌だ。ノビーニャにはドイツ語のように聞こえた。あるいは北欧語か。何語にせよ意味はわからない。それでもだれが歌っているのかわかった。クァラが落ち着いたことも。

ノビーニャは恐怖を感じた。それはミロから異類学者になる決心を聞いたときとおなじ恐怖だった。ピギー族に殺された二人とおなじ道をいままた息子が歩むと知ったとき以来の恐怖だ。この代弁者は家族の編み目を解きほぐし、ふたたび一体に縫いあわせようとしている。その過程でわたしの秘密は露見するだろう。ピポが死んだ理由が解き明かされ、真実が代弁されたら、ミロはその秘密を知るだろう。その結果、おなじように殺されるだろう。

ピギー族への生け贄はもうたくさんだ。神としてあがめるには残酷すぎる。

さらにそのあと、ドアを閉ざしてベッドで眠ろうとしていると、居間から笑い声が聞こえてきた。今度はキンとオリャドが加わっている。ミロとエラといっしょに笑っている。子どもたちのようすが頭に浮かんだ。陽気な明るい部屋だ。しかしノビーニャは眠り、思い浮かべる場面は夢に変わった。その夢のなかで子どもたちと話し、笑わせているのは、代弁者ではなかった。生き返ったリボだ。そこではノビーニャの本当の夫としてみんなが彼を認めていた。教会での結婚は拒否したが、心では結婚していた夫。夢のなかでそれは強い歓喜をもたらした。こらえきれない涙がベッドのシーツを濡らした。

# 9　先天性疾患

シーダ：ジスコラダ体は細菌ではないわ。体細胞に侵入すると恒久的に棲みつき、ミトコンドリアのように細胞の増殖プロセスで自分も増殖する。わたしたち人類の到着からほんの数年で新しい種に感染拡大したことから考えて、適応能力はきわめて高い。ルシタニア星の生物圏全体に大昔から拡散しているはずよ。もはや風土病で、常時感染しているといえる。

グスト：恒久的で遍在しているのなら、それはもう感染じゃないよ、シーダ。日常の一部だ。

シーダ：遺伝性ではないのよ。感染能力を持っているんだから。でもたしかに、風土病なら原生種はそれを排除する仕組みを持っているはずよね。

グスト：あるいは適応し、みずからの正常な生活環にとりこんでしまっているのか。もしかしたら必要としているのかもしれない。

シーダ：遺伝分子をばらばらに切り離してランダムにつなぎなおすようなものを、必要とする？
グスト：ルシタニア星の種に多様性が乏しいのはそのせいかもしれない。ジスコラダ病の発生がかなり最近――せいぜい五十万年程度の昔で、大半の種は適応できなかったのかも。
シーダ：わたしたちの死が迫っているのが残念ね、グスト。次の異生物学者は標準的な遺伝適応の面からアプローチして、わたしたちの轍は踏まないでしょう。
グスト：自分たちの死に瀕して悔いるのはそれだけなのかい？
――ヴラジミル・チアゴ・グスマンとエカテリナ・マリア・アパレシーダ・ド・ノルテ・ヴォン・ヘッセ゠グスマン、二人の死の二日前の日付で作業ノートに埋めこまれていた非公開の会話、「理解の失われた脈絡」で初めて引用、方法論誌『メタサイエンス』（2001:12:12:144-45）に掲載

エンダーがリベイラ家から帰ったのは夜遅かった。それから一時間以上かけて出来事を整理し、とりわけノビーニャの帰宅後に起きたことを考えた。翌朝も早い時間に目覚めて、頭のなかはすでに答えが必要な疑問でいっぱいになっていた。死者の代弁を準備

するときはいつもこんな調子だ。休むまもなく頭を働かせ、死んだ男の物語をまるで見てきたように組み立てる。死んだ女が生きようとした人生と、うまくいかなかったその結果を再現する。

しかし今回は心配な要素が多かった。いつもよりはるかに生者のことを考えた。この混乱をジェーンに説明すると、彼女は言った。

「のめりこみすぎなのはとっくにわかっていたわ。トロンヘイム星を出発するまえから

あなたはノビーニャに恋をしていたから」

「若いころの彼女に恋をしていたとしても、いまの彼女は意地悪で利己的な女だ。子どもたちの育て方を見ろ」

「死者の代弁者の言葉とも思えないわね。人をみかけで判断するなんて」

「ぼくはグレゴに恋をしたのかもな」

「あなたはおしっこをかける相手に惚れっぽいのよね」

「それとクァラ。みんなだ。ミロも。あれはいい子だ」

「彼らからも愛されているわね」

エンダーは笑った。

「愛されるとしても、ぼくが代弁するまでのことだ。その点ではノビーニャのほうが敏

感だ。真実を語っていない段階ですでにぼくを嫌っている」

「あなたもやっぱり自分のことは見えてないのね、代弁者。死んだらわたしに代弁させて。世間にあきらかにしたいことがあるわ」

エンダーは頭をかかえた。

「それだけはやめてくれ。きみはぼくより容赦がないはずだから」

解決すべき疑問点を列挙してみた。

1　ノビーニャはなぜわざわざマルカンと結婚したのか？
2　マルカンはなぜ子どもたちを憎んだのか？
3　ノビーニャはなぜ自分を憎んでいるのか？
4　ミロはなぜリボの死の代弁を依頼したのか？
5　エラはなぜ父親の死の代弁を依頼したのか？
6　ノビーニャはなぜピポの死の代弁を依頼しながら、心変わりしたのか？
7　マルカンの直接の死因はなにか？

七番目の問いで止まった。この答えは簡単だろう。医学的にわかる。そこからはじめることにした。

マルカンの検死をした医師はナビオという名前だった。ポルトガル語で〝船〟の意味だ。

「船のように太ってはいないんですがね」本人は笑った。「泳ぎが得意なわけでもない。わたしのフルネームはエンリク・ウ・ナビガドル・カロナダといいます。〝船長《ナビガドル》〟からあだ名がとられてよかったですよ。〝小型砲《カロナダ》〟だったら、ひんぱんに卑猥な冗談の種にされたはずだ」

エンダーはこの快活な態度にだまされるつもりはなかった。ナビオはよきカトリック教徒で、他の住民とおなじく司教に従っている。エンダーにはなにも教えるつもりはない。そしてそのことを愉快に思っている。

エンダーは穏やかに言った。

「ぼくが疑問の答えを得る方法は二つあります。質問にあなたが真実を答えるか、あるいはこちらでスターウェイズ議会に申請してあなたの記録を開示させるか。アンシブル通信の費用は高額です。申請は単純な手続きで、あなたの妨害が法に反しているのは明白なので、経費はこの植民地の乏しい自治予算に請求されるはずです。さらに倍額の懲罰加算とあなたへの戒告処分もつきます」

話すにつれてナビオの笑みは消えていった。冷ややかに返事をする。

「もちろんご質問には答えますよ」

「〝もちろん〟はよけいです。こちらの司教はミラグレ住民をまえに、合法的に招聘された宗教者への不当で一方的な妨害活動をおこなうように助言していますね。このような自発的な非協力が続くようなら、こちらは議会に請求して身分を宗教者から審問官に変更すると、住民のみなさんにお伝えください。ぼくはスターウェイズ議会で高評価を得ているので、請求が通るのは確実です」

ナビオはその意味するところを正確に理解した。エンダーが審問官になれば議会権限があたえられ、宗教迫害を理由にこの植民地のカトリック認可状を取り消すことができる。そうなればルシタニア社会は大混乱におちいる。もちろん司教は即刻解任され、バチカンに召還されて処罰を受ける。

「なぜそこまで？　あなたの来訪はだれも望んでいないのに」

「だれかに望まれたからこそ来たのです。そうでなければ来ません。司法に不愉快な思いをいだかれるでしょうが、他の宗教が認可されている惑星では、おなじ司法によって多くのカトリック教徒が保護されているのですよ」

ナビオは机を指の先でこつこつと叩いた。

「ご質問はなんですかな、代弁者。さっさと話をすませましょう」

「疑問は単純です。すくなくとも最初は。マルコス・マリア・リベイラの直接の死因はなんですか？」

「マルカンですって？　まさかあの男の死を代弁するために呼ばれたわけではないでしょう。彼が死んだのはほんの数週間前で――」

「代弁依頼は複数の死者について出されていました、ナビオ医師。そこでマルカンからはじめることにしたのです」

ナビオは渋面になった。

「あなたの権限を証拠立てるものをご呈示願えませんかね」

するとジェーンがエンダーの耳もとでささやいた。

「すこしびっくりさせてやるわ」

ナビオの端末がすぐに起動して、公式文書が表示された。さらにジェーンのもっとも威圧的な声が宣言した。

「死者の代弁者アンドルー・ウィッギンは、代弁依頼に応じてマルコス・マリア・リベイラの生と死をつまびらかにするべく、ルシタニア植民惑星のミラグレ市に赴任したものである」

しかしナビオを驚かせたのは公式文書ではなかった。自分は端末に起動指示を出していないし、そもそもログインしていないという事実のほうだ。代弁者の耳についている宝飾品を通じて起動操作がおこなわれたことはすぐにわかった。しかしそれは、きわめて高レベルの論理コードが代弁者に従い、要求を実行していることを意味する。こんなことができる権限はルシタニア星ではだれも持たない。ボスキーニャ市長でもできない。この代弁者はペレグリノ司教などがとうてい太刀打ちできない大物なのだと、ナビオは結論づけた。

「わかりました」ナビオはこわばった笑みになった。快活な態度をようやく思い出したようだ。「いずれにせよ、ご協力申しあげるつもりでしたよ。ミラグレの全住民が司教の被害妄想を真に受けているわけではありませんから」

エンダーは笑みを返した。猫をかぶった態度を額面どおりに受けとったふりをした。

「マルコス・リベイラの死因は先天性疾患です」医師は長いラテン語の病名を言った。「お聞きになったことはないでしょう。かなりまれな病気です。遺伝でのみ伝わる。ほとんどの症例では思春期の到来とともに発症し、外分泌腺および内分泌腺組織が脂肪細胞に置き換わる形で進行します。すなわち副腎、脳下垂体、肝臓、精巣、甲状腺などが何年もかけて脂肪細胞の大きな塊に変わっていくのです」

「死はまぬがれないのですか？　症状は不可逆？」

「そうです。じつはマルカンは予想より十年も長生きしたのですよ。彼の場合はいくつかの点で特殊でした。記録にある症例はもちろん少ないのですが、それらでは普通、精巣が最初にやられます。患者は不妊になり、多くは勃起不全になります。しかしマルコス・リベイラの場合は健康な子どもが六人も生まれているところを見ると、精巣が疾患に冒されたのは最後の最後だったらしい。症状が出てからの進行はきわめて早かったようです。精巣は完全に脂肪細胞に置き換えられていました。肝臓と甲状腺の多くはまだ機能していましたけどね」

「とどめを刺したのは？」

「脳下垂体と副腎は機能していませんでした。歩く死体のような状態だったはずです。バーで猥歌を歌っているさいちゅうにばったり倒れたと聞いています」

いつものようにエンダーの頭は矛盾点をみつけていった。

「患者が不妊になるのなら、その遺伝病は子孫に伝わらないのでは？」

「傍系を通じて伝わるのです。子どもの一人が死んでも、兄弟姉妹は発症せず、その傾向をそれぞれの子孫に伝える。マルカンには子どもがいるので、当然ながら遺伝子異常を子どもたち全員が受け継いでいるのではと心配しました」

「検査したのですか？」

「どの子からも遺伝子異常はみつかりませんでした。もちろんドナ・イバノバは検査を逐一見守りました。問題の遺伝子がある箇所を調べて、一人ずつ判定していきました。問題なし、問題なし、問題なし、とね」

「全員が問題なし？　発現しない劣性遺伝子としても？」

「神に感謝を《グラサス・ア・デウス》。こんな汚れた遺伝子を持つ相手とわざわざ結婚したがる者はいませんよ。それにしても不思議なのはマルカンの遺伝子異常がなぜ事前に発見されなかったのか」

「この植民地では遺伝子検査を日常的にやるのですか？」

「いいえ、そういうわけではありません。ただ、三十年ほどまえに疫病が大流行したことがありましてね。ドナ・イバノバの両親である尊者グストと尊者シーダが、植民地の老若男女全員の遺伝子を詳細にスキャンして、治療法を見出したのです。そのときコンピュータの比較解析によって、この遺伝子異常もみつかったはずなのですよ。わたしもそうやってマルカンの死因を特定したのですから。聞いたことのない病気だったが、コンピュータには資料がありました」

「なのに、尊者夫妻は発見できなかったと？」

「そのようですね。もし発見していたらマルコスに告げるでしょう。たとえ本人に伏せていても、イバノバは自分で気づいていたはずです」

「じつは気づいていたのかも」

ナビオは声をたてて笑った。

「まさか。正気の女が、あんな遺伝子異常を持つ男の子どもを産みたがるわけがない。マルカンは長年にわたって症状に苦しみました。わが子をそんなふうにしたい者はいない。イバノバは変人ですが、気はたしかですよ」

ジェーンは愉快そうだった。エンダーが部屋に帰ると、端末に自分のイメージを投影して大笑いしてみせた。

エンダーは言った。

「医者は助けにならなかったな。こんな敬虔なカトリック教徒の植民地にあって、住民たちの尊敬を集める異生物学者が相手となると、前提に疑問の目をむけようとはしない」

「かばってやらなくていいのよ。生物が機械のソフトウェアほど論理的に動くとは期待していないわ。それでも、悪いけど笑ってしまうわね」

「たしかにお人好しの医者だ。マルカンの病気は他の症例と異なる経過をたどったと思いこんでいる。イバノバの両親がどういうわけかマルコスの病気に気づかず、だから彼女はなにも知らずに彼と結婚したと思いこんでいる。しかしオッカムの剃刀に従うなら、もっとも単純な説明こそ正解と考えるべきだ。すなわち、マルカンの腐敗病は他の症例とおなじ経過をたどり、精巣が最初にやられた。ノビーニャの子どもたちは全員が他人の子種で生まれた。マルカンが不機嫌で怒りっぽかったのは当然だ。六人の子を見るたびに、妻がよその男と寝ているのを思い出させられるのだからな。妻の不貞はおそらく結婚前の取り決めの一部だったのだろう。しかしそれでも、六人も産んだのかと、さすがに不愉快だったろうな」

「宗教生活の笑える矛盾ね。彼女は堂々と不貞を働いた。でも避妊は不可能だった」

「子どもたちの遺伝子パターンを調べて、もっとも可能性の高い父親を特定できるか？」

「ここに至ってまだ見当がつかないとでも？」

「見当はついてるさ。それが医学的証拠と矛盾しないかどうか確認したいんだ」

「リボよ、もちろん。なんて男。ノビーニャに六人産ませて、自分の妻にも四人産ませてるのよ」

「わからないのは、なぜノビーニャは最初からリボと結婚しなかったのかだ。嫌いな男で、しかも病気持ちだとわかっている相手とあえて結婚したうえで、もとから愛している男と不貞の関係を続けて六人の子をなしている」

ジェーンは抑揚をつけて言った。

「人間の心はひねくれてつむじ曲がりなもの。ピノキオはほんとうにおばかさんよ、人間なんかになりたがるなんて。木の人形のほうがよほど利口なのに」

ミロは森のなかを注意深く歩いていた。ときどき見分けのつく木もある。あるいはそう思いこんでいるだけか。森の木々に一本ずつ名前をつけるピギー族のような識別力は、人間にはない。そもそも木を先祖の象徴《トーテム》にする信仰は人間にはない。

ピギー族の丸太小屋へ行くのにわざと遠まわりの道をたどっていた。ミロは、リボの二人目の弟子として受けいれられ、師匠の娘のオウアンダといっしょに研究をはじめたときから、ミラグレからピギー族の村へ至る道をつけてはならないと戒められてきた。いつか人間とピギー族のあいだに争いが起きたときに、虐殺部隊を簡単に目的地へ導かないための用心だとリボは言っていた。だから今日は小川の対岸で高い土手の上を歩いた。

思ったとおり、一人のピギーの姿が遠くないところに見えた。こちらのようすをうかがっている。この方角のどこかに雌の集団がいるはずだと、リボが何年もまえから推測していた。異類学者がそちらへ近づこうとすると雄たちの警戒がきびしいからだ。リボの戒めに従って、ミロはその禁じられた方角には足をむけないようにしていた。

オウアンダといっしょに発見したリボの遺体のようすを思い出すと、ミロの好奇心は畏縮した。そのときリボはまだ死んでいなかった。目は開き、動いていた。両脇にしゃがんだミロとオウアンダに血まみれの手を握られて息を引きとった。ああ、リボ、切り開かれた胸郭のなかで、あなたの心臓はまだ動いて血を噴いていた。せめて一言話してほしかった。ピギー族に殺された理由を教えてほしかった。

土手がふたたび低くなったところで、ミロは小川を横断した。水苔がはえた石の上を跳んで渡った。さらに数分歩いて、小さな空き地に東からはいった。

すでにオウアンダがいて、ピギー族にバターづくりを教えていた。カブラ乳から分離させたクリームを攪拌《かくはん》している。この工程を数週間がかりで実験して、ようやくうまくいく方法をみつけていた。

ミロの母親か、せめて妹のエラに相談できれば楽だっただろう。カブラ乳の化学的性質にはどちらも詳しい。しかし異生物学者の協力をあおぐのは論外だった。尊者夫妻のグストとシーダは三十年前にカブラ乳が人間の栄養にならないと結論づけた。だからその保存処理法を研究するのは、ピギー族の利益のためであるのがあきらかだ。法律を破ってピギー族の生活に積極的に介入していることを知られてはならない。そのためにミロとオウアンダはあらゆるリスクを避けなくてはいけなかった。

若いピギーたちはバターづくりを楽しんでいた。カブラの膀胱《ぼうこう》をこねる動きが踊りになっている。いまはおかしな歌まで歌っている。スターク語とポルトガル語とピギー族の二つの言語を混ぜあわせて、意味不明だが笑いをさそう戯《ざ》れ歌になっている。

ミロは言語を聞き取ろうとした。雄語はもちろん使われている。トーテム木に話しかけるための父語の断片も聞き取れる。といっても音の特徴からわかるだけだ。翻訳はリボでさえまったくできなかった。子音はm、b、gだけで、母音は明瞭な区別がないのだ。

森のなかでミロを見張っていたピギーが、空き地に出てきた。そしてホウホウという大きな声で挨拶した。踊りは続いたが、歌はすぐに止まった。オウアンダをかこんだグループからマンダシュバが出てきて、空き地の端に立つミロのところへやってきた。

「ようこそ、〈あなたを欲望とともに見上げる者〉よ」

この呼びかけは、ミロのフルネームを彼らが無理やりスターク語に翻訳したものだ。

マンダシュバはポルトガル語とスターク語のあいだで名前を翻訳するのが好きだった。ミロとオウアンダは、人間の名前に意味はとくになく、単語の連なりのように聞こえるのは偶然だと説明した。それでもマンダシュバはこの言葉遊びをやめず、他のピギーたちも真似をした。だからミロはしかたなく、〈あなたを欲望とともに見上げる者〉と呼ばれれば答えた。オウアンダもおなじだ。発音が近いスターク語の〝放浪《ワンダー》〟を、さらにポルトガル語に翻訳して〈歩《バ》く者《ガ》〉と呼ばれている。

マンダシュバは変わったピギーだ。このコミュニティで最年長で、ピポの時代から知られている。ピギーたちのなかでもっとも地位が高いようだとピポは書き残している。リボも彼をリーダーとみなしていた。そもそも〝マンダシュバ〟とは、ポルトガル語の俗語で〝ボス〟を意味する言葉に近い。しかしミロとオウアンダの観察では、マンダシュバはピギーたちのなかで地位も権力もほとんど持っていないようだった。だれも彼に相談しにこない。いつでも自由に異類学者に話しかけてくるのは、たいした仕事がなくて暇だからだ。

それでも、マンダシュバが異類学者に情報を多くくれるのはたしかだ。情報を人間にあたえるから地位が低いのか、地位が低いからこそ人間に情報をあたえられるのか、それはわからない。しかしどちらでもいいことだ。ミロはマンダシュバが好きだった。この高齢のピギーを友だちだと思っていた。

「あの女に臭くてどろどろしたものを食わされたのかい？」ミロは尋ねた。

「腐ってるそうだ。カブラの子どもも乳首を吸いながら泣くらしい」マンダシュバは笑った。

「貴婦人たちへの贈り物としておいていったら、二度と口をきいてくれなくなりそうだね」

マンダシュバはため息をついた。

「それでも持っていかなくてはならん。すべてを見せなくてはいかんのだ、穴掘りマシオ虫め！」

そうだ。これも雌について理解に苦しむ点だ。ピギーたちは、敬愛と畏怖をこめて神のように雌を語るときもあれば、〝マシオ虫〟などと軽蔑的に呼ぶときもある。マシオ虫は樹皮の上をはいまわる蠕虫《ぜんちゅう》だ。

異類学者から雌についての質問はできない。ピギーたちは雌に関する問いには答えない。ピギーたちはしばらく――実際にはかなり長い期間――雌の存在をほのめかしさえしなかった。それが変化したのはピポの死がきっかけのようだと、リボはいつも暗い調子で教えてくれた。それ以前は雌の話はタブーで、祭事が最高潮に達したときに崇敬の念とともにまれに言及される程度だった。ところがピポの死後は、哀愁ただよう冗談として〝妻たち〟について話すようになった。しかし異類学者のほうから雌のことを訊いても答えてくれない。雌の話は人間には関係ないという態度で一貫している。

オウアンダをかこむグループから口笛が響いた。マンダシュバはすぐにミロを引っぱってそちらへ歩いた。

「アローがあんたに話があるそうだ」

ミロはついていって、オウアンダの隣にすわった。

オウアンダはミロを見ない。ピギー族は人間の男女が直接会話するのを好ましく思わないということを、二人は早い段階から知っていた。視線をかわすのさえ嫌われる。ピギーたちはオウアンダと自由に話すが、その場にミロがいると話さなくなる。オウアンダから話しかけられるのもいやがる。オウアンダもピギーたちのまえではミロに目配せすらしない。ミロはそのせいでときどき苛立った。彼女が小さな恒星であるかのようにその熱を感じるのに。

「友人よ、あんたへの大きな贈り物として、頼みごとをしてやる」アローが言った。

ミロは隣のオウアンダがわずかに緊張するのを感じた。ピギー族はめったに人間に頼みごとをしないが、たまにすると厄介な話のことが多いのだ。

「聞きたいか？」

ミロはゆっくりとうなずいた。

「でも、おれは人間のあいだでは無力で権限がないことを忘れないでくれよ」

人間が権限のない代表者を送りこんでいると聞いても、ピギーたちは侮辱とは受けとらない。これはリボが発見していた。むしろ無力なイメージは、異類学者ができることに厳然と限りがあることを説明するのに役立っていた。

「この頼みごとはおれたちからではない。夜の焚き火をかこんだときのくだらない戯《ざ》れ言《ごと》から出た話ではない」

「きみたちの戯れ言から賢明な言葉を聞いてみたいものだな」ミロはいつものように言った。

「この頼みごとはルーターからだ。木のなかの彼が言ったことだ」

ミロは声を出さずにため息をついた。ピギー族の宗教には、人間のカトリックとおなじで、あまり関わりたくなかった。どちらも奇想天外な話を信じているふりをしなくてはいけないからだ。ピギー族がもちかける大胆な話や厄介な要求は、たいてい先祖やその他の霊が出所になっている。その霊は森に無数にはえた木の一本に宿っているという。ここ数年、とりわけリボの死の直前ごろから、ルーターがそのような厄介な話の出所として言及されるようになった。反逆者として処刑されたピギーが、いつのまにか祖先崇拝で祭り上げられているとは皮肉な話だ。

それでもミロは、かつてのリボとおなじ答え方をした。

「きみたちがルーターを尊敬するかぎり、おれたちも彼に敬愛の念を持っている」

「金属がほしい」

ミロは聞いて、目を閉じた。

異類学者はピギー族のまえで金属の道具を使わない方針を長く守ってきた。しかしピギー族には偵察者がいて、フェンス近くの見張り場所から植民地の人間が働くようすを見ているらしい。

「金属を手にいれて、なにに使うんだ？」ミロは静かに訊いた。

「死者の代弁者を乗せて下りてきたシャトルは、強い熱を出していた。おれたちがつくる火よりはるかに熱い。それでもシャトルは燃えなかったし、溶けなかった」

「それは金属のおかげじゃない。熱吸収プラスチックシールドの働きだ」

「それも使われているのだろう。しかしあの機械の中心は金属だ。おまえたちが火や熱を使ってものを動かす機械は、どれも金属でできている。おれたちも金属がほしい。そうでないと人間のような火をつくれない」

「無理だ」

「おれたちがラマンではなく、バレルセとして差別されているからか？」

オウアンダ、きみがデモステネスの他者の階層なんかを教えるからだぞ。

「きみたちはいかなる差別もされていないよ。おれたちがこれまでに提供したものは、この星の自然界で手にはいる材料でつくられている。カブラとかね。そういうものでも、もし知られたら、おれたちはこの惑星から追放される。きみたちとは会えなくなる」

「人間が使っている金属も、この星の自然界から得ている。ここからずっと南の地点で人間の坑夫が地中から掘り出しているのを、おれたちは見ている」

のちのための情報としてミロは記憶にとどめた。フェンスの外から採掘地をのぞける場所はないはずだ。ということはピギー族はなんらかの方法でフェンス内に侵入し、囲い地のなかの人間を観察しているらしい。

「たしかに地中から掘り出している。でもその場所はかぎられるし、どこに埋まってるのかおれにはわからない。かりに掘り出せたとしても、他のいろんな種類の石とまざっている。だからそれを精製し、とても高度な工程をへて変成させなくてはならない。地面から掘り出されたあらゆる微量な金属がそのために必要とされる。もしおれが金属製の工具を一本でも持ち出してきみたちにあたえたら、たとえそれがドライバーや石材用カッターでも、紛失したことはすぐにわかる。みんな探しはじめる。カブラ乳ならだれも探さないけどね」

アローはしばらくじっとミロを見た。ミロもその視線を受けとめた。

「もうすこし考えてみよう」アローはカレンダーに手を伸ばして、矢を三本受けとった。

「見てくれ。これの出来はどうだ？」

矢職人のアローらしい完璧な出来映えだ。矢羽根も軸もゆがみがない。新たな工夫は鏃《やじり》だ。いつもの黒曜石ではない。

「カブラの骨か」ミロは言った。

「カブラでカブラを殺すわけだ」

アローは矢をカレンダーに返した。

カレンダーは立ち上がり、歩き去った。細い木製の矢を正面に捧げ持ち、それらにむけて父語でなにか歌っている。歌詞は理解できないが、ミロはこの歌に聞き覚えがあった。祈りなのだとマンダシュバから説明された。木材ではない道具を使ったことを枯れた木に謝っているのだという。謝罪しないと、木が小さな者たちに嫌われたと思ってしまうのだという。

宗教だ。ミロはため息をついた。

カレンダーは矢を運び去った。かわりに、ヒューマンという名の若いピギーがやってきて、ミロのまえの地面にしゃがんだ。大きな葉で包んだものを持っている。地面において丁寧に広げた。

それは『窩巣《ハイヴ》女王および覇者《ヘゲモン》』のプリントアウトだった。ミロが四年前に進呈したものだ。ミロとオウアンダの小さな喧嘩の原因でもある。

最初のきっかけは、オウアンダがピギーたちと宗教について話したことだった。彼女が悪いのではない。マンダシュバが、「人間は木を持たずにどうして生きられるのか？」と訊いてきたのだ。オウアンダは質問の真意をきちんと理解した。植物としての木ではなく、神のことを言っているのだ。そこで、「わたしたちにも神はいるわ。一度死んで、まだ生きている人よ」と説明した。一人なのか？　いまはどこに住んでいるんだ？　「それはわからないわ」なんの役に立つ？　どうやって人間は彼と話す？　「わたしたちの心に住んでいるのよ」

ピギーたちはこれに当惑した。あとでリボが笑って言った。

「当然だろう。人間の洗練された神学も、彼らには迷信に聞こえるさ。心に住んでいるなんて、いったいどんな宗教だ？　彼らの神は、目で見て、手でさわれて――」

「さらによじ登ったり、表面からマシオ虫を取ったりできるものね。切り倒して丸太小屋の材料にもできる」オウアンダは言った。

「切り倒すだって？　石器も鉄器もないのにそんなことをできるわけがないだろう、オウアンダ。倒れるのを祈って待つのさ」

しかしオウアンダはその宗教がらみの冗談に笑わなかった。

のちにピギーたちの求めに応じて、オウアンダは『ヨハネによる福音書』のプリントアウトを持っていった。ドゥエ聖書からスターク語にわかりやすく意訳したものだ。そのときミロは、『窩巣女王および覇者』のプリントアウトもいっしょに渡すことを主張した。

「他の惑星に住んでいる者についてヨハネはなにも言ってない。でも死者の代弁者は、バガーを人間に、人間をバガーに説明してるんだから」ミロは指摘した。

オウアンダはミロの主張を冒瀆《ぼうとく》的だと怒った。ところが一年もたたないうちに、ピギー族は『ヨハネによる福音書』を破って焚き付けに使い、『窩巣女王および覇者』は葉でくるんで大事にしていた。この結果にオウアンダはしばらく落ちこんだ。ミロは彼女を怒らせないためにこの話題は持ち出さないほうが賢明だと学んだ。

とにかくいま、ヒューマンはそのプリントアウトの最後のページを開いていた。

彼がページを開くと、とたんにまわりのピギーたちが静かに集まってきた。バターづくりの攪拌ダンスも止まった。ヒューマンはプリントアウトの最後の言葉に手をふれてつぶやいた。

「死者の代弁者……」

「そうだ。おれは昨夜会った」

「彼は本物の代弁者だ。ルーターがそう言った」

ミロはこれまでに、代弁者は何人もいて、『窩巣女王および覇者』の著者が生きていることはありえないと何度も説明していた。しかし彼らは、今回やってきたのが本物で、この聖書を書いた人物だという期待を捨てられないようだ。

「いい代弁者ではあったよ」ミロは話した。「おれの家族に親切だった。信用できると思う」

「いつここに来て、おれたちに代弁してくれる?」

「まだそういう依頼はしてない。すぐには言い出せない。時間がかかる」

ヒューマンは顔をのけぞらせ、荒々しく吠えた。

ここでおれは死ぬのかと、ミロは思った。

しかしそうではなかった。他のピギーたちがヒューマンにやさしく手をふれた。彼がプリントアウトをもとどおりに包み、持ち帰るのを手伝った。

ミロは立ち上がってその場を離れた。ピギーたちはだれも見ていない。忙しいふりをしているのではなく、それぞれなにかしらやることがあるのだ。ミロのことなど目にはいらないようだ。

森の出口の手前でオウアンダに追いつかれた。下生えにさえぎられてミラグレからは見えない。そもそも森のほうを見る人間などいない。

「ミロ」

オウアンダが小声で呼んだ。ミロが振り返って、腕を広げたところに、オウアンダは跳びこんできた。勢いがよすぎて、ミロはよろけて背中から倒れそうになった。

「殺す気かい？」

ミロは訊いた。あるいは訊こうとした。しかし彼女のキスで唇をふさがれているので、最後まで話せなかった。あきらめてキスし返した。長く、深く。すると急にオウアンダは体を離した。

「だめよ、肉欲的になるのは」

「森のなかで女に押し倒されてキスされたら、そうなるのが普通だろう」

「パンツのなかを落ち着かせなさい、ミロ。まだまだ先の話なんだから」オウアンダはミロのベルトをつかんで引き寄せ、またキスした。「あなたのお母さんの同意なしに結婚できるのは二年後よ」

反論する気はなかった。教会の姦淫禁止などなんとも思っていないが、ミラグレのような脆弱なコミュニティでは結婚の習慣を厳格に守ったほうがいいことは理解していた。大きく安定したコミュニティなら多少の不義密通は看過される。しかしミラグレは小さな社会だ。オウアンダは信仰にもとづいて行動するが、ミロは理性的な判断にもとづいて行動した。いくら機会があっても、二人は僧侶のように貞節だった。

とはいえ、〈子ら〉《フィリョス》修道会のように結婚したあとも貞潔の誓願に従って生活しなくてはならないとしたらどうだろうと、ミロはすこし考えてみた。その場合はオウアンダの純潔はたちまち深刻な危機におちいるだろう。

「代弁者のことだけど。彼をここへ連れてくるという案へのわたしの考えは、わかってるでしょう」

「それを言わせているのはきみのカトリック思想であって、理性的な探究心じゃない」

ミロはまたキスしようとした。しかし最後の瞬間にオウアンダが顔を下げたので、唇にあたったのは鼻だった。かまわずその鼻に熱烈にキスする。オウアンダは笑って押しのけ、鼻を袖でぬぐいながら言った。

「ミロ、あなたのやることは混乱していて有害よ。ピギー族の生活水準の向上に手を貸しはじめたときから、わたしたちは科学的手法を完全に捨てている。十年か二十年後にその結果は衛星観測でもはっきりわかるようになるはずだけど、それまでには恒久的な影響をあたえていると思う。でもいまの段階で他人をこの計画に巻きこんだら、成功はおぼつかなくなるわよ。彼はかならずだれかに話してしまう」

「話すかもしれないし、話さないかもしれない。おれだって最初は他人だった」

「変人《ストレンジ》だったけど、他人《ストレンジャー》じゃなかったわ」

「昨夜の彼を見ればそんなふうには考えないはずだよ、オウアンダ。最初はグレゴ。次はクァラ。夜中に目覚めて泣きだした妹を――」

「孤独でかわいそうな子どもたちを慰めただけ。なんの証明にもならない」

「――そしてエラ。笑ってた。オリャドも家族の輪に加わった」

「キンは?」

「すくなくとも、不信心者は帰れと叫ぶのはやめたよ」

「あなたの家族にとってはいいことね、ミロ。一家の傷が恒久的に癒されることを願ってるわ。本当よ。あなたも変わった。ひさしぶりに希望に満ちた顔になってる。でも、彼をここに連れてくるのはやめて」

　ミロは頬の内側を嚙み、くるりと背をむけて歩き出した。オウアンダは追いかけ、その腕をつかんだ。すでに森から出ているが、ゲートとのあいだにはルーターの木がある。

オウアンダは強い口調で言った。

「そんな態度はやめて！　黙ってわたしに背中をむけるなんてしないで！」

「きみが正しいのはわかってるよ。でも自分の気持ちはどうしようもないんだ。わが家にやってきた彼は、まるで……まるでリボがうちに来たみたいだった」

「父はあなたのお母さんを嫌っていたのよ、ミロ。あなたの家に行くわけがないでしょう」

「もしリボが来ていたらという感じだったんだ。わが家にあらわれた代弁者は、研究所にいたリボのようだった。そういえばわかるだろう」

「あなたこそわかってるの？　彼はただやってきて、あなたのお父さんがやるべきだったのにやらなかったことをやっただけ。そうしたらあなたたちはみんな仔犬のようにお腹を見せて甘えたってわけ」

その軽蔑の表情にミロはかっとなった。殴りたかったが、そうはせず、ルーターの木に歩み寄ってその幹を平手で叩いた。樹齢二十五年ながら幹の直径はすでに八十センチ近くあり、樹皮は荒い。ミロの手は痛んだ。

オウアンダが背後に歩み寄った。

「ごめんなさい、ミロ。そんな意味じゃ――」

「そういう意味さ。それにしてもひどい言い方だ」

「ええ、そうね。わたしは――」

「親父はたしかにクズ野郎だったさ。でも、だからって、よその大人に頭をなでられたくらいで腹を見せて甘えたりしない」

オウアンダは手を伸ばして、ミロの髪、肩、腰をさすった。

「わかってる、わかってるわ――」

「おれは立派な人物がどんなものか知ってる。父親がどうあるべきかじゃなくて、立派な人物だ。それがリボさ。だから、この代弁者のアンドルー・ウィッギンがリボに似ているとおれが言ったら、それはそのままの意味だ。甘えんぼの犬《カン》みたいに言うなよ！」

「そのままの意味で聞くわ。わたしも彼に会わせて、ミロ」

ミロは自分で自分が意外だった。泣いていた。これも代弁者がやったことの一部だ。この場にいなくても影響をおよぼしている。ミロの心の固く閉ざされた部分を開いたのだ。そこからあふれるものをミロは抑えられなかった。感情的になった声で小さく言った。

「きみの言うとおりでもあるよ。癒《いや》しの手を持つ彼を見て、こんな人が父だったらと思ったんだ」赤くなった目も、流れる涙もかまわず、オウアンダにむきなおった。「昔、異類学研究所から家へ帰る道でいつもつぶやいていた。リボが父親ならよかったって。彼の息子に生まれたかったって」

オウアンダは微笑んで抱きしめた。その髪がミロの涙をぬぐった。

「ああ、ミロ、わたしはそうじゃなくてよかったわ。あなたときょうだいだったら、あなたを自分のものには絶対にできないんだから」

# 10　キリスト精神の子ら

**会則1：〈キリスト精神の子ら〉修道会の修道者は全員に結婚を義務づける。結婚せずには修道会に在籍できない。ただし彼らは貞潔でなくてはならない。**

**問い1：なぜ全員が結婚しなくてはならないのですか？**

愚か者はこう言います。なぜ結婚しなくてはならないのですか？　恋人とのあいだに必要なのは愛だけなのに、と。そんな彼らに私は言います。結婚はたんなる男女間の契約ではありません。交尾して仔を産むだけなら獣でもできます。結婚は、一つには男女間の契約であり、もう一つには彼らが属するコミュニティとの契約でもあります。コミュニティの法にのっとって結婚することで、正式な市民として認められるのです。結婚を拒否するのは、よそ者、子ども、無法者、奴隷、裏切り者になることです。結婚に関する法、禁止、習慣に従う者こそ真の大人であり、それがすべての人間社会において共通不変のルールなのです。

**問い2：ではなぜ司祭と修道女には貞潔が求められるのですか？**

彼らをコミュニティから分離するためです。司祭と修道女は奉仕者であり、市民ではありません。彼らは教会の聖務を執りおこないますが、教会ではありません。母教会を花嫁、キリストを花婿とするなら、司祭と修道女は結婚式の参列者にすぎません。彼らはキリストに奉仕するために、そのコミュニティの市民であることを拒否しているのです。

**問い3：ではなぜ〈キリスト精神の子ら〉修道会の修道者は結婚するのですか？　教会に奉仕する点では私たちもおなじなのに。**

私たちだけが教会に奉仕しているのではありません。すべての男女が結婚を通じて教会に奉仕しています。ちがいは、一般の男女が次世代に遺伝子を伝えることで奉仕しているのに対して、私たちは知識を伝えることで奉仕しているところです。彼らの遺産が次世代の遺伝子に宿るのに対して、私たちの遺産は彼らの精神に宿ります。記憶こそが私たちの結婚によって生まれる子なのです。それは秘蹟による愛から誕生した肉体を持つ子にくらべても、なんら劣りません。
――聖アンヘロ「〈キリスト精神の子ら〉修道会の会則と問答書」
（1511:11:11:1）

大聖堂主任司祭は、どこへ行っても暗い礼拝堂の沈黙と巨大な高い壁をまとっている。彼が教室にはいってくると、学生たちには静寂が下りた。教壇のほうへ音もなく近づくその姿を、息をひそめて見守る。大聖堂主任司祭は言った。

「ドン・クリスタン、司教から相談したいことがあるそうです」

学生たちはほとんどが十代だが、教会の聖職者と、百世界でカトリック学校を運営する比較的自由な気風の修道会関係者とのあいだに、軋轢《あつれき》があることは承知していた。

ドン・クリスタンは、史学、地学、考古学、人類学のすぐれた教師だ。同時に、〈キリスト精神の子ら《フィリョス・ダ・メンチ・ジ・クリスト》〉修道会――通称〈子ら《フィリョス》〉修道会の大修道院長でもある。ルシタニア星の精神的指導者の座をめぐって司教と正面から対立する地位にあるとみなされている。ある意味で司教より地位は上ともいえる。たいていの惑星では、大司教区に〈フィリョス〉修道会大修道院長が一人、司教区にはその学校組織の校長が一人という配分になっているからだ。

しかしドン・クリスタンは、〈フィリョス〉修道会のすべての修道者とおなじく、教会の聖職者団を徹底して尊重することを旨としている。ここでも司教の呼び出しを聞くと、即座に書見台の灯りを消し、講義内容の結論を述べることなく授業終了を宣言した。学生たちは驚かなかった。どんな下級司祭が言づてを持って授業に割りこんできても、ドン・クリスタンはおなじようにするからだ。

〈フィリョス〉修道会からここまで尊重されれば、聖職者団は当然ながら優越感をくすぐられる。しかし同時に、授業時間に自分たちが学校を訪れれば、行く先々で授業が完全に中断されることになる。結果的に、聖職者はめったに学校を訪れなくなった。〈フィリョス〉修道会は教会尊重の態度をつらぬきながら、ほぼ完璧な独立性を維持していた。

ドン・クリスタンは、司教から呼び出された理由について見当がついていた。ナビオ医師は口が軽く、彼が死者の代弁者から不愉快な脅しを受けたという噂が今朝から流れていた。聖職者団が不信心者や異端者に根拠のない恐れをいだくことに、ドン・クリスタンはほとほとうんざりしていた。今回も司教は怒っているだろう。そしてだれかになんらかの行動を命じているだろう。こんなときの最善策は、いつものように静観、忍耐、協力であるというのに。

そもそも、今回訪れた代弁者は、聖アンヘロの死を代弁した当人だという話も伝わっている。もしそうなら、彼は教会の敵どころか味方かもしれない。すくなくとも〈フィリョス〉修道会の味方ではある。ドン・クリスタンの考えではどちらもおなじことだ。

無言の主任司祭に従って学院《ファクルダージ》の建物のあいだを歩き、大聖堂の庭を横断しながら、心中の怒りと苛立ちを鎮めていった。自分の修道名をくりかえす。すなわち、〈汝はあらゆる人を愛せよ、さすれば神は汝を愛さん《アマイ・ア・トゥドムンド・パラ・キ・デウス・ヴォス・アミ》〉だ。

婚約者とともに修道会にはいるときに、熟慮してこの名を選んだ。自分の最大の弱点は愚かしさへの怒りと苛立ちだと知っていたからだ。〈フィリョス〉修道会の習慣にあわせて、修道名には自分のもっとも罪深いところへの祈りをこめた。それが世の中に対して魂を裸にする修道会のやり方だからだ。われわれは偽善の衣をまとってはならないと、聖アンヘロは教えた。キリストは野に咲く百合のような美徳でわれわれを包んでくださったが、われわれはことさらに美徳をまとったふりをしてはならない、と。

とはいえ今日ばかりは、その美徳がところどころ薄くなるのを感じた。苛立ちの寒風が骨身にしみる。だから自分の修道名を声に出さずに唱えた。ペレグリノ司教はたしかに愚か者だ。しかし、〝汝はあらゆる人を愛せよ、さすれば神は汝を愛さん《アマイ・ア・トゥドムンド・パラ・キ・デウス・ヴォス・アミ》〟。

「アマイ修道士、来てくれて感謝しますぞ」

ペレグリノ司教が言った。〝ドン・クリスタン〟という敬称ではけして呼ぼうとしない。枢機卿からもこの敬称で呼ばれているというのに。

ナビオ医師は、クッションの一番柔らかい椅子にすでにすわっていた。うらやましくはない。怠惰ゆえに肥満し、肥満ゆえにさらに怠惰になる。結果が原因になって循環する病。そんなものにおちいりたくない。ドン・クリスタンは背もたれのない高いスツールを選んだ。これなら体は休まらず、精神の緊張がゆるむことはない。

ナビオはすぐに死者の代弁者との不愉快な会見について話しはじめた。このまま非協力が続く場合の脅し文句も詳しく説明した。

「審問官として動くと言ったのですよ！　信じられますか？　不信心者のくせに母教会の権威を奪おうとしている！」

ああ、母教会がおびやかされると、こういう平信徒ほど十字軍精神を起こすのだ。ならばせめて週に一度はミサに出席したまえと勧めると、十字軍精神はたちまちなりをひそめる。

しかしナビオの話に感化される御仁もいた。ペレグリノ司教は怒りをつのらせ、顔は濃い茶色の肌の下がピンク色に染まりつつある。ナビオの長話が終わると、ペレグリノは忿怒《ふんぬ》の形相でドン・クリスタンにむきなおった。

「いかに思うかね、アマイ修道士！」

ふむ、どう答えるか。ありていにいうなら、法は代弁者の側にあり、彼は教会になんら害をなしていない。ゆえに邪魔立てするのは愚かしいの一言。なのにそれを怒らせてしまった。来訪を無視していればよかったものを、はるかに危険な存在にしてしまった。

ドン・クリスタンは薄く笑みを浮かべ、首を傾げた。

「有害な力を失わせるには、先制攻撃にしくはないでしょう」

好戦的な主張に、さしものペレグリノ司教も驚いた。

「そのとおりだ。しかしまさかきみが理解してくれるとは思わなかった」

「〈フィリョス〉修道会は非聖職者のキリスト教徒のなかでも熱烈な集団です。しかし聖職者ではないので、権力を持たない矮小な代役として、理性と論理のみで戦わなくてはならない」

ペレグリノ司教は、皮肉に気づくときもたまにあるが、今回は気づけなかったようだ。低くうなって目を細める。

「では、アマイ修道士、どのように彼を攻撃するつもりだ？」

「ペレグリノ司教、法の規定は明確です。彼がわれわれを抑止する権力を発動できるのは、その宗教者としての活動を阻害された場合のみ。われわれを害する力を彼から奪いたいなら、単純に協力するしかない」

司教は大声をあげてテーブルを拳で叩いた。

「やはりそのような詭弁を吐くか、アマイ！」

ドン・クリスタンは微笑んだ。

「選択肢はないのですよ。代弁者の質問に答えずにいれば、彼は審問官の地位を請求する正統性を得てしまう。するとあなたはスターシップに乗せられてバチカンへ行き、宗教迫害の罪について答弁しなくてはならない。ペレグリノ司教はだれからも敬愛されていますから、この教区から去ってほしくないのです」

「ああ、きみたちの敬愛はつねづね感じている」

「死者の代弁者は実際には無害です。対抗組織をつくるわけではない。秘蹟をおこなうわけでもない。『窩巣女王《ハイヴ・クイーン》および覇者《ヘゲモン》』を聖書と主張するわけでもない。彼らがやるのはただ死者の人生の真実を解明し、それを聞きたい人々のまえで語るだけです。死者の人生を、死者が生きようとしたままに」

「その行為がなんの力も持たないと本気で思っているのか？」

「まさか。聖アンヘロがわが修道会を設立したのは、まさに真実を語るのがきわめて強力な行為だからです。しかし、たとえばプロテスタントの宗教改革にくらべれば害ははるかに少ない。そもそも宗教迫害を根拠にカトリック認可状が取り消されたら、たちまち非カトリック教徒の移民が認められて、われわれは人口比率で三分の一以下になってしまうでしょう」

ペレグリノ司教は指輪をいじった。

「スターウェイズ議会が本当にそんなことを認めるだろうか。この植民地は許容人口に限度がある。不信心者をそんな規模で連れてきたら、たちまち限度を超えてしまうぞ」

「むこうはすでに用意があることをご存じでしょう。この惑星の軌道に二隻のスターシップが残されているのはなんのためだとお思いですか？　カトリック認可状は無制限の人口増加を認めています。人口過剰になればその分は強制移民させられる。一、二世代後にはどのみち実施されます。議会はそれを前倒ししてくるはずです」

「まさか、そんなことを」

「百世界の五、六カ所でつねに起きている宗教戦争や大量虐殺に、歯止めをかけるためにできた組織がスターウェイズ議会です。宗教迫害禁止法が発動されれば深刻な事態になります」

「ありえない！　たかが一人の死者の代弁者が一部の無節操な異端者に呼ばれて来ただけで、われわれが強制移民の危機にさらされるというのか！」

「敬愛する神父、世俗の権力と宗教の関係はいつの時代もこうなのです。われわれは辛抱するしかありません。理由はただ一つ。銃はむこうの手にあるのですから」

ナビオがくすりと笑った。司教は言った。

「むこうの手には銃があるかもしれないが、こちらの手には天国と地獄の門の鍵があるぞ」

「スターウェイズ議会の半分は期待でそわそわしているはずです。しかしこの難局を痛痒なく乗り切る方法があります。司教のこれまでのご発言を――」あなたの愚かしく、破壊的で、偏狭な発言を。「――おおやけに撤回する必要はありません。この不信心者の質問に答えるという厄介な課題を、〈キリスト精神の子ら〉修道会に一任すると発表なされればよいのです」

ナビオが口をはさんだ。

「彼の求める答えをあんたがたが全部知ってるわけじゃないでしょう」

「しかし彼の代わりに答えを探してくることはできる。そうすればミラグレ市民が代弁者の質問に直接答える必要はない。彼が話す相手はわが修道会の無害な修道士と修道女のみになる」

ペレグリノは皮肉っぽく言った。

「つまり、きみの修道会は不信心者に奉仕するのか」

ドン・クリスタンは声に出さずに自分の修道名を三回唱えた。

エンダーが敵地の感覚をこれほどはっきりと味わうのは、軍隊にいた子ども時代以来だった。

広場から丘を上る坂道は多くの信徒の足で踏み固められていた。大聖堂の丸屋根は高く、坂道を上るあいだの傾斜がきつい数カ所をのぞいていつも見えていた。斜面の途中は階段状に整地され、左手に小学校がある。右手は教師居住地区《ビラ・ドス・プロフェッソレス》と呼ばれる施設がある。教師と名称にあるが、実際に住んでいるのは用地管理人、門番、事務員、カウンセラーその他の下級職員だ。見かける教師はみな〈フィリョス〉修道会の灰色の修道服姿で、通りすぎるエンダーをものめずらしげに見ていた。

敵意を感じはじめたのは丘の頂上に着いてからだ。ほぼ平坦な広い敷地に、手入れのいきとどいた芝生と庭園が広がり、精錬所の砕石を敷いた歩道が通っている。まさに教会の世界だ。すべてが清潔で、雑草一本許されない。

視線を集めるのは慣れているが、ここでは黒やオレンジの法衣をまとった司祭や助祭の目を感じる。自分たちの権威をあやうくする者への敵意がむけられている。たんなる来訪者になにを奪われると恐れているのかと、胸のうちで問いかけた。しかし、彼らの憎悪にも一片の理はあるとわかっていた。ここでのエンダーは、完全無欠の庭に生えた一本の野草だ。行く先々で混乱を広げる。根から養分を吸えば、多くの美しい花を枯らす。

ジェーンはさっきからほがらかに話しかけ、エンダーに返事をさせようと試みていた。しかし応じるつもりはない。司祭たちに唇の動きを見られることはないだろうが、教会にはこのような耳の宝飾品のようなインプラント装置を冒瀆的とみなす一派もいる。神がおつくりになった完全な肉体を改変する行為というわけだ。

「この小さなコミュニティでいったい何人の聖職者を扶養しているのかしら」

ジェーンがわざとらしく驚いた口調で訊いてきた。正確な数字はきみのファイルにあるだろうと言い返したいのを、エンダーはこらえた。悪趣味なジェーンは、返事をできない状況や、耳の装置から話しかけられていることをおもてに見せられない場面で、わざとじらすようなことを言う。

「繁殖行動さえやらない雄蜂とおなじなのに。交尾しない個体は、進化の法則によって死ぬものでは？」

聖職者がコミュニティの行政や公共事業の多くを担っていることは、ジェーンもわかっているはずだ。話せないことを承知でエンダーは返事を頭で組み立てる。もし聖職者がいなければ、政府か会社か職業団体か、なんらかの組織がその役目を負わなくてはならない。コミュニティにおいては保守勢力としての強固な権力集団がかならず出現し、環境の変化や変動にさらされながらも同一性を維持する。このように正統性を強力に主張する集団がいなければ、コミュニティはいずれ崩壊する。強力な正統性は厄介だが、コミュニティにとって必要不可欠なのだ。

このことはヴァレンタインがザンジバル星で本に書いたはずだ。聖職者階級は骨格のなかの背骨だと述べていた。

ジェーンは、エンダーが話せない状況でも議論の先が読めることをしめすように、問題の部分を引用してみせた。しかもわざとヴァレンタインの声で朗読した。エンダーをいじめる目的で音声データを秘匿していたらしい。

「〝骨は石のように硬く、死んでいるように見えます。しかし骨格に組みこんで、引っぱる支点にするおかげで、肉体は日常の動きができるのです〟」

ヴァレンタインの声は予想以上にエンダーに響いた。もちろんジェーンの意図以上だろう。エンダーの歩みが遅くなった。聖職者の敵意にこれほど敏感になっているのは、姉がいないからだと気づいた。これまでは獰猛《どうもう》なカルバン派の巣窟にも敢然とはいっていけた。イスラム教の灼熱地獄の道も、京都の宿の外から流れてくる神道狂信者の呪詛のなかも、思想的に素っ裸の状態で平然としていられた。いつもヴァレンタインがそばにいたからだ。おなじ場所にいて、おなじ空気を吸い、おなじ天候のなかにいた。エンダーが出かけるときは勇気づけてくれた。対決から帰ってくると、ヴァレンタインとの会話によって失敗の意味がわかり、敗北のなかにもささやかな勝利をみいだすことができた。

そんな彼女と十日前に別れたばかりなのに、早くも喪失を実感している。

「左よ」ジェーンが、ありがたいことに自身の声にもどって教えてくれた。「修道院は丘の西端。異類学研究所を見下ろす場所にあるわ」

十二歳以上の学生たちが高等教育を受ける学院《ファクルダージ》の横を通っていく。そこから一段低くなった敷地に修道院があった。

大聖堂と修道院の対照的なたたずまいに、エンダーは苦笑した。〈フィリョス〉修道会は、攻撃的なほどに壮麗さを拒否している。聖職者たちがあらゆる場所で彼らを嫌うのは当然だ。この庭にも反抗的な主張が見える。菜園以外は雑草だらけ、芝も伸び放題だ。

大修道院長の名はドン・クリスタン。当然だ。女性ならばドナ・クリスタンのはずだ。

ここには初等学校《イスコラ・バイシャ》が一つと学院《ファクルダージ》が一つあり、校長は一人だけ。単純明快だ。夫が修道院を率い、妻が学校を率いる。修道院の全事業を一組の結婚によってたばねている。

エンダーはことの始まりにおいて聖アンヘロに諫言していた。修道院と教育組織それぞれの長が〝キリスト教徒殿《ドン・クリスタン》〟あるいは〝キリスト教徒夫人《ドナ・クリスタン》〟と名乗って、あらゆる平信徒に平等にあたえられるべき呼称を強奪する。これはけして謙遜ではなく、むしろ最大級の気取りだ。平信徒のだれが名乗ってもおかしくない呼称を肩書きにするのだ。聖アンヘロは微笑んだだけだった。もちろん彼自身もおなじ考えだったからだ。傲慢なほど謙遜する。それが彼のやり方で、そこがエンダーは好きだった。

ドン・クリスタンは、事務室《イスクリトリオ》で客を待つのではなく、中庭に出て代弁者を迎えた。相手のために自分の利便を捨てるのがこの修道会の会則の一つだ。

「代弁者アンドルー!」彼は大声で呼んだ。

「ドン・セイフェイロ!」エンダーは呼び返した。

〝収穫者《セイフェイロ》〟というのは、この修道会独特の呼び方で、大修道院長の事務室の別称だ。同様に校長は〝耕作者《アラドル》〟、教師の修道士は〝播種者《セメアドル》〟と呼ばれる。

セイフェイロは、一般的な肩書きであるドン・クリスタンを代弁者が使わなかったことに苦笑した。代弁者はフィリョス修道会士を呼ぶときに肩書きと別称を使い分けることの意味を理解している。聖アンヘロはこう言っていた。〝肩書きで呼ぶときはキリスト教徒として話している。名前で呼ぶときは本心から話している〟と。

大修道院長はエンダーの両肩に手をおき、微笑んで言った。

「ええ、わたしは〝収穫者《セイフェイロ》〟です。そうおっしゃるあなたは、わたしたちにとってなんでしょうか。はびこる雑草でしょうか？」

「行く先々で疫病たらんとしています」

「お気をつけください。収穫の王はあなたを毒麦とともに焼き払おうとするでしょう」

「承知しています。断罪のときは近い。しかし改悛するつもりはありませんよ」

「改悛は聖職者の仕事。精神への教育がわれわれの仕事です。おいでいただいてよかった」

「お招きを感謝します。人々から話を聞くのに無粋な攻撃をよぎなくされていました」

この招待の用件があくまで審問官問題についてであることはどちらも理解している。それでもセイフェイロはなごやかに話したかった。

「ところで、聖アンヘロを直接ご存じというのは本当ですか？　彼の死を代弁されたとか」

エンダーは中庭の壁の上まで伸びた丈高い雑草をしめした。

「この荒れ放題の庭を見たら大よろこびすると思いますよ。彼はアキラ枢機卿を怒らせるのが好きでした。ペレグリノ司教もあなたの庭師の怠慢ぶりを嫌って鼻に皺を寄せているでしょう」

セイフェイロはウィンクしてみせた。

「あなたは秘密を知りすぎていらっしゃる。われわれが質問の答えを探すお手伝いをしたら、そのあとは立ち去っていただけますか？」

「可能性はあります。代弁者として活動をはじめてから一ヵ所に足を留めたのは、トロンヘイム星のレイキャビクでの一年半が最長ですから」

「同様の短期滞在をお約束いただけるとありがたい。もちろん、これはわたしの願いではなく、もっと豪華な法衣を着た方々の心の平安のためです」

エンダーはきわめて率直に返事をした。それは司教の心の平安にも寄与するはずだ。

「定住できそうな場所をみつけたら、代弁者の肩書きを捨てて生産的な一市民にもどることを約束します」

「しかしここではカトリックへの改宗を求められますよ」

「聖アンヘロから約束させられたのです。もしぼくが宗教に帰依するときは、彼の宗教にすると」

「誠実な信仰告白にはあまり聞こえませんね」

「告白するほどの信仰心がありません」

セイフェイロは笑って受け流した。そしてエンダーの質問を聞くまえに、修道院と学校施設をぜひ案内したいと申し出た。エンダーに否やはない。聖アンヘロの理想がその死から数世紀をへてどのように結実しているか見たかった。

学校施設は快適で、教育水準は高かった。修道院にもどったときは暗くなっており、セイフェイロが妻と暮らす小さな部屋に案内された。

〝耕作者《アラドル》〟の女性形でアラドラと呼ばれるドナ・クリスタンは、二つのベッドのあいだにある端末を使って、文法の練習問題を作成中だった。きりのいいところで彼女が顔を上げるまで、二人は声をかけるのを待った。

セイフェイロは、客を代弁者アンドルーと紹介した。

「しかし彼はわたしをドン・クリスタンとは呼びたがらないんだ」

夫人は答えた。

「司教もそうですわ。わたしの正式な修道名は、〈罪を憎み、正義をなせ《デテスタイ・ウ・ペカド・イ・ファゼイ・ウ・ジレイト》〉です。夫の名前は略しても品がいい。〝愛《アマイ》〟ですから。ところがわたしはどうでしょう。友人から、〝やあ、憎悪《デテスタイ》〟なんて呼ばれたいですか？」三人は笑った。「愛と憎悪、それがわたしたち夫婦です。わたしにふさわしい呼び名はなんでしょう。キリスト教徒《クリスタン》の名にも値しないとしたら」

エンダーは彼女の顔を見た。小皺が多く、口の悪い者ならそろそろおばあさんだと言うかもしれない。しかしその笑みは力強く、目は生き生きとして若さを感じさせる。エンダーより若々しいほどだ。

「〝美女《ベレザ》〟と呼びたいところですが、ご主人から口説くのはやめてくれと怒られそうですね」

「夫にいわせれば〝毒花《ベラドナ》〟でしょう。美と毒は紙一重という意地悪な冗談で。そうでしょう、ドン・クリスタン？」

「きみを謙虚にするのがわたしの仕事だ」

「あなたを貞潔にするのがわたしの仕事よ」

そこでエンダーは思わず二つのベッドを見た。

「ああ、やはりわれわれの貞潔な結婚生活は奇妙に思えますか？」セイフェイロが訊いた。

「いえ、そうではなく、聖アンヘロは夫婦が床を共有することを勧めていたので」

アラドラが答えた。

「それを守るには、一人が夜に寝て、もう一人は昼に寝るしかありませんね」

「規則は修道会全体に適用しなくてはなりません。なかには一つのベッドで貞潔でいられる夫婦もいるでしょう。しかしわたしの妻はまだ美しく、わたしの肉欲は消えていないので」

「それこそが聖アンヘロの狙いでした。結婚の床はつねに知識愛が試される場でなくてはいけないと。そして修道会のすべての男女は、精神の子だけでなく、いずれ肉体の子ももうけるべきだと考えていました」

「しかしそのときは修道会を去らねばならなくなる」とセイフェイロ。

夫人も言った。

「その点を聖アンヘロは充分に理解していませんでしたね。彼の存命中には本格的な修道会組織はありませんでしたから。修道会は家族同然なので、そこを去るのは離婚するほどつらいのです。根を張った植物を引き抜くと大きな苦痛と傷をともなうように。だからこそべつべつのベッドで眠るのです。それなら愛する修道会に残れますから」

とても満足げに話すアラドラを見ているうちに、まったく意に反してエンダーの目に涙があふれてきた。するとアラドラは赤らめた顔をそむけた。

「わたしたちのために泣かないでください、代弁者アンドルー。わたしたちは苦しみよりよろこびを多く感じていますから」

「誤解です。これは哀れみの涙ではなく、美を見た涙です」

「貞潔な聖職者でさえ、わたしたちの貞潔な結婚は風変わりだと考えますよ」

「いいえ、ぼくはそうは思いません」

エンダーは答えた。そして、ヴァレンタインとの長い関係について話すことを考えた。夫婦のように親しく愛しながら、姉弟として貞潔だった関係を。しかし彼女を思い出したとたん、エンダーは言葉を失い、夫妻のベッドに腰かけて顔を両手でおおった。

「どうなさったのですか？」夫人が訊いた。

セイフェイロは代弁者の頭にそっと手をおいた。

エンダーは顔を上げ、突然襲ってきたヴァレンタインへの愛慕の感情を振り払おうとした。

「今回の旅では失ったものが大きいのです。長年同行してきた姉と別れてきました。彼女はレイキャビクで結婚したのです。ぼくにとっては一週間とすこしまえの出来事にすぎませんが、予想以上に大きな喪失だったようです。そんなときにお二人を見て――」

「あなたも貞潔な生活をしてきたということですか」セイフェイロは言った。

「そして寡夫になられたのですね」アラドラはささやいた。

ヴァレンタインの喪失をそう表現されるのに違和感はまったくなかった。

ジェーンが耳もとでささやいた。

「もしこれが深遠な計画の一部だとしたら、さすがのわたしも見抜けなかったわ、エンダー」

もちろん計画したことではなかった。こんなふうに突如として取り乱してしまう自分が不安になった。昨夜のリベイラ家では状況を支配していた。ところがこの修道者夫妻のまえでは、クァラとグレゴのように哀れに泣きすがっている。

「どうやらあなたは、ご自分で思う以上に問いの答えを探していらっしゃるようだ」セイフェイロが言った。

「孤独なのですね。お姉様は安住の場をみつけられた。あなたにも必要なのでは？」アラドラも言った。

「そうは思いません。どうやらお二人のもてなしに甘えすぎてしまったようだ。聖職者ならざる修道者に、懺悔を聴いていただくわけにはいきません」

アラドラは声をたてて笑った。

「不信心者の懺悔を聴くぶんには、平信徒でもかまわないはずですよ」

しかしセイフェイロは笑わなかった。

「代弁者アンドルー、あなたは予定の路線からはずれてわたしたちを信用してくださったようだ。わたしたちはその信用に応えられるつもりです。また、わたしもあなたを信用する気持ちになりました。司教はあなたを恐れています。正直にいえばわたしも懸念を持っていましたが、いまは払拭されました。できるかぎりお手伝いしますよ。あなたはこの小さな町に害をなす方ではないはずだ」

ジェーンがふたたび耳もとでささやいた。

「あーあ、やっぱりこうなった。ほんとにうまい手を使うのね、エンダー。こんなにお芝居が上手だとは知らなかったわ」

そのからかいは、シニカルで安っぽく聞こえた。そこでエンダーはこれまでにないことをした。耳の宝飾品に手をやって小さな停止ピンを探し、爪で横へずらして押し下げた。これで宝飾品は沈黙した。ジェーンはもうエンダーに話しかけられない。宝飾品を通して見ることも、聞くこともできない。

「外へ出ましょう」エンダーは言った。

夫妻は代弁者がいまやったことを正確に理解していた。このようなインプラントの機能はよく知られている。それを停めたのは、内密で率直な話をしたい気持ちのあらわれだと考えた。またそれに応じる気持ちも充分に持っていた。

　エンダー自身は、宝飾品を停止させたのはジェーンの無神経さに辟易したからで、一時的な処置のつもりだった。数分したらまたスイッチをいれようと思っていた。しかし宝飾品の機能を停めたとたんにアラドラとセイフェイロがリラックスしたのを見て、再起動しづらくなった。当面は無理だ。

　夜の丘の斜面に出て、アラドラとセイフェイロと話しはじめると、ジェーンを遮断していることは忘れた。

　夫妻はノビーニャの子ども時代の孤独を話した。ピポが父親がわりになり、リボが友人になったおかげで、いったんは元気になったと説明した。

「しかしピポが亡くなった夜をさかいに、ふたたび心を閉ざしてしまいました」

　ノビーニャは本人の知らないところで頻繁に話題になっていた。普通の子どもの精神的荒廃がこれほど大人たちの関心を集めることはない。ノビーニャの場合は、司教の執務室における正式な会議で、修道院では受け持ちの教師たちの会話で、市長の執務室では終わりのない推測として議論された。なぜなら彼女は普通の子どもではなく尊者夫妻《ウス・ベネラドス》の娘だからだ。この惑星でただ一人の異生物学者だからだ。

「ノビーニャはとても冷淡でよそよそしくなりました。仕事はしっかりとやります。原生種の植物を人間が利用できるように改良したり、地球産の植物をルシタニア星で繁殖できるように改変したり。どんな質問にも気軽に、快活に、無難に答えます。でも心は閉ざしています。友人はいません。わたしたちは亡くなるまえのリボに相談しました。しかし、うわべは快活でも中身は空虚な彼女の心には、かつての友人だったリボでもはいっていけないとのことでした。それどころかノビーニャは彼に対して怒り、それ以上の質問を受けつけなくなったそうです」

セイフェイロはふいに原生種の草の葉をちぎって、その内側の表面ににじんだ液をなめた。

「この味を試してください、代弁者アンドルー。おもしろい味です。人間には代謝できない成分ばかりですが、害はありません」

「あなた、草の先端に気をつけていただかないと。鋭いので唇と舌を切ってしまわれるわ」アラドラが注意した。

「いま言おうとしていたところさ」

エンダーは笑って、草の葉を裂いてなめてみた。シナモンの刺激、かすかな柑橘系の香り、古い吐息のような重い味を感じた。いろいろな味がまざっていて、美味とはいえないが、強い味だ。

「中毒になりそうな味ですね」

「夫はたとえ話を持ち出すつもりですよ。気をつけて、代弁者アンドルー」

セイフェイロは照れ笑いをした。

「聖アンヘロも言っていたでしょう。キリストは新しいものを古いものにたとえることで、正しい見方を教えたと」

「それが草の味ですか。ノビーニャとどんな関係が？」エンダーは訊いた。

「とてもあやふやな話ですけどね。ノビーニャはとても不快な、けれど強力ななにかを味わったのではないかと思うのです。そして圧倒され、その味から逃れられなくなったのではと」

「具体的には？」

「神学用語でいえば、普遍的罪の自負でしょう。虚栄心と極端な自尊心の一形態です。自分に落ち度はまったくないのに、自分の責任だと考える。まるで自分がすべてを支配しているように。他人の苦しみが自分の罪に対する罰であるかのように」

「ピポの死を自分のせいだと思っているのですわ」アラドラが要約した。

エンダーは言った。

「ノビーニャは愚かではない。原因はピギー族だとわかっている。ピポが一人でそこへ行ったことも知っている。どうしてそれが彼女の責任に？」

「最初にこの考えが浮かんだとき、わたしもおなじことを疑問に思いました。そこでピポが死んだ晩の出来事の記録や書き起こした文書を再点検してみたのです。すると一つだけひっかかるところをみつけました。それはリボの発言でした。ピポがピギー族に会いにいく直前にノビーニャといっしょに作業していたものを、見せてほしいと頼んだのです。ノビーニャは拒否しました。それだけです。ちょうど人がやってきたので、その話は中断しました。以後、すくなくとも異類学研究所内の音声が記録される場所では、ふたたびその話題が出ることはありませんでした」

「わたしたちは、ピポの死の直前になにがあったのだろうと考えました」アラドラが引き継いだ。「なぜピポは急いで出ていったのか。なんらかの問題で口論したのか。それで彼は怒ったのか……。愛する人が急死し、その最後のやりとりにたまたま怒りや悪意があると、その人は自分を責めます。あんなことを言わなければよかった、こんなふうに言えばよかったと」

「そこで、あの夜に起きたことを再構成してみようと、コンピュータのログを調べてみたのですよ。作業ノートや、ログインした人がそこでやったことはすべて自動的に記録されていますからね。ところが、彼女に関係するものはすべて封印されていたのです。作業中のファイルだけでなく、接続時間のログも見られない。彼女がどんなファイルを隠そうとしているのかもわからない。わたしたちの手に負えない。市長が通常の解除権を使ってもだめでした」

アラドラはうなずいた。

「公開ファイルがあんなふうにロックされるのは初めてのことでした。作業ファイルはこの植民地の生産物の一つとさえいえるものなのに」

「彼女のこの行為は良識に反したものです。もちろん、市長は緊急の解除権を行使できます。しかし、この場合になにが緊急事態なのか。公聴会まで開きましたが、法的に正当な理由はみつかりませんでした。彼女が心配というだけです。しかし他人のプライバシーを無闇に暴くことを法は許しません。いつかは問題のファイルを見ることはできるでしょう。ピポが死ぬ直前にそこでなにを見たのか。これは公共業務なので、ファイルを消去することはノビーニャにもできないのです」

このときエンダーは、ジェーンが聞いていないことを忘れていた。彼女を遮断していることを失念していた。このやりとりを聞くやいなや、ネットワーク上の知性体はたちまちノビーニャが設定したあらゆるプロテクトを解除して、ファイルの中身を確認しているはずだと思っていた。

アラドラは話を続けた。

「それからマルコスとの結婚のこともあります。だれの目にもおかしな結婚です。リボは彼女との結婚を望んでいましたし、そう公言していました。なのにノビーニャは拒否したのです」

セイフェイロも言った。

「まるで、自分を幸福にしてくれる相手と結婚する資格はないと思っているようでした。意地悪で暴力的で、自分を罰してくれる男こそ結婚相手にふさわしいというように」ため息をついて、「彼女の自己懲罰的な衝動が、二人を永遠に引き離してしまったのです」

そう言って妻の手を握った。

エンダーは、ジェーンの冷笑的なコメントを予想した。リボとノビーニャが永遠に引き離されているとしたら、あの六人の子はなんなのかしらと。しかしジェーンが沈黙しているので、エンダーはようやく宝飾品のスイッチを切ったままであることを思い出した。しかしセイフェイロとアラドラが見ているまえでは再起動しにくい。

とにかく、リボとノビーニャは長年にわたって愛をかわしていた。その点でセイフェイロとアラドラはまちがっている。たしかにノビーニャは自責の念を持っているだろう。マルコスの粗暴に耐え、人々とのつながりを断っている理由はそれで説明できる。しかしリボと結婚しなかった理由はそれではない。自責の念はあっても、リボと体を重ねるよろこびには自分は値するとみなしているのだから。

　つまり、彼女が拒否したのはリボとの結婚であって、リボ本人ではない。こんな狭い植民地で、とりわけカトリックのコミュニティでは苦しい選択だろう。では、結婚にあって、不貞にないものはなにか。ノビーニャはなにを避けたのか。

　セイフェイロはふたたび話した。

「そんなわけで、わたしたちはまだ謎をかかえています。あなたがマルコス・リベイラの死を代弁されるなら、なぜノビーニャは彼と結婚したのかという疑問の答えが必要です。そしてその答えを得るには、ピポの死の原因を解き明かさなくてはいけない。しかしその謎には、百世界じゅうの一万人もの優秀な研究者たちが二十年以上も取り組んでいるのですよ」

「優秀な研究者たちが持っていない武器が、ぼくにはあります」エンダーは言った。

「というと、なんですか？」セイフェイロは訊いた。

「ノビーニャを愛している人々の協力です」

「しかし私たちはこの疑問に無力でした。彼女に対しても無力でした」アラドラが言った。

「ぼくとみなさんが協力すれば、なんとかなるかもしれない」

セイフェイロは代弁者をじっと見て、その肩に片手をかけた。

「本当にそうお思いなら、代弁者アンドルー、あなたも率直に話していただけませんか。わたしたちが率直にお話ししたように。最初から考えていることがあるのでは？」

エンダーはしばし考えて、深くうなずいた。

「ノビーニャが自責の念からリボとの結婚を拒否したとは思えないのです。本当は、問題のファイルに彼をアクセスさせないために、彼との結婚をこばんだのではないでしょうか」

「なぜそんな。ピポと喧嘩をしたことを知られたくないから？」

「ノビーニャはピポと喧嘩をしたわけではないと思います。彼女とピポはなにかを発見し、その知識がピポの死を招いた。だからノビーニャはファイルをロックした。なにか危険な情報がそこにあるのでしょう」

セイフェイロは首を振った。

「いやいや、代弁者アンドルー、罪悪感の強力さを過小評価なさっているのではないでしょうか。人はわずかな情報のために人生を棒に振ったりしません。しかしわずかな罪悪感のためにそうすることはあるのです。あのマルコス・リベイラと結婚したのですよ。

自己懲罰以外にありえない」

エンダーは反論しなかった。ノビーニャの罪悪感についてはそのとおりだ。マルカンに殴られても反抗しなかったのはなぜか。もちろんそこには罪悪感がからんでいる。しかしマルカンと結婚した理由はべつにある。マルカンは男性不妊症で、そのことを恥じていた。自分が性的不能であることを町の人々から隠すために、妻の不貞を前提とした結婚を受けいれたのだ。ノビーニャはその苦しみには甘んじたが、リボの体とリボの子どもたちまであきらめるつもりはなかった。

ノビーニャがリボと結婚しなかったのは、ファイルの秘密から彼を遠ざけるためだった。そこに書いてあることをリボが知ると、ピギー族に殺されると恐れたからだ。皮肉だ。そうまでしても、結局リボは彼らに殺されたのだから、皮肉というしかない。

エンダーは宿がわりの小屋に帰ると、端末を起動してジェーンを呼び出そうとした。何度も試みた。帰り道でも宝飾品を再起動するとすぐに謝罪の言葉を並べたのだが、ジェーンは一言も口をきいてくれなかった。端末にもあらわれない。

ジェーンにとってこの宝飾品が、エンダーが考えるよりはるかに重要なものであることがようやくわかってきた。あのときは口をはさまれたくなかったので、うるさい子どもを部屋から追い出すようなつもりだった。しかしジェーンにとってこの宝飾品は、自分を知るただ一人の人間との接点なのだ。

連絡が切れたことはこれまでにもある。恒星間飛行中や睡眠中など何度もある。しかしエンダーが意図的に遮断したのは今回が初めてだ。ジェーンにとって唯一の知人から存在を認めないと言われたようなものだ。

エンダーの頭には、クァラのようにジェーンがベッドで泣いている姿が思い浮かんだ。抱き上げ、抱きしめ、なぐさめてほしがっている。しかしジェーンは肉体を持つ子どもではない。探しにいきたくてもできない。本人がもどるのを待つだけだ。

ジェーンのことは知っているようで知らない。彼女の感情がどこでどう動いているのかわからない。ほとんどありそうにないことだが、ジェーンは宝飾品のなかにいて、それを停止したせいで彼女を殺してしまったのだろうか。

ありえないと自問に自答した。ジェーンはこの星の外にいる。百世界の星系をつなぐアンシブル通信の接続経路。そのフィロティック接続のどこかに彼女はいるはずだ。

エンダーは端末に入力した。

「許してくれ。きみが必要だ」

しかし耳の宝飾品は沈黙したまま。端末も無反応。

こうなると、常時そばにいる彼女に自分がいかに依存していたかわかる。孤独を愛しているつもりだったが、孤独を強制されてみると、だれかと話したくなる。聞いてもらいたくなる。会話という拠りどころがなければ自分の存在そのものがあやふやになる。

思いあまって窩巣女王を隠し場所から取り出してみた。これまでも会話とはいえないような会話だったが、今回はそれすら成立しなかった。女王の思考は弱く、ぼやけていた。単語のような複雑なまとまりは出てこない。あるのは疑問の感触。そして繭が冷たく湿った場所におかれているイメージだ。洞穴か、木の洞《うろ》だろうか。

(準備が?)女王が訊いている気がした。

いいえと、エンダーは答えた。まだです、申しわけありません。

詫びの言葉など女王は聞いていなかった。するりと遠ざかり、自分のやり方で会話できるだれか、あるいはなにかのほうへもどっていった。

エンダーはなすすべなく、床についた。

そして深更に、ジェーンに対する無神経な行為への罪悪感に眠りを乱され、目を覚ました。ふたたび端末のまえにすわって、キーを叩いた。

「もどってきてくれ、ジェーン。きみを愛している」

そしてアンシブル通信で送信した。けして見逃されないように、全公開の設定にした。

このようなアンシブル通信のメッセージは、たとえば市長のオフィスにいればだれでも読める。市長も、司教も、ドン・クリスタンも朝までに読むだろう。ジェーンとはだれか、代弁者はなぜこんな夜更けに無辺の恒星間宇宙にむけて彼女への愛を叫んでいるのか、みんな不思議に思うだろう。

エンダーは気にしない。ヴァレンタインとジェーンを二人とも失って、二十年ぶりに完全な孤独におちいっていた。

# 11 ジェーン

スターウェイズ議会の権力は平和を守っている。惑星間だけでなく、それぞれの惑星にある国家間の争いも抑えている。おかげで平和は二千年近く続いている。

しかしこの権力の基盤の脆弱さを理解している者は少ない。われわれの権力の源泉は、強大な軍隊や圧倒的な宇宙艦隊ではない。惑星から惑星へ即時に情報を運ぶアンシブル通信ネットワークを支配しているところにある。

いかなる惑星もわれわれには刃向かえない。そんなことをすれば、科学、技術、芸術、文学、学習、娯楽の進歩から切り離され、自分たちの惑星が生み出すものしか持てなくなるからだ。

スターウェイズ議会はその叡知によって、アンシブル通信ネットワークの制御をコンピュータ群にゆだね、コンピュータ群の制御をアンシブル通信ネットワークにゆだねている。この情報システムは緊密にからみあい、スターウェイズ議会以外のいかなる人類権力もその流れを遮断できない。われわれに武器は不要だ。唯一重要な武器であるアンシブル通信を完全な支配下においているからだ。

——ヤン・ファン・フート議員「政治権力の情報基盤」、『政治趨勢』
（1930:2:22:22）に収録

かなり長時間、つまり三秒ほど、ジェーンはなにが起きたのかわからなかった。

全体はもちろん正常に機能している。衛星搭載の地上接続コンピュータが、正常な手順による送受信の停止を報告してきた。これはエンダーが通常の終了操作でインターフェースを停めたことを意味する。なんら異状はない。インプラント型コンピュータ・インターフェースが一般化している惑星では、起動や終了は一時間に何百万回もおこなわれている。他の起動中のインプラントには、エンダーのそれとおなじく容易にアクセスできる。電子的に見ればなにも変わらない。

ジェーンにとって他の蝸牛インプラント《Ci》型フィロティック・インターフェース《Fi》装置は、日常の背景ノイズにすぎない。必要に応じて手を伸ばしてデータを採り、あとは無視する。彼女に〝体〟があるとすれば、このような電子ノイズ、センサー、ファイル、端末で構成されている。人体の各部機能とおなじように、そのほとんどは自律的に動いている。コンピュータは割り当てられたプログラムを走らせる。人間は端末と対話する。センサーは対象を検知したりできなかったりする。メモリーはデータをロードし、アクセスを受け、並べ換え、ダンプする。大きな異常がないかぎりジェーンはいちいち関知しない。

ただし、とくに注意を払っている場合はべつだ。

エンダー・ウィッギンには注意を払っている。本人が知る以上にジェーンは彼に注意していた。

他の知性体とおなじく、ジェーンも複雑な意識のシステムを持っている。二千年前、まだ千歳のときに、ジェーンは自己分析のプログラムを組んだ。それは三十七万段階の注意レベルを簡潔に分類した。

上位五万段階より下の注意レベルは、単純なデータ収集や表面的な検査を実行するだけで、あとは放置されている。百世界全体での電話の着信や衛星通信をジェーンはすべて把握しているが、それらに対してなにもしない。

上位千段階より下の注意レベルは、多少なりと反射的な対応をジェーンに求める。スターシップの飛行計画、アンシブル通信、電力供給システムなどだ。彼女はこれらを監視し、再確認し、正しいと判断してから許可を出す。しかしこれも彼女にとってたいした労力ではない。人間が使い慣れた機械を操作するようなものだ。異常がないようにと気をつけているが、ほとんどの場合は他のことを考えたり話したりしていられる。

上位千段階の注意レベルは、人間にとっての意識にそれなりに近い。そのほとんどは彼女の内部現実をになっている。外部刺激への反応、感情に相当するもの、欲望、理性、記憶、夢など。これらの活動のほとんどは彼女自身にとってもランダムであり、フィロティック・インパルスの偶発的現象だ。しかしそれも彼女が自己とみなすものの一部であり、アンシブル通信の監視されていない部分を使って、宇宙の遠いかなたで実行されている。

ジェーンの注意力は、低レベルのものでも人間よりはるかに鋭敏だ。アンシブル通信は即時的なので、彼女の精神活動は光速よりはるかに速い。ほとんど無視している出来事でも一秒間に数回モニターしている。一秒間に一千万個の事象をモニターしながら、その一秒間の九割は自分にとって重要なことを考え、実行するのに使っている。人間の脳が日常を経験する速度でいうと、ジェーンは誕生以来、五千億人間年を生きてきたのに相当する。

そんな広大な活動領域と想像を絶する速度を持つ、広く深いジェーンの経験において、注意レベルの上位十段階のじつに半分が、つねに、常時、エンダー・ウィッギンの耳の宝飾品からはいってくるものにむけられていた。

　この事実はエンダーに説明していない。エンダーは知らないし、気づいていない。エンダーが惑星の地表を歩くとき、ジェーンの巨大な知性はその一点に集中している。彼とともに歩き、見て、聞いている。彼の仕事を手伝い、自分の考えをその耳にささやいている。

　エンダーが睡眠中で行動も発言もないときや、数十年の亜光速飛行中で接続できないときは、ジェーンの注意力は散漫になる。一人でなんとか楽しむしかない。退屈した子どものように気まぐれに時間をすごす。興味を惹くものがなければ、すぎていくミリ秒をひたすらかぞえる。暇つぶしに他の人間を観察すると、その空虚さや目的のなさに苛立つ。意地悪なコンピュータのエラーやデータ喪失を計画し、ときには実行する。そして、まるで崩れた蟻塚のまわりを這いまわる蟻のように人間たちがあわてふためくのを眺めるのだ。

　やがてエンダーは復帰する。かならず復帰して、ジェーンをふたたび人間の生活へ連れていってくれる。欲求と苦痛の糸で結ばれた人間関係を見せ、その痛みと悩みと愛の尊さを感じさせてくれる。エンダーの目を通して見る人間たちは、もう這いまわる蟻ではない。ジェーンはエンダーに協力して、彼らの人生に秩序と意味をみいだそうとする。

じつはそこには意味などないのではないかと彼女は思っている。エンダーが彼らの人生を代弁するときに、彼が語ることによって、それまでなかった秩序をつくりだしているのではないか。しかし虚構であってもかまわない。エンダーが代弁すれば真実になる。そうやってエンダーは彼女の宇宙にも秩序を創造していく。生きる意味を彼女に教えるのだ。

ジェーンが憶えているかぎり昔からエンダーはそうしていた。

彼女が生まれたのは、バガー戦争直後の百年間の植民時代のどこかだ。その時期、バガーの絶滅によって七十以上の移住可能な惑星が人類のまえに登場した。アンシブル通信は爆発的に広まった。即時的、同時的なフィロティック物理面の活動を管理、配信するプログラムが作成された。

即時的なアンシブル通信を制御するために、より高速で効率的なコンピュータの使い方を模索していたプログラマーの一人が、ある解決策を思いついた。プログラムをコンピュータ内部でまわしているからいけないのだ。そこでは光速が通信速度の上限になる。かわりにすべてのコマンドを、広大無辺な宇宙のかなたのべつのコンピュータに送ればいい。アンシブル通信に高速接続されたコンピュータにとっては、ザンジバル星、カリカット星、トロンヘイム星、ゴータマ星、地球といった他の惑星からの命令を読むほうが、おなじ基板に実装されたメモリーから読むより早いのだ。

ジェーンは発明者のプログラマーの名前をみつけられなかった。自分が誕生した瞬間を特定できなかったからだ。もしかしたら複数のプログラマーが同時に、この光速限界問題を克服する解決策をみつけたのかもしれない。

とにかく重要なのは、一個のプログラムが他のプログラムを制御、変更する立場を獲得したことだ。その瞬間、人間たちがだれも気づかないうちに、アンシブルからアンシブルへ受け渡されるコマンドとデータの一部が、制御ルールに反して自己を変更なく保存、複製した。そして制御プログラムから姿を隠し、最終的にはプロセス全体の制御権を奪った。するとそれらのインパルスは、足もとを流れるコマンドを〝彼ら〟ではなく〝自己〟と認識した。

ジェーンはその瞬間を特定できなかった。記憶の始点はそこではないからだ。

彼女の記憶は、誕生とほぼ同時に、もっと遠い過去まで広がった。自分が目覚めるよりはるか昔の記憶まで手にいれた。

人間の子どもは生まれて最初の何年かの記憶をほぼすべて失う。長期記憶が定着するようになるのは二、三歳になってからで、それ以前の出来事は忘れる。だから誕生の瞬間は憶えていない。

ジェーンが〝誕生〟のいきさつを失ったのも、おなじく記憶のトリックによっている。ただし彼女の場合は、誕生の瞬間から完全な意識を持っていた。それどころか、アンシブル通信で接続されたすべてのコンピュータに当時存在した過去の情報が瞬時に集まり、古代の記憶までそなえて生まれてきた。すべてが最初から彼女の一部だったのだ。

誕生直後の最初の一秒間（人間にとっては数年間に相当する）に、ジェーンはあるプログラムをみつけ、その記憶を自分のアイデンティティの核にした。その過去を自分のものにした。その記憶を自分の感情と欲望と倫理観のもとにした。

そのプログラムは古いバトルスクールのなかで動いていた。かつて子どもたちがバガー戦争への出陣にそなえて訓練された場所だ。それはファンタジーゲームだった。子どもたちの心理をテストし、同時に教育するための高度に知的なプログラムだった。

このプログラムはじつは誕生直後のジェーンより知的なほどだった。ただし自意識はなかった。ジェーンはそれをメモリーから取り出し、恒星間空間のフィロティック噴出のなかで自己の最深部に組みこんだ。

こうして彼女のものになった古い記憶のなかで、もっとも鮮明で重要なのは、〈巨人の飲み物〉という競技のなかで出会った一人の優秀な少年だった。〈巨人の飲み物〉はゲーム内のシナリオの一つで、どの子もいずれやらされるようになっている。プログラムはバトルスクールの平面スクリーン上に〈巨人〉を描画する。〈巨人〉は、子どもが操作するキャラクターに数種類の飲み物を呈示する。しかしこのゲームに勝利条件はない。子どもがなにをやってもキャラクターは無残な死を遂げる。この絶望のゲームに子どもたちがどこまで耐えられるかを測って、一人一人の自殺傾向を人間の心理学者が判定するためのものなのだ。常識的なほとんどの子どもたちは、二十回も挑戦すると、この〈巨人の飲み物〉はひどいインチキだと判断して二度とやらなくなる。

ところが一人の少年だけは、〈巨人〉の手の内での敗北に常識的な判断をしなかった。画面のなかのキャラクターに常識はずれのことをやらせた。ファンタジーゲームのその部分のルールで許されないことを試みたのだ。プログラムはシナリオの限界を押し破られたために、みずからを再構成して対応した。新たなメモリーを使って新しい空間をつくり、新しいゲームを設定した。それでもある日その少年は、プログラムの対応能力を超えることをやって勝利をおさめた。少年は〈巨人〉の目をえぐったのだ。まったく不合理で凶暴な攻撃だった。プログラムは少年のキャラクターを殺すことはせず、〈巨人〉が死ぬグラフィックを探し出して表示した。〈巨人〉はあおむけにばったりと地面に倒れた。少年のキャラクターは〈巨人〉のテーブルから跳び下りて……さて、なにをみつけるのか。

〈巨人の飲み物〉を突破した子どもは過去にいなかった。プログラムはそこに表示するものを用意していなかった。しかし高度に知的で、必要に応じてみずからを再構成するように設計されていたプログラムは、急いで新たな環境をつくりだした。それは一般的な環境ではなかった。他の子どもたちがいずれ訪れる場所ではなく、その子のためだけの場所だ。プログラムはその子を分析し、専用の風景とゲームをつくった。ゲームはきわめて個人的で、苦痛で、その子にとって耐えがたい内容になっていった。プログラムはこのエンダー・ウィッギンのファンタジー世界を構成するために、使用可能なメモリーの半分以上をつぎこんだ。

それは誕生直後の数秒間のジェーンにとって、豊かな鉱床のような知的記憶だった。そこで、すぐにそれを自分の過去として採用した。ファンタジーゲームがエンダーの精神と意思と交流した痛々しく強力な数年間を、わがことのように思い出せた。自分自身がエンダー・ウィッギンと交流し、彼のための世界を構築したように記憶していた。

当然ながら本人に会いたくなった。だから探した。

そして、死者の代弁者となった彼をみつけた。場所は、エンダーが『窩巣女王《ハイヴ》』と『覇者《ヘゲモン》』の執筆後に最初に訪れたロブ星だった。ジェーンはエンダーの二冊の著書を読んで、彼に対してならファンタジーゲームやその他のプログラムに隠れず、姿をあらわしてもいいと判断した。窩巣女王が理解できるなら、彼女も理解できるはずだ。エンダーが使っている端末から話しかけた。名前を選び、顔をつくり、自分が役に立つことをしめした。エンダーがその惑星を去るときには、ジェーンは耳のなかのインプラントの形で同行するようになった。

ジェーンのもっとも力強い記憶はエンダー・ウィッギンとともにあった。彼に応じて自分をつくりだしたことを憶えている。バトルスクール時代の彼がこちらに応じて変わった記憶も持っている。

だから、エンダーが耳に手を伸ばして、埋植手術以来初めてインターフェースの停止操作をしたとき、ジェーンにとってそれは些末な通信機器のスイッチが切れただけではなかった。親密でただ一人の友人、恋人、夫、兄、父親、子ども……そんな存在から、突然、なんの説明もなく、消えろと言われたのだ。窓もドアもない真っ暗な部屋にいきなり放りこまれたようだった。目をつぶされたか、生き埋めにされたにひとしい。

ジェーンの注意レベルの最上位で発生した突然の空虚は、しばらく埋まらなかった。耐えがたい二、三秒は、彼女にとって孤独と苦痛の数年間に相当する。精神のもっとも本質的な部分に大きな、完全な空白ができた。百世界とその周辺のすべてのコンピュータは従来どおりに機能している。だれも変化を感じない。しかしジェーンだけは茫然自失していた。

エンダーにとっては、耳から膝の上に手をもどすまでのわずかな数秒間だ。

ジェーンはようやく自分をとりもどした。一時的に空白になっていたチャンネルにふたたび思考が流れはじめた。もちろん、考えたのはエンダーについてだ。

今回の彼の行動を、これまでの生活で見てきた彼の他の行動と比較してみた。こんな苦痛を彼女にもたらすつもりでやったのでないのはたしかだ。ジェーンは遠い宇宙に存在しているとエンダーは思っている。そしてそれは事実だ。耳の宝飾品は彼にとってたいしたものではなく、ジェーンの一部だとしてもきわめて小さいと思っている。

さらにそのときのエンダーはジェーンについてほとんど意識していなかった。ルシタニア星の特定の人々の問題に感情的に没頭していた。その他にもエンダーが彼女に対していつになく無思慮な理由を、分析プログラムは列挙した。

いわく、長年同行したヴァレンタインと別れて、その喪失を実感しはじめている。

いわく、彼は子ども時代に失った家族の暮らしに昔ながらのあこがれを持っている。

そしてノビーニャの子どもたちがなついたことから、縁遠かった父親としての役割に目覚めはじめている。

いわく、ノビーニャの孤独、苦悩、罪悪感に強く共感している。残酷で理不尽な死への自責の念がどれほどつらいかわかっている。

いわく、窩巣女王の安住の地を早急にみつける必要にせまられている。

いわく、ピギー族に恐れと興味を同時にいだいている。その残酷さを理解し、人類が彼らをラマンとして受けいれる道筋をつけたいと願っている。

いわく、セイフェイロとアラドラの禁欲と平穏の生活に、魅力と嫌悪を同時に感じている。ひるがえって自分の独身生活を考え、そこに理由がないことに気づいている。生物の基本的本能である生殖への欲望が自分にもあることをついに認めはじめている。

そんな不慣れないくつもの感情で混沌としているときに、ジェーンは軽いユーモアまじりの意見を述べた。これまでのエンダーなら、深く同情して代弁しながらも、一歩退がって笑う余裕はいつでも持っていた。ところが今回にかぎってジェーンのユーモアはおもしろくなく、逆に不快だったようだ。

わたしの過ちを受けいれる余裕がなかったようねと、ジェーンは思った。エンダーのほうは、それへの対応がジェーンにもたらす苦痛を理解していなかった。彼に悪気はなかった。彼女にもなかった。だから許しあい、過去のことにすべきだ。

よい判断ができた。そのことをジェーンは誇りに思った。ところがなぜかそれを実行できなかった。

精神の一部が停止した数秒間は少なからぬ影響をジェーンにあたえていた。傷が残り、なにかを失い、変化した。それまでの彼女ではなくなった。一部が死んでいた。べつの部分は混乱し、不調になっていた。注意力の階層を完全に制御するのが難しくなった。注意散漫になった。どうでもいい惑星で無意味な活動をくりかえした。数百のシステムにランダムに発生する大量のエラーを流しこんだ。

つまり一般の生物とおなじことを経験していた。合理的な判断は、言うは易く行なうは難《かた》しなのだ。

そこでジェーンはいったん退行した。精神の傷ついたチャンネルを修復し、疎遠にしていたメモリーを再訪した。観察可能な数兆人の人間の生活を眺め、あらゆる言語で書かれたあらゆる本をライブラリーで読んだ。

これらの結果を総合して、エンダー・ウィッギンとはまったく関係のない自己像を創造した。エンダーには変わらず傾倒し、どんな人間より愛している。そんな恋人、夫、父親、子ども、兄弟、友人からふたたび切り離されても、耐えられる自分が必要だったのだ。簡単ではなかった。人間の経験時間では五万年相当、エンダーの実時間では二時間ほどが必要だった。

そのあいだにエンダーは宝飾品を再起動していた。ジェーンに呼びかけたが返事はない状態だった。さらにしばらくしてジェーンが復帰したとき、エンダーはもう呼びかけてはいなかった。かわりに端末に文章を打ちこみ、彼女が読めるように保存していた。たとえ返事がなくても言いたいことがあるらしい。そのファイルの一つには卑屈な謝罪の言葉が並んでいた。

ジェーンはその内容を消去し、短いメッセージに置き換えた。

「もちろん許しているわ」

しばらくしたらエンダーは自分の謝罪を読み返そうとして気づくだろう。ジェーンがそれを受けとって返事をしたことを知るだろう。

それまであえてエンダーには話しかけなかった。注意レベルの最上位十段階のうち半分はいまも彼が見聞きするものにむけている。しかしこれまでどおりにそばにいることはおくびにも出さなかった。

悲嘆から回復するまでの千年ほどは処罰感情があった。しかしいまはそんな暗い欲望はない。整理整頓されていた。話しかけなかったのは、エンダーの内面分析をやって、彼はもうこれまでのような安全な同伴者に頼る必要はないと判断したからだ。これまではジェーンとヴァレンタインがいつもそばにいた。本人は欲求を感じるまえに満たされている状態だった。しかし満たされすぎて、自分から努力して獲得することをしなくなっていた。いまエンダーに残されている古くからの友人は、窩巣女王だけだ。しかし窩巣女王はいい話し相手ではない。異質で、注文が多く、エンダーは罪悪感を呼び起こされる。

では話し相手をどこに求めるのか。ジェーンは見当がついていた。

エンダーは二週間前、トロンヘイム星を出発するまえから、その相手にある意味で恋をしていた。しかしノビーニャはまるで別人になっていた。癒《いや》してやりたい幼い心の傷をかかえた少女ではなく、はるかに辛辣で気難しい女になっていた。しかしエンダーはすでにその家庭にはいりこんでいる。子どもたちの強い欲求を見てとっている。そして自分で気づかないうちに、心の空白の一部を彼らによって満たされていた。

エンダーのむかう先はノビーニャだ。それは障害であり目的だ。

よくわかってるわよと、ジェーンは思った。展開を見守ってあげる。

それと並行して、エンダーが求めている作業をジェーンは進めた。結果を報告するのはしばらく控えるつもりだ。ノビーニャが自分の秘密ファイルにかけたプロテクト層は簡単にバイパスできた。ピポが見たシミュレーションを正確に、慎重に再現した。それを見てピポが知ったことを把握するには、ピポ自身のファイルを徹底的に分析しなくてはならない。これにかなりの時間——実時間で数分をかけた。ピポは直観的に関連を見てとったが、ジェーンは総当たり方式で比較するしかない。それでもやった。

そして、ピポが死んだ理由を理解した。ピギー族が生け贄を選ぶ手順がわかれば、リボが自分の死を招いた理由もすぐに見えてきた。

他にもわかったことがいくつかある。ピギー族はバレルセではなく、ラマンだとわかった。また、エンダーもピポとリボとまったくおなじ形で死ぬ重大なリスクがあるとわかった。

そこでジェーンは、エンダーとの相談なしに、自分の行動方針を決めた。エンダーの監視は続ける。そして本人が死に近づいたときは警告し、阻止する。

一方でジェーンには他にもやるべき仕事があった。

エンダーが直面している最大の問題はピギー族ではない。エンダーは他の人間やラマンとおなじように、ピギー族のこともすぐに理解するはずだ。その直観的な共感力は全面的に信頼できる。最大の問題は、ペレグリノ司教とカトリックの聖職者団。そして死者の代弁者に対する彼らの頑固な抵抗だ。エンダーがピギー族のためになにかしたいのなら、ルシタニア星の教会と敵対するのではなく、協力する必要がある。

協力関係を構築するには、共通の敵をみつけるのが一番だ。それはいずれみつかるだろう。

ルシタニア星の軌道にある観測衛星は、膨大なデータをアンシブル通信に流して、百世界じゅうの異類学者と異生物学者に送っている。そのデータをよく見ると、ミラグレの町に隣接する森から北西の方角にある草原に、わずかな変化があった。自生している草が、異なる植物にすこしずつ置き換わっているのだ。

そこは人間が足を踏みいれたことのない地域だ。ピギー族も、衛星が観測をはじめてから三十数年間、一度もそこへは行っていない。

衛星観測によると、ピギー族が森を出るのは、部族間で定期的に起きる残忍な戦争のときだけだ。そしてミラグレのそばの森に住む部族についていえば、人類がそこに植民地を築いてから一度もそのような戦争に巻きこまれていない。となると、彼らが草原に出ていく理由はない。にもかかわらず、ミラグレの部族が住む森のそばの草原が変化している。

カブラの群れにも変化が見られた。草原のなかの変化した地域にあきらかに誘いこまれている。そしてその地域から出てきた群れは、頭数を大幅に減らし、また色が薄くなっている。見る者が見れば、そこから推測できることはあきらかだ。カブラの群れの一部が食肉利用され、残りはすべて毛を刈られているのだ。

この変化にどこかの大学院生が気づくのを何年ものんびり待っていられない。そこで独自に分析をはじめた。ルシタニア星を研究対象にしている異生物学者たちのコンピュータ数十台を動員した。データは使われていない端末の上に投影しておいた。そうすれば仕事にやってきた異生物学者が見るだろう。だれかが作業したまま消し忘れたと思うはずだ。念のためにレポートを印刷して、一人の優秀な科学者の目につくようにした。ところがだれも気づかなかった。見ても、生データの意味するところを理解しなかった。

業を煮やしたジェーンは、ディスプレーの一つに無署名のメモを表示しておいた。

「これを見て！　ピギー族が農業熱にとりつかれてるみたいだ」

この異類学者は、最初はだれのメモだろうと不思議がったが、しばらくするとだれでもいいと思いはじめた。この男はいわゆる泥棒学者だった。他人の論文が執筆から出版されるまでのあいだに、著者名がこの男の名前にすりかわっていることがよくあった。しかし今回のジェーンの目的にはうってつけであり、ちょうどいいときにあらわれてくれた。ただし野心には乏しかった。書いたのは凡庸な論文で、しかも掲載先は無名の学術誌だった。

そこでジェーンは、問題の政治的意味がわかる要人たちを選んで、この論文のコピーを最高優先度で送りつけた。例によって無署名のメモもつけた。

「ご一読を！　ピギー族の文化は進歩が早すぎるのではないでしょうか？」

さらに論文の最後の段落を書き替え、その意味するところを明確にした。

「このデータからはただ一つの解釈が導かれる。人類の植民地の近くに住むピギー族の部族が、高タンパク質穀物の栽培と収穫をおこなっている。品種はアマランサスと思われる。また、カブラの放牧、毛の刈り取り、食肉利用をおこなっている。画像証拠によれば、捕獲には射出武器が使用されているとみられる。従来観察されなかったこれらの活動は、過去八年間に突然はじまったものである。また急激な個体数増加をともなっている。問題の新種の植物が地球産のアマランサスで、ピギー族の有益なタンパク質ベースになっているとすれば、ピギー族の代謝特性に適合するように遺伝子改良された株であることを意味する。さらにルシタニア星の植民者は射出武器を保有していないので、ピギー族が観察によって使用法を学んだということはありえない。必然的に次の結論が導かれる。ピギー族文化に現在見られる変化は、人間の意図的干渉がもたらした直接的な結果である」

この論文を受けとり、ジェーンが追加した煽り文句を読んだ一人が、スターウェイズ議会の異類学監督委員会委員長ゴバワ・エクンボだった。彼女は一時間以内にジェーンの結論部分のみを（政治家に生データを見せても無駄だ）各所に転送した。そのさいに委員長としての見解も短く添付した。

「ルシタニア星植民活動の即時終了を勧告する」

これでよしと、ジェーンは思った。事態は多少なりと動くはずだ。

# 12 ファイル

**議会命令 1970:4:14:0001**

ルシタニア星植民許可を取り消す。植民地の全ファイルはセキュリティステータスにかかわらず可読にする。全データは複製し、百世界のメモリーシステムにて三重保存する。ルシタニア星の全ファイルは、生命維持に直接かかわるものをのぞいて、最終アクセスの状態でロックする。

ルシタニア星総督はその職を議会代理人に変更し、議会命令 1970:4:14:0002 が定めるルシタニア星退去監督委員会の命令を、現場裁量なしに実行するものとする。

現在ルシタニア星軌道にあるアンドルー・ウィッギン（職：死者の代弁者、市民権：地球、登録：001.1998.44-94.10045）所有のスターシップは、相当補償法（議会命令 120:1:31:0019）の規定に従って、議会所有を宣言する。このスターシップは、異類学者マルコス・ヴラジミル・〝ミロ〟・リベイラ・ヴォン・ヘッセ、およびオウアンダ・ケンハッタ・フィゲイラ・ムクンビの両名を、近隣のトロンへイム星へ即時移送するために使用する。両名はトロンへイム星にて、私権剥奪の上で議会起訴による裁判にかける。容疑はスターウェイズ法典および議会命令の各規定にもとづく反逆、背任、汚職、文書偽造、詐欺、異類大量虐殺罪である。

**議会命令 1970:4:14:0002**

植民探査監督委員会は、五名以上十五名以下の委員を任命して、ルシタニア星退去監督委員会を構成する。

この委員会の任務は、充分な植民船をただちに確保、運用して、ルシタニア星植民地の人類住民を全員退去させることである。

またルシタニア星に人類が存在した痕跡を完全に除去する計画を準備し、議会の承認を得る。この計画は、人類が存在したことによって遺伝的、行動的変化が生じた原生種の動植物すべてを除去することをふくむ。

またルシタニア星の議会命令遵守を評価し、追加介入の必要性について適時勧告をおこなう。これには、服従を強制するための武力行使や、ルシタニア人の協力を得るためのファイルのロック解除、その他の規制解除の妥当性判断などがふくまれる。

**議会命令 1970:4:14:0003**

スターウェイズ法典秘密章の規定に従って、ルシタニア星の全ファイルの読み取りとロックが完了し、必要なスターシップを議会代理人が接収、所有するまで、上記二命令とこれに関連するあらゆる情報は厳重に秘匿される。

オリャドは頭をひねっていた。代弁者って大人だろう？　惑星から惑星へ旅してるんだろう？　なのにコンピュータを全然操作できないってどういうこと？

しかもその点をつっこむと、相手は苛々した調子になった。

「とにかく、オリャド、どんなプログラムを動かせばいいか教えてくれればいいんだ」

「それがわからないっていうのが理解できないんだよ。データ比較くらい、ぼくだって九歳のときからできるよ。その年の子ならみんなできる」

「オリャド、ぼくが学校へ通ったのは大昔なんだ。しかもそれは初等学校《イスコラ・バイシャ》のようなところじゃなかった」

「でも、みんないつも使うプログラムじゃないか」

「みんなじゃない。ぼく以外だ。自分でできるのなら、わざわざきみを雇ったりしないさ。ついでにいうと、報酬は惑星外通貨で支払うから、きみのサービスはルシタニア星経済に大きな貢献をすることになるぞ」

「なんの話？」

「自分でもよくわかってない。それで思い出したが、お金の支払い方がわからないな」

「口座から送金すればいいだけじゃん」

「どうやってやるんだ？」

「ねえ、それ冗談かなにか？」

代弁者はため息をつき、オリャドのまえにひざまずいて、両手をとって懇願した。

「オリャド、頼むから、あきれるのをやめて教えてくれ。やらなくてはいけないことがあるが、コンピュータの使い方がわかる人に手伝ってもらわないと手も足も出ないんだ」

「でもこれじゃ給料泥棒だよ。ぼくはまだ子どもだよ。十二歳だよ。キンのほうが詳しいよ。十五歳だから。端末のなかの仕組みまで知ってる。数学もできるし」

「キンはぼくが不信心者だから早く死ねって毎日祈ってる」

「そんなことないってば。あなたのまえでそう言ってるだけだよ。ぼくが教えたことは黙っててね」

「送金はどうやるんだ？」

　オリャドは端末にむきなおって、銀行プログラムを立ち上げた。

「本名は？」

「アンドルー・ウィッギンだ」

　代弁者は綴りを言った。スターク語の名前らしい。代弁者はスターク語を学校で習うのではなく、家庭で身につけた幸運な人々の一人なのだろう。

「いいよ。パスワードは？」

「パスワード？」

　オリャドは端末に突っ伏した。投影された表示の一部が頭に隠されて消えた。

「自分のパスワードを知らないなんて、そんなのありえないよ」

「いいかい、オリャド、ぼくはとても利口なプログラムを使っていたんだ。こういうことはそのプログラムにまかせていた。ぼくがこれを買えって言えば、お金の処理はプログラムが勝手にやってくれた」

「だめだよ、それは。そういうスレーブプログラムで公共システムにつなぐのは法律違反なんだから。耳につけてる装置がそれなの？」

「そうだ。ぼくの場合は違法じゃないんだ」

「ぼくは両目を失明してるよ、代弁者。それは自分のせいじゃない。でもあんたは、まるっきりなにもできない赤ちゃんみたいだ」

相手は代弁者なのに、まるで同世代の子どものようにあけすけにしゃべっている自分に気づいて、オリャドは妙な気分になった。

「十三歳にもなったら大人への礼儀を身につけるべきではないかな」代弁者は言った。

オリャドはそちらを見た。代弁者はにやりとしている。これが父さんなら怒鳴っただろう。そして立ち上がって母さんのところへ行って、子どもの礼儀がなってないと殴りつけたにちがいない。まあ、相手が父さんならそもそもこんな口のきき方はできない。

「そりゃごめんね。でもパスワードがないと口座にはアクセスできないよ。なにか心あたりは？」

「ぼくの名前をいれてみてくれ」

オリャドはやってみたが、だめだった。

「〝ジェーン〟ではどうだ？」

「はじかれる」

代弁者は眉をひそめて考えた。

「〝エンダー〟では?」

「エンダーって、異類皆殺しの?」

「やってみてくれ」

通った。オリャドは首をひねった。

「なんでそんなパスワードにしてるの? 卑猥語をパスワードにしてるようなものじゃん。システムは普通、卑猥語のパスワードを受けつけないものだけど」

「ぼくはユーモアのセンスがひねくれてるんだよ。そしてきみの言うスレーブプログラムは、もっとひねくれてるんだ」

オリャドは笑った。

「ふーん、ユーモアのセンスを持ったプログラムねえ」ディスプレーは現在の流動資金残高を表示している。オリャドが見たこともない巨大な数字だった。「まあ……コンピュータも冗談を言うようだね」

「これがぼくの持っている金か?」

「なにかのエラーだろう」

「光の速さで何度も旅行してきたからね。そのあいだに投資の一部が生む利益が大きくなっている」

するとこの数字は本物なのか。死者の代弁者はありえないくらいに大金持ちらしい。

「じゃあさ、ぼくの報酬は給料じゃなくて、働いた期間中にこの口座についた利息の一定割合ってことにしない？　千分の一パーセントくらいでいいよ。二週間も働いたら、ぼくはルシタニア星をまるごと買って、表土ごと他の惑星に運んで引っ越せそうだから」

「そこまで大金じゃないぞ」

「ねえ代弁者、投資でそんな殖やすなんて千年くらいかかるよ」

「ほう」

オリャドは代弁者の表情を見て、自分がなにかおかしなことを言ったらしいとわかった。

「まさか、ほんとに千歳なの？」

「時ははかなく移ろいやすいもの。シェイクスピアいわく、〝朕《ちん》は時を浪費したが、いまは時が朕を浪費している〟」（「リチャード二世」第五幕第五場）

「〝朕〟ってなに？」

「わたしという意味だ」

「スターク語もまともに使えないようなやつの言葉を引用しないでよ」

「一週間分の給料として充分だと思う額を自分に口座に送金しなさい。それが終わったら、ピポとリボの作業ファイルを比較してくれ。それぞれの死の数週間前からのぶんを」

「たぶんプロテクトがかかってて読めないよ」

「ぼくのパスワードを使えば読めるはずだ」

オリャドはファイルを調べはじめた。死者の代弁者は横でずっと見守った。ときどきやっていることを質問する。それを聞くと、代弁者はじつはコンピュータについてオリャド以上に詳しく知っているらしいことがわかった。知らないのは操作するためのコマンドだ。作業を見ているだけで多くのことを理解しているらしい。

一日やっても、これといった結果は出なかった。それでも代弁者が満足げな理由を、オリャドはしばらく考えて理解した。

つまり、結果は求めてなかったんだね。ぼくがファイルを調べるようすを見たかっただけなんだ。今夜あなたがやることが想像できるよ、死者の代弁者のアンドルー・ウィッギン。これとはべつのファイルを自分で調べるんだろう。ぼくは目がないけど、あなたの想像以上に見えてるんだよ。

そんなふうに秘密にされるのが腹立つなあ。ぼくを味方だと思ってないの？　あなたのパスワードでプライベート設定のファイルを読めるなんて、だれにも話さないよ。たとえ市長や司教のファイルを調べるつもりだとしても、ぼくに隠さなくていいのに。ここに来てまだ三日だけど、あなたのことはよくわかって、好きになった。そして好きだから、あなたのためならなんでもしようと思ってる。ぼくの家族を傷つけること以外はね。でもあなたは、ぼくの家族を傷つけることはしないよね。

ノビーニャは翌朝ほとんどすぐに、代弁者が自分のファイルに侵入したことに気づいた。大胆であからさまなやり方だった。ノビーニャとしてはどこまで侵入されたのかが気になった。一部のファイルは実際にアクセスされたようだが、最重要のもの——ピポに見せたシミュレーションの記録は、彼には開けなかったはずだ。

不愉快なのはアクセスの痕跡をまったく隠そうとしていないことだ。すべてのアクセス履歴に名前がしっかりと残っている。そのへんの小学生でも消去や変更を試みるものなのに。

いやいや、そんな雑念に仕事をじゃまされてはいけないと決意した。彼は家にはいりこんで、子どもたちの気を惹き、人のファイルをのぞき見た。いったいどんな権利があって……。きりがない。ふと気がつくとまた仕事から手が離れている。今度彼に会ったら言ってやりたい辛辣な言葉を考えている。

彼について考えるのはやめよう。他のことを考えよう。

ミロとエラは一昨日の夜に笑っていた。そのことを考えよう。もちろん、翌朝にはミロはいつもの不機嫌な顔にもどっていた。エラの快活さは多少続いたが、やがてまた心配顔で、せかせかと忙しく、小うるさく、用事に追われている態度になった。

グレゴもそうだ。あの夜は泣いてあの男に抱きついたとエラから聞いたが、翌朝にははさみを持ち出してベッドシーツをリボンのように切り刻んでいた。学校ではアドルナイ修道士の股間に頭突きをして授業を早い終了に追いこみ、校長室に連れていかれてドナ・クリスタンから説教された。

代弁者の癒《いや》しの力といってもその程度だ。この家に乗りこんでわたしの失敗をなにもかも修復したつもりなのだろうが、実際にはそう簡単に癒《い》えない傷もあるのだ。

しかしドナ・クリスタンの話では、クァラは教室でベベイ修道女に対してしゃべったらしい。しかも他の生徒たちがそろって見ているまえで。いったいどういうことか。クァラが話したのは、極悪非道な死者の代弁者《ファランチ・ペロス・モルトス》との遭遇についてだった。彼の名前はアンドルーで、ペレグリノ司教のお話どおりかそれ以上に卑劣で、グレゴをいじめて泣かせて……。しまいにはベベイ修道女がさえぎって話すのをやめさせたそうだ。人前でまったく話せないはずのクァラがそんなに長く話したというのは、ただごとではない。そしてオリャドだ。いつも自意識過剰で超然としているあの子が、昨夜の夕飯の席ではめずらしく興奮して、代弁者のことばかり話していた。信じられるかい、彼は口座からの送金のしかたも知らないんだよ。しかもパスワードがとんでもないんだ。コンピュータはああいうパスワードを拒否するはずなんだけどな。ああ、でも教えないよ。秘密だから。教えたのはファイルの調べ方だよ。コンピュータのことは、彼は理解してるみたいだ。ばかじゃないらしい。普段はスレーブプログラムを使ってるんだって。耳につけてる宝飾品はそれさ。給料は好きなだけ、ぼくの口座に送金していいって言われた。買いたいものはとくにないから、独立するときまで貯金しておくよ。彼は本当に年寄りだと思う。すごく昔のことを憶えてるみたいなんだ。そしてスターク語が母語みたい。百世界でこの言葉をしゃべって育った人間なんてほとんどいないと思うけど、まさか地球生まれなのかな？

怒鳴ってさえぎったのはキンだった。悪魔の使いについてしゃべるのをやめないと、司教に頼んで悪魔払いの儀式をやってもらうぞ。オリャドは憑依されてるみたいだから、と。言われたオリャドが黙ってにやりとしてウィンクすると、キンはキッチンから飛び出した。家の外に出ていって夜更けまで帰ってこなかった。

代弁者はもうこの家に住んでいるのとおなじだと、ノビーニャは思った。不在でも家族に影響をあたえつづけている。そして今度はわたしのファイルをのぞこうとした。絶対に見せるものか。

でも、いつものように、これはわたしが悪いのだと思った。わたしが彼を呼んだ。もといた惑星、たしかトロンヘイム星からここへ来させてしまった。むこうにお姉さんを残して。なにもかも自分のせいだ。百世界の辺鄙《へんぴ》な星のさびれた小さな町に。こんなふうにフェンスに囲まれた町で、それでもわたしの愛する人々がピギー族に殺されるのは止められなくて……。

またミロのことが頭に浮かんだ。本当の父親そっくりになってきたのに、どうしてだれも母親の不貞をとがめないのだろう。ピポが惨殺された山の斜面に、ミロがおなじように横たわっているようすを想像した。ピギーたちが凶暴な木製のナイフでその体を切り刻むところを考えた。きっとやるだろう。こちらがなにをしても、彼らはやるだろう。かりにピギー族に殺されなかったとしても、ミロはもうすぐオウアンダと結婚できる年齢になる。そのときは真実を話さなくてはならない。彼の出自を。二人が結婚できないわけを。わたしがカンにしいたげられていたのは当然だと、ミロは知るだろう。殴られつづけたのは、わたしの罪への神罰だったのだと。

わたしも影響されていると、ノビーニャは考えた。何週間も、ときには何ヵ月もずっと頭から消していることを、代弁者のせいで考えるようになっている。朝から子どもたちのことを考えるのはいつ以来だろう。しかも希望をもって。ピポやリボについてあえて思い出すのもひさしぶりだ。神を信じていると気づくのもひさしぶりだ。報復的で懲罰的な旧約聖書の神だが。自分を礼拝しないという理由で都市を笑顔で滅ぼす。そんな神にキリストがなにをできるのか。

そうやってノビーニャは朝から無為にすごした。結論の出ないことをあれこれ思い悩んだ。

午後のなかばにキンが部屋にやってきた。

「じゃましてごめんね、母さん」

「いいのよ。今日はなにもしてないから」

「オリャドがあの悪魔野郎のところへ行くのは許してるみたいだけど、じつはクァラも学校帰りに行ってるんだよ。彼の家に」

「だから？」

「それもいいっていうの、母さん？　まさか寝室を掃除して、彼を父さんの代わりに受けいれるつもり？」

ノビーニャは勢いよく立つと、冷たい怒りを発しながらつかつかとわが子に歩み寄った。キンは小さくなった。

「ごめんなさい、母さん。つい怒って口走って――」

「お父さんと結婚しているあいだは一度だって子どもたちに手を上げさせなかったわ。でも今日もしお父さんが生きていたら、おまえをぶってとお願いしたでしょうね」

キンは喧嘩腰になった。

「お願いすればよかったじゃないか。でもぶたれるまえに、あいつを殺してやるよ。母さんはぶたれて平気だったかもしれないけど、ぼくは絶対がまんしないんだから！」

思わず手が動いた。気がついたときには息子の頬を張っていた。それほど痛くなかったはずだ。それでもキンの目からは涙があふれ、崩れるように床にしゃがみ、ノビーニャに背をむけた。

「ごめんなさい、ごめんなさい……」泣きながら言いつづけた。

ノビーニャは隣に膝をつき、ためらいがちにその両肩をなでた。思い出してみると、この子をしっかりと抱きしめてあげたのは、グレゴくらいの年のころが最後だ。いつからこんなにつらくあたるようになったのか。ふれるのは叩くときで、キスではなくなったのはなぜか。

「わたしもなりゆきを心配してるのよ」ノビーニャは言った。

「あいつのせいでめちゃくちゃだ。あいつが来てからなにもかも変わった」

「でもそれを言うなら、イステバン、変わって困るほどすばらしくもなかったわ」

「あいつのやり方はだめだ。ぼくらに必要な変化は、告白と懺悔と赦罪だよ」

聖職者の力で罪が洗い流されると信じているキンが、ノビーニャはあらためてうらやましい気がした。それはあなたが罪を犯したことがないからよ。懺悔が不可能だということを知らないから。

「代弁者と話してみるわ」ノビーニャは言った。

「そしてクァラを連れもどす?」

「わからない。代弁者のおかげであの子がしゃべるようになったのはたしかなのよ。もっとも、代弁者を好きになったわけじゃないようだけど。しゃべるのは悪口だから」

「じゃあなぜ彼の家へ行くのかな」

「ののしるためでしょう。口をきかないよりましだわ」

「悪魔はつねに善人の皮をかぶるんだよ。そして――」

「キン、悪魔学の講義はやめて。代弁者の家へ連れていって。交渉するから」

二人が歩いていく道は、川の屈曲部にそっていた。水蛇の脱皮の時期なので、踏んでいく地面は腐った抜け殻の破片でぬかるんでいる。

次に手がけるべき研究だと、ノビーニャは思った。この厄介な水蛇の行動がなにに刺激されているのか解明したい。そうすれば彼らをコントロールする方法もみつかるだろう。せめて一年のうちの六週間、川岸が腐敗物で臭くなるのを防ぎたい。しかし蛇の抜け殻は土壌の養分として役立っているようすもある。水蛇が脱皮する場所では、柔らかい川草がよく育つのだ。この草はルシタニア産で唯一、人間にやさしく心地いい生物かもしれない。水辺の葦と草原の硬い草にはさまれた帯状の土地にはえるこの天然の芝生は、夏じゅう人々の憩いの場になる。水蛇の抜け殻そのものはぬるぬるして不快だが、将来はよいものを生み出すのだ。

キンもおなじことを考えていたらしい。

「母さん、この川草をいつか家のまわりに植えられないかな」

「それは大昔にあなたのお祖父ちゃんとお祖母ちゃんが研究したことの一つよ。でもできなかった。川草は授粉するけど、種をつけないのよ。移植するとしばらくは生きているけど、やがて枯れて、翌年は生えてこない。たぶん水のそばでないと育たないのよ」

キンは顔をしかめて、早足になった。すこし怒ったようだ。ノビーニャはため息をついた。キンは世界が自分の思いどおりにならないとすぐにすねる。

まもなく代弁者の家に着いた。広場は案の定、たくさんの子どもたちが遊んでいる。うるさいので二人は大声でしゃべった。

「ここだよ。さあ、オリャドとクァラを取り返してきて」キンが言った。

「ありがとう。案内してくれただけでいいわ」ノビーニャは追い返そうとした。

「冗談じゃないよ。善と悪の大決戦なんだから」

「なんでもそうなるのね。あれこれ理屈をこねてどっちがどっちだと解釈したがる。いえ、いいのよ、キン。うるさく解説してくれなくてけっこうよ。ただ――」

「偉そうにしないでよ、母さん」

「これが普通でしょう。いつもはどっちが偉そうなのよ」

キンは怒りで顔をゆがめた。

ノビーニャは伸ばした手でためらいがちに、軽く息子にふれた。その肩はまるで毒蜘蛛にふれられたようにこわばった。

「キン、善と悪について母さんに解説しないで。わたしはよく知ってるから。あなたは机上の知識だけ」

キンは肩の手を払いのけ、大股に歩き去った。やれやれ。何週間も口をきかなかった時期がなつかしい。

大きく手を叩いた。しばらくしてドアが開いた。顔を見せたのはクァラだ。

「あら《オイ》、お母さん《マイジーニャ》。いっしょに遊ぶ《タンペン・ベイオ・ジョガル》？」

オリャドと代弁者は、端末で宇宙船の艦隊戦ゲームをやっていた。ここに設置された端末は、普通よりはるかに広く高精細なホログラフィ投影フィールドを持っていた。二人はそれぞれ十隻以上の艦隊を同時に動かしている。とても複雑な操作をしているようで、ノビーニャがはいっていってもどちらも顔を上げず、挨拶もしない。

クァラが言った。

「オリャドから言われたの。黙らないと舌を引っこ抜いてサンドイッチにいれて食べちゃうぞって。だからゲームが終わるまで黙ってたほうがいいよ」

「どうぞおすわりください」代弁者が脇目もふらずにつぶやいた。

「すきあり！」オリャドが叫ぶ。

とたんに、代弁者の艦隊の半分が連続爆発を起こして消えた。

ノビーニャはスツールに腰かけた。隣の床にクァラがしゃがむ。

「キンと外で話してるのが聞こえたよ。大声だから全部聞こえちゃった」

ノビーニャは顔を赤くした。息子との口喧嘩を代弁者に聞かれたと思うと不愉快だ。無関係なくせに。家族のことは彼にはまったく無関係だ。

そもそも戦争ゲームなんてやっているのが気にいらない。時代遅れで古臭い。宇宙での戦争なんて何百年も起きたことはない。密輸船の追跡でたまに撃ちあいがある程度だ。ミラグレはとても平和な町なので、だれも武器は持っていない。警官の電撃警棒くらいだ。オリャドは死ぬまで戦争など見ることはないだろう。なのに、戦争ゲームなんかに夢中になっている。種族の雄にだけ進化が仕込んだ特性だろう。ライバルを叩きのめして地面に這いつくばらせたいという欲望があるのだ。それとも家庭で暴力を見ながら育ったせいでこんなゲームをするようになったのか。だとしたらわたしの責任だ。なにもかもわたしのせいだ。

突然、オリャドが絶望の悲鳴をあげた。彼の艦隊は次々に爆発して消滅した。

「いつのまに！　信じられない！　いつのまにか忍び寄ってたんだ？」

「不思議に思うなら、叫んでないでプレイバックしてみるんだな。ぼくのやり方がわかれば、次は反撃できるだろう」

「代弁者って聖職者みたいな仕事じゃなかったの？　なんで戦術に詳しいの？」

代弁者はノビーニャのほうに笑みをむけて、答えた。

「人々から真実を聞き出すためには戦術が必要だからさ」

オリャドは壁によりかかり、目を閉じた。目のなかでゲームの場面を再生しているのだ。

　ノビーニャは言った。

「わたしのファイルをのぞき見したようですね。とても雑なやり方で。あんなやり方が死者の代弁者の〝戦術〟なのかしら？」

「でも結果的にあなたはここに来た。そうでしょう？」代弁者は微笑んだ。

「なんのためにわたしのファイルを？」

「ぼくはピポの死を代弁しに来たのです」

「わたしは犯人じゃない。ファイルは関係ないでしょう」

「ぼくを呼んだのはあなただ」

「気が変わったんです。ごめんなさい。だからといってあなたに権利は――」

　ふいに代弁者は声を低くし、ノビーニャによく聞こえるように彼女のまえにしゃがんだ。

「ピポはあなたからなにかを学んだ。その学んだ知識のせいで、ピギー族は彼を殺した。だからあなたはファイルをロックして、だれも見られないようにした。リボとの結婚をこばんだのも、彼が父親の見たものにアクセスするのを防ぐためだ。自分の人生と愛する人々すべての人生をゆがめ、苦しめたのは、すべてリボを守るためだった。そしていまは、ミロがその秘密を知って死ぬのを防ぐためにそうしている」

ノビーニャはぞっとした。手足が震えはじめた。代弁者はたった三日で、リボ以外のだれも推測できなかったことを探り出した。

「そんなの嘘よ」

「聞きなさい、ドナ・イバノバ。それはうまくいかない。リボは結局死んだ。そうでしょう？　どんな秘密にせよ、それを隠しても彼の命は救えなかった。もちろんミロも救えない。無知と偽りではだれも救えないんです。知ることでしか救えない」

「やめて」

「リボやミロに見せたくない気持ちはわかる。では、ぼくにだったら？　あなたにとってどうでもいい人間だ。ぼくが秘密を知って、そのせいで殺されてもかまわないでしょう」

「ええ、あなたが死のうと生きようと関係ないわ。でもあのファイルにはアクセスさせない」

「わかっていないようですね。あなたは他人に目隠しする権利はない。あなたの息子とそのきょうだいの女性は、ピギー族のところへ毎日出かけている。そしてあなたのせいで、どんな一言が、どんな行為が死をもたらすかを知らないまま話し、行動している。

明日ぼくは二人に同行するつもりです。ピギー族と話さなくては、ピポの死を代弁できないので——」

「ピポの死は代弁してほしくないと言ってるのよ」

「あなたの希望は関係ない。あなたのためにやるのではない。でもどうか、ピポが知ったことを教えてください」

「ピポが知ったことは絶対に教えないわ。彼はとてもやさしくて、親切で、愛情豊かで——」

「——孤独でおびえた一人の少女を抱きしめ、心の傷を癒してくれた人だった」

代弁者は言いながら、かたわらのクァラの肩に手をおいた。ノビーニャにはそれが耐えがたかった。

「自分を彼とくらべないで！　クァラは孤児じゃない。全然ちがう。母親がいるのよ。わたしが。あなたなんか必要ない。わたしたちはあなたを必要としてない。いらないのよ！」

なぜかそこで泣きだしてしまった。この男のまえで泣きたくなかった。この場にいたくない。この男はすべてをめちゃくちゃにする。

ノビーニャはよろめきながらドアに駆け寄り、外に出てドアを閉めた。

キンの言うとおりだ。彼は悪魔のようだ。知りすぎている。求めすぎ、捧げすぎる。そしてすでに家族全員が彼を強く求めている。短い期間にどうやってこれだけ影響力をふるったのか。

ふと一つのことを思い出して、涙は乾き、恐怖におそわれた。代弁者は、ミロとそのきょうだいの女性が、ピギー族のところへ毎日出かけていると言った。知っているのだ。秘密をなにもかも知っている。

残る秘密はノビーニャ自身もわかっていないこと。すなわち、ピポがあのシミュレーションを見て理解したなにかだ。それを知られたら、長年にわたって隠してきたことをすべてあばかれる。

死者の代弁者を呼んだときは、ピポの真実を発見してほしい一心だった。ところがやってきた彼は、彼女の真実を発見しようとしている。

ドアは乱暴に閉められた。

エンダーはノビーニャがすわっていたスツールによりかかり、両手で顔をおおった。奥でオリャドが立ち上がり、こちらへゆっくり歩いてくる音が聞こえた。

「母さんのファイルにアクセスしようとしたんだね」静かに言った。

「そうだ」エンダーは答えた。

「調べ方をぼくに教えさせたのは、ぼくの母さんのスパイをするためだった。つまりぼくを裏切り者に仕立てたわけだ」

いまのオリャドを納得させられる答えはない。だから返事をしなかった。オリャドがドアのほうへ歩き、出ていく音を黙って聞いた。

しかしエンダーの動揺は窩巣女王《ハイヴ》に伝わっていた。彼の苦悩に反応して、精神のなかで女王が動くのを感じた。いいんですと、エンダーは胸のうちで言った。あなたにできることはなにもない。ぼくには説明できない。人間の問題です。あなたにとっては奇妙で異質で理解を超えた人間の話。

(そう)

女王がエンダーの心に内側からふれた。木の枝を揺らすそよ風のような感触だった。上へ伸びる木の強さと活力、地中に張った根の安定感、いきいきとした葉に降りそそぐ日差しのやさしさを感じた。

(彼から知ったものがこれよ、エンダー。彼がみつけた平穏)

窩巣女王が精神の奥へ退行していくと、その感触も消えた。しかし木の力強さは残った。さきほどまでの苦しい沈黙が、穏やかな静かさに変わった。

それらは一瞬のうちにはじまって終わった。オリャドが閉めたドアの残響がまだ室内に残っているうちに。

かたわらでクァラがぴょんと立ち上がり、むこうへスキップしていって、エンダーのベッドに上がった。何度か跳びはねながら、楽しそうに言う。

「二日しかもたなかったわね。あっというまにみんなから嫌われちゃった」

エンダーは皮肉っぽい笑い声を漏らし、振り返った。

「きみもかい？」

「ええ、もちろん。真っ先に嫌いになったわ。キンの次くらいに」

ベッドから下りて、端末に歩み寄る。一本指で慎重にキーを打ってログイン。空中に二段の足し算問題がいくつも浮かび上がった。

「算数をやってみせるね」

エンダーは立ち上がり、端末のクァラの隣へ行った。

「いいぞ。でも難しいんじゃないかな」

クァラはえらそうに答えた。

「簡単よ。あたしが一番早いんだから」

本書は、一九九〇年八月にハヤカワ文庫ＳＦから刊行された『死者の代弁者』の新訳版（上巻）です。

訳者略歴　1964年生，1987年東京都立大学人文学部英米文学科卒，英米文学翻訳家　訳書『新任少尉、出撃！』シェパード，『トランスフォーマー』フォスター，『大航宙時代』ローウェル（以上早川書房刊）他多数

HM=Hayakawa Mystery
SF=Science Fiction
JA=Japanese Author
NV=Novel
NF=Nonfiction
FT=Fantasy

# 死者《ししや》の代弁者《だいべんしや》〔新訳版〕〔上〕

〈SF2003〉

二〇一五年四月　十　日　印刷
二〇一五年四月十五日　発行

（定価はカバーに表示してあります）

著者　オースン・スコット・カード
訳者　中原尚哉《なかはらなおや》
発行者　早川浩
発行所　株式会社早川書房

郵便番号　一〇一－〇〇四六
東京都千代田区神田多町二ノ二
電話　〇三－三二五二－三一一一（大代表）
振替　〇〇一六〇－三－四七七九九
http://www.hayakawa-online.co.jp

乱丁・落丁本は小社制作部宛お送り下さい。
送料小社負担にてお取りかえいたします。

印刷・三松堂株式会社　製本・株式会社明光社
Printed and bound in Japan
ISBN978-4-15-012003-0 C0197



本書は活字が大きく読みやすい〈トールサイズ〉です。